LA COULEUR DE L'ARGENT

ENQUÊTES CRIMINELLES DE KATERINA CARTER - COFFRET 3 VOLUMES

COLLEEN CROSS

Traduction par
EMMA CAZABONNE

SLICE MYSTERY THRILLER BOOKS

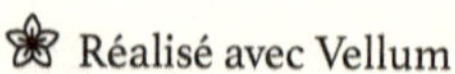

DU MÊME AUTEUR

<u>Inscrivez-vous à son bulletin</u> d'information pour être immédiatement informé de nouvelles parutions !

http://eepurl.com/cIhzCv

Fraudes : Thrillers judiciaires de Katerina Carter

Stratégie de sortie: Crimes et enquêtes

Theorie des jeux

Formule mortelle

Mise au vert

Les Petits Enquêtes des Sorcières de Westwick

Charmée de Vous Rencontrer

La Couleur de l'argent : Enquêtes criminelles de Katerina Carter

Rouge vif - Nouvelle

Lune Bleue - Roman court

La Couleur de l'argent : Enquêtes criminelles de Katerina Carter (Coffret 3 volumes)

Œuvres de non-fiction :

<u>*Anatomy of a Ponzi: Scams Past and Present*</u>

Site Web :

http://www.colleencross.com

Inscrivez-vous à son bulletin d'information pour être immédiatement
informé de nouvelles parutions !

http://eepurl.com/cIhzCv

ROUGE VIF

Lorsque Katerina Carter, juricomptable menant des enquêtes
pour fraude,
et Jace Burton, son petit ami journaliste, acceptent une invitation
de dernière minute à une fête,
le crime est bien la dernière chose qu'ils ont en tête.
Mais un investissement réussi dans le vin laisse un goût amer dans
la bouche de Kat
et elle dévoile une fraude vinicole s'élevant à plus d'un million de
dollars,
le tout avant le dîner !

1

Certains jours, non, pratiquement tous les jours, Katerina Carter remettait en question la sagesse de l'acquisition de la vieille maison victorienne. Elle et Jace l'avaient achetée à une vente pour recouvrement d'impôts organisée par la ville. Sans même aller la voir. L'offre leur avait semblé trop bonne pour passer à côté : une maison victorienne en échange du règlement des impôts impayés depuis trois ans. Mais leurs économies avaient déjà été largement englouties dans les factures des travaux de réparation. Sans parler de l'huile de coude.

Elle avait exceptionnellement pris un jour de congé pour se concentrer sur des rénovations plus que nécessaires. Les enquêtes pour fraude avaient tendance à marcher au ralenti fin août. De toute façon, elle était entre deux affaires. Mais qu'est-ce qui était le plus difficile : capturer des criminels ou poncer des décennies de couches de peinture dans une vieille maison négligée ?

Kat reposa son pinceau et sourit en examinant son travail. La véranda était superbe, avec la peinture blanche brillant dans la lumière de l'après-midi. Certes, il y avait des tâches plus pressantes, mais en grande partie invisibles, comme la plomberie et l'électricité. Repeindre elle-même signifiait moins d'argent jeté dans la fosse sans fond. Elle voulait aussi que tout soit fini avant les pluies automnales torrentielles de Vancouver.

Jace Burton se présenta à la porte, la tête atteignant presque le chambranle.

— Superbe, remarqua-t-il en lui lançant un sourire qui lui fit oublier qu'il était parti pendant presque deux heures.

Kat lui envoya un baiser et s'assit dans un fauteuil Adirondack grinçant, se demandant pourquoi il lui avait fallu tout l'été pour se décider enfin à repeindre la balustrade.

Elle connaissait bien sûr la raison : elle avait été préoccupée par les réparations sans fin et les accidents qui allaient avec, le dernier en date étant un tuyau percé qui l'avait amenée à refaire toute la plomberie. Sans parler des planchers en sapin déformés à cause de la fuite.

— T'as rapporté la peinture ?

— Ah ! Je savais que j'avais oublié quelque chose, dit Jace en se frappant le front.

— Mais c'est ce que t'es allé chercher. Il y avait que ça sur ta liste.

Jace avait le don de se concentrer sur une seule chose à la fois. Une bénédiction pour un journaliste voulant obtenir une histoire, mais bien moins efficace quand il s'agissait d'autres choses.

— Désolé. J'ai croisé Kirk Evans à la quincaillerie et j'ai complètement perdu la notion du temps. Mais je nous ai rapporté autre chose, expliqua-t-il en brandissant ce qu'il cachait derrière son dos. Ça !

Kat se pencha en avant pour lire l'étiquette en petits caractères sur la bouteille.

— Une bouteille de vin rouge ? Ah non, Jace. La boisson et la peinture vont jamais bien ensemble pour nous.

— C'est pas à ça que je pensais, reprit-il en riant. En plus, c'est pas n'importe quelle vieille bouteille de vin. C'est un cabernet sauvignon Screaming Eagle.

— Screaming quoi ?

— Eagle. Kirk en a des caisses. Impossible à trouver nulle part. Il investit dans le vin maintenant.

Kat avait entendu parler de ce genre d'investisseurs, mais elle n'en avait jamais rencontré. Elle se représentait des banquiers de Wall Street ou des gestionnaires financiers essayant de justifier leur penchant pour les vins hors de prix. Elle avait du mal à imaginer Kirk acheter et garder en réserve de la bière artisanale, encore moins du bon vin.

— C'est un grand changement pour un journaliste au chômage, remarqua-t-elle. Est-ce que ceux qui investissent dans le vin ont pas besoin d'argent pour le capital de départ ? Il est sans emploi depuis un certain temps maintenant.

Kirk avait travaillé avec Jace au journal *The Sentinel* avant la réduction des effectifs l'année précédente.

— On est pas entrés dans les détails, mais apparemment ça marche pour lui. Cette beauté vaut des milliers de dollars. Du moins, c'est ce qu'elle coûte. Kirk en achète à environ cinq cents dollars la bouteille.

— Et Kirk te l'a donnée comme ça ? C'est quoi le piège ?

— Y a pas de piège, c'est juste pour me remercier de l'avoir aidé l'année dernière. Quoi qu'il en soit, je pensais qu'on pourrait la mettre de côté pour célébrer. Une fois qu'on aura fini la plomberie et les autres trucs, dit Jace en lui tendant la bouteille pour inspection.

— T'es fou ou quoi ? On va pas boire quelque chose d'aussi cher que ça, rétorqua Kat, retenant son souffle en voyant la bouteille glisser des mains de Jace.

Elle ne voulait certainement pas se sentir redevable envers Kirk Evans.

— Pose-la avant de la faire tomber. On doit lui rendre.

Au lieu de ça, Jace lui tendit la bouteille. Elle ressemblait à une bouteille ordinaire de cabernet sauvignon, à part le millésime. Dix-neuf cent quatre-vingt-dix-sept devait être une année chère, même si la petite étiquette monochrome semblait plus ordinaire que la plupart. Elle examina le logo avec l'aigle en vol, se demandant ce qui pouvait bien rendre ce vin si spécial.

Elle se leva pour redonner la bouteille à Jace et faillit tomber.

— Houlà ! s'écria Jace en se précipitant bouche bée pour la rattraper. Je l'ai ! Ce truc vaut plus de deux mille dollars à une vente aux enchères. Les gens renonceraient à leur premier-né en échange d'une caisse, ajouta-t-il en saisissant la bouteille et en la posant sur la table.

— On peut pas la garder, Jace. Et on va sûrement pas la boire.

Bizarre. Kirk va à la quincaillerie avec une bouteille de vin si chère ? Il est vrai que Kirk était un peu vantard. Kat n'aurait pas été surprise s'il se promenait avec une bouteille comme une sorte de trophée.

— J'ai essayé de lui redonner, mais il a refusé. Il voulait que je l'aie puisqu'il fait un carton. Il a dit que je pouvais la vendre si je voulais, que ça lui était égal.

— C'est sympa de sa part.

Kirk n'avait pas la réputation de faire des faveurs. À moins d'obtenir quelque chose en retour.

— Depuis quand est-ce qu'il est aussi généreux ? Je croyais qu'il était fauché depuis la fin de son indemnité de licenciement.

— Il pense que son licenciement était un mal pour un bien. Apparemment, l'investissement dans le vin est très lucratif. Il achète du vin chez les vignerons et le revend aux enchères. Je suppose qu'il connaît des gens dans le milieu. Je savais même pas que ce genre de chose existait. Il m'a confié qu'il était maintenant millionnaire. Il était à la quincaillerie pour chercher des matériaux pour une cave à vin dans sa nouvelle maison, poursuivit Jace en s'asseyant en face de Kat dans l'autre fauteuil Adirondack.

— Il a une nouvelle maison ?

— Il m'a dit qu'il était passé de fauché à millionnaire en moins de deux, continua Jace en claquant des doigts. En moins d'un an. Est-ce que ça serait pas formidable si on pouvait faire pareil ?

Kirk était radin, c'était bien connu. Probablement la raison pour laquelle il construisait lui-même sa cave à vin. Mais donner ses bouteilles, même à Jace, n'avait pas de sens.

— Il doit y avoir un truc, quelque chose qu'il t'a pas dit.

— Non, je crois pas. C'est juste qu'il a de bonnes connexions. Ah, au fait, il nous invite à sa pendaison de crémaillère ce soir.

Kat était surprise que Kirk risque de l'argent pour acheter du vin, sans parler de le revendre.

— Au moins, on pourra lui rendre sa bouteille, dit-elle. Et regarder de plus près cet investissement.

Ce soudain retournement de situation pour Kirk piquait sa curiosité. Trop beau pour être vrai. Kat avait bien l'intention d'en savoir plus.

2

La toute nouvelle maison de Kirk, de sept cent cinquante mètres carrés, donnait sur le port de Vancouver. Sur la terrasse, Kat s'avoua impressionnée. Le Kirk gros buveur de bière éructant avait disparu. En version nouvelle et améliorée, il dégustait du vin à petites gorgées. Sa chemise et son pantalon sur mesure l'amincissaient de quinze kilos.

Suzan, l'épouse de Kirk, apparut au milieu de la centaine d'invités dans une robe de cocktail chatoyante et décolletée. Elle adressa un large sourire à Kat.

— Tu aimes ?

Sa garde-robe était aussi criarde que d'habitude, mais bien plus chère maintenant à en juger par les initiales pas discrètes sur son sac à main et sa montre griffés. C'était bien son style de déambuler le sac à main sur l'épaule dans sa propre maison. Elle aurait même laissé le prix dessus si elle avait pu.

— Bien sûr que j'aime, répondit Kat. C'est absolument magnifique.

La vue au moins était superbe, avec un panorama à cent

quatre-vingts degrés sur le port et les montagnes. La maison elle-même était une monstruosité en verre et en métal ayant poussé comme une mauvaise herbe sur la colline des vieilles fortunes.

— Les affaires de Kirk ont *très* bien marché, n'est-ce pas ? C'est pour cela que nous voulions avoir cette petite fête. Pour remercier tous nos amis, expliqua-t-elle en tendant le bras vers la pelouse devant la terrasse.

Kat suivit son geste et inspecta la scène. Des petits groupes au milieu des tables, en train de déguster du vin et des canapés. Kat ne reconnut personne. D'où venaient donc les nouveaux amis de Kirk ?

— Tu dois absolument essayer le vin, Kat. Il est incroyable, commenta Suzan en buvant une gorgée de son énorme verre. Et rentable aussi.

— Je le ferai plus tard, répondit Kat. Je vais m'en tenir à l'eau pour l'instant.

Elle voulait rester lucide le temps de s'assurer que Jace avait bien rendu la bouteille à Kirk. Mais c'était tentant.

— C'est un très bon investissement, lança Suzan en faisant tourner son verre. Tu ferais bien d'essayer aussi.

Kat aperçut Jace en conversation avec Kirk sur la pelouse, près du bar. Elle s'excusa et se dirigea vers lui. Jace lui fit signe quand elle traversa la pelouse.

— Je te l'avais dit, Kat. Kirk a finalement trouvé son créneau. C'est une belle petite fête, non ? fit Jace en souriant.

Ils avaient eu dans l'idée de rendre la bouteille de vin et de rester juste pour le dîner. Mais Jace s'amusait déjà un peu trop. Il était toujours plus animé un verre à la main.

— Du vin ? proposa un serveur avec le sourire.

Il tendit à Kat un verre généreusement rempli du même cabernet sauvignon Screaming Eagle que Kirk leur avait donné.

Après tout, pourquoi pas. Elle pouvait au moins accepter un verre, mais attendre pour le boire. Elle assistait rarement à des fêtes coûteuses comme celle-ci, cela ne pouvait pas lui faire de mal d'en profiter. Kat prit le verre et se tourna vers Kirk.

— Ça fait combien de temps que tu fais ça ?

— Que je fais quoi ? dit d'abord Kirk le regard vide, avant de réaliser ce qu'elle voulait dire. Oh, tu veux dire l'investissement dans le vin. N'est-ce pas formidable ? J'ai commencé il y a juste six mois, et j'ai déjà gagné assez pour acheter cette maison. En liquide. Ça change tout pour moi.

— Tu achètes et revends du vin aux enchères ? demanda Kat, mourant d'envie de goûter le vin à deux mille dollars, mais ne voulant pas paraître trop impatiente.

Elle attendrait d'avoir fini de parler à Kirk. Elle pourrait alors vraiment le savourer.

— Pas exactement, reprit Kirk en agitant la main, renversant presque un plateau de boissons. J'en achète aux vignerons et j'en revends parfois aux enchères. Mais la plupart du temps, je le vends à des particuliers, un groupe restreint de collectionneurs de vin. J'ai une liste d'attente, tu sais.

— Ouah, c'est incroyable ! s'exclama Kat.

Et les commissions d'enchères ? Elle savait qu'elles étaient assez salées. Comment Kirk avait-il pu faire des bénéfices substantiels si vite ? Et surtout, comment une affaire aussi lucrative n'avait-elle pas beaucoup de concurrence ?

— Oui, vraiment. Un de ces jours, *The Sentinel* va me supplier de leur accorder une interview. Je te parie qu'ils regrettent de m'avoir laissé partir.

Kirk avala le reste de son vin et reposa le verre vide sur le plateau d'un serveur.

— Oui, ils doivent s'en mordre les doigts, renchérit Kat.

Suzan apparut à son côté et lui tendit son poignet. Le bracelet criard, serti de diamants et d'émeraudes, scintillait sous les lumières du jardin.

— Tu aimes ? Kirk vient juste de me l'acheter, expliqua Suzan en rigolant. Parce que j'ai cru en lui.

— Superbe, commenta Kat en faisant tourner le vin rouge dans son verre et en salivant à l'idée de le goûter.

Elle avait fait des recherches sur le Screaming Eagle avant la fête. Il était très coté, à 98/100. Elle n'avait jamais bu un vin coté à plus de 94/100. Et déjà, tous ceux à plus de 90 qu'elle avait goûtés avaient toujours été absolument délicieux. La loi des rendements décroissants devait entrer en ligne de compte. Comment est-ce que des centaines ou des milliers de dollars pouvaient donner un meilleur goût au vin ?

Six mois auparavant, Kirk, gros buveur de bière, ne pouvait pas faire la différence entre un zinfandel et un cabernet. Comment pouvait-il avoir soudain acquis le talent non seulement de déguster du vin, mais aussi d'investir dedans ? Kat avait des soupçons sur ses motivations.

Ne pouvant plus attendre, elle décida de goûter le vin. Elle prit une petite gorgée de cabernet sauvignon et le fit tourner dans sa bouche quelques secondes avant de l'avaler. Elle fronça les sourcils. Il ne ressemblait en rien à ce qu'elle attendait.

Elle n'était pas exactement experte, mais elle savait reconnaître un bon cabernet sauvignon. En plus, c'était l'un de ses vins préférés. Celui-ci était corsé, avec les notes habituelles de cerise noire, de réglisse et de poivre, mais il avait aussi une saveur acide désagréable. Certes, les papilles de Kat n'étaient pas aussi sophistiquées que celles d'un sommelier, mais ce vin avait vraiment un goût étrange.

C'était peut-être aussi bien comme cela, vu que de toute façon elle n'avait pas les moyens d'en acheter. Il était tellement mauvais qu'elle n'avait même pas envie de vider son verre. Mais il coûtait soi-disant des milliers de dollars. Pouvait-elle vraiment le laisser ?

Suzan s'était éloignée pour se mêler aux autres invités. Jace et Kirk étaient plongés dans une discussion animée sur l'expansion de son entreprise. Kat reposa son verre à moitié plein sur une table. Elle avait décidé qu'il ne valait pas la peine qu'elle le finisse, quel que soit son coût. Tout en se demandant quand ils allaient servir le dîner, elle partit à la recherche d'une salle de bains.

L'intérieur de la maison était encore plus clinquant et spectaculaire que l'extérieur. Elle traversa la cuisine en marbre et en acier inoxydable vers les pièces de devant. Le salon était bondé, ce qui expliquait pourquoi les trois toilettes étaient occupées. Elle attendit quelques minutes, puis décida d'essayer au sous-sol. Il devait forcément y avoir des toilettes à chaque niveau dans une maison de cette taille.

Par l'escalier en colimaçon, elle arriva dans ce qui ne pouvait être décrit que comme une grande galerie ouverte. Des peintures à l'huile étaient accrochées tout le long des murs, d'une porte à l'autre. Ces portes étaient toutes fermées, sauf une qui était restée entrouverte. Elle se dirigea vers elle, pensant que ce devait être les toilettes.

Elle ouvrit la porte et trouva à la place un bureau, jonché de boîtes et de papiers. Elle était sur le point de refermer la porte quand quelque chose attira son attention.

Une table, de la longueur de la pièce. Dessous, des dizaines de bouteilles de vin, toutes vides et non étiquetées. Ce qui se trouvait sur la table était encore plus préoccupant.

Des étiquettes.

Des étiquettes de Screaming Eagle, du même millésime que le cabernet sauvignon que Kirk vendait.

Une totale imposture. Son sang ne fit qu'un tour. Pas étonnant que Kirk ait été aussi généreux. Il avait probablement organisé la fête pour susciter de l'intérêt et trouver plus d'acheteurs. Une fraude d'une grande simplicité, mais très lucrative.

Elle alla fermer la porte. Avec des centaines de personnes dans la maison, un autre invité risquait de chercher les toilettes et de tomber sur ce bureau comme elle.

Tous les invités ignoraient qu'ils buvaient du vin bon marché travesti en quelque chose de beaucoup plus cher. Elle se demandait combien avaient déjà passé des commandes à Kirk.

Elle examina la pièce et se dirigea vers les caisses de vin empilées contre le mur du fond, du sol au plafond. Avec douze bouteilles par caisse, c'était une quantité impressionnante. Elle se pencha et sortit une bouteille d'une caisse ouverte. Identique à celle que Kirk leur avait donnée, bien sûr.

Elle fit un rapide calcul. En supposant que Kirk vendait ces bouteilles à quelques milliers de dollars l'unité, son inventaire valait plus d'un million de dollars.

Incroyable.

Jace ne le croirait pas non plus, à moins qu'elle ne lui fournisse des preuves. Elle fouilla dans son sac à main et finit par trouver son téléphone portable.

Avec, elle prit des photos de la table, des étiquettes et des bouteilles. Ces réserves expliquaient clairement la source de la richesse soudaine de Kirk. Il changeait les étiquettes sur des bouteilles de vin bon marché et les faisait passer pour des millésimes plus chers. Pas étonnant qu'il ait fait du bénéfice aussi vite.

Cela expliquait aussi pourquoi le vin qu'elle avait goûté était si mauvais. Elle se pencha et ouvrit une caisse de vin. C'était bien du cabernet sauvignon, mais une autre marque, une qu'elle avait vue à moins de dix dollars la bouteille. Pas étonnant que Kirk mène la belle vie. Il pouvait ré-étiqueter et vendre ces fausses bouteilles aux enchères, sachant que presque personne n'y goûterait. Elles étaient considérées comme des investissements, après tout.

Screaming Eagle était si populaire que les collectionneurs revendaient rarement leurs trésors. Le petit vignoble de la vallée de Napa produisait juste quelques centaines de caisses par an, tout au plus. Les collectionneurs se les arrachaient immédiatement. Elle avait même entendu parler de gens qui prenaient des photos de famille avec leur vin chaque année, avec la bouteille à côté du bébé qui grandissait et devenait adulte. Un fan avait placé la bouteille dans le berceau de son bébé, et la même bouteille réapparut des années plus tard sur la photo de remise de diplôme de son fils.

Kirk avait choisi le vin parfait pour son affaire, à condition qu'il ne lance pas trop de bouteilles à la fois sur le marché, car cela éveillerait les soupçons.

Mais cela soulevait aussi un autre point. Kirk avait besoin de vendre du vin à une échelle beaucoup plus grande pour faire des millions. Cela voulait dire qu'il devait trafiquer et revendre d'autres vins aussi. Sinon, pourquoi offrirait-il des vins à mille dollars à ses nombreux invités ce soir ? S'ils étaient vraiment rares, il ne leur en servirait pas autant. Et il n'en aurait sûrement pas donné une bouteille à Jace.

Peut-être que les photos n'étaient pas une preuve suffisante. Elle saisit une étiquette sur la table. Au même moment, elle entendit des pas. Elle sortit rapidement et referma la porte derrière elle. Un déclic bruyant se fit entendre. Elle comprit alors pourquoi elle avait trouvé la porte légèrement entrouverte. Elle avait un verrou automatique et Kat venait de l'actionner.

— Qu'est-ce que tu fais là ? lui lança Kirk du pied de l'escalier, son corps baraqué lui bloquant le passage.

Elle était prise sur le vif, une étiquette de vin rouge à la main.

—T'es perdue ? demanda Kirk en croisant les bras, son humeur sociable ayant soudain fait place à un ton accusateur.

Est-ce qu'il l'avait vue sortir de la pièce ? Elle ne le pensait pas, mais elle était près de la porte du bureau quand il l'avait aperçue. Sinon, pourquoi son changement soudain d'humeur ?

Kat se rappela qu'elle tenait une étiquette. Elle la fourra dans sa poche.

— Euh, non. J'avais juste besoin d'aller aux toilettes.

Il baissa le regard vers sa main. Avait-il vu l'étiquette ?

— Ici, c'est mon coin à moi. Y a un problème avec la salle de bains au rez-de-chaussée ? Elle est pas assez privée pour toi ?

Kat prit une profonde inspiration et se mit à rire :

— Vous êtes trop populaires. Je veux dire que vous avez beaucoup d'invités. La salle de bains est très occupée.

Il se détendit légèrement, mais ne bougea pas.

Elle ne pensait qu'à une chose : comment monter ces escaliers aussi vite que possible. Mais Kirk restait figé sur place.

— Faut que je trouve Jace. On a plein de peinture à faire demain.

Kirk hocha la tête, mais la porte fermée attira son attention.

— C'est drôle, je suis sûr d'avoir laissé cette porte entrouverte.

Kat haussa les épaules et se dirigea vers Kirk et l'escalier.

— Peut-être que Suzan y est entrée.

Kirk fit non de la tête.

— Non. Suzan n'a pas le droit de venir ici. Personne n'y entre, à moins d'y être invité.

Kat essaya de plaisanter :

— Ah ! Je suis curieuse maintenant. Je serais ravie de voir ton coin secret. Mais pas maintenant. Faut que je retourne vers Jace.

Elle essaya de monter les marches, mais il lui bloqua le passage. Il lui serra l'avant-bras. Elle ressentit la douleur jusqu'au bout des doigts. Est-ce qu'il essayait délibérément de lui faire mal ?

— Je vais t'aider, dit Kirk en la serrant encore plus fort.

— Aïe ! hurla-t-elle. Tu connais pas ta force mon grand !

Est-ce que c'était une menace ? Après tout, peut-être qu'il l'avait vue.

Kirk s'immobilisa quand un couple, la trentaine, descendit l'escalier. Ils s'arrêtèrent brusquement quand ils aperçurent Kat et Kirk sur les marches.

— C'est une autre file d'attente pour la salle de bains ? demanda la femme en regardant Kirk qui finit par lâcher Kat.

Celle-ci retira aussitôt son bras.

— Non, répondit Kirk. Si vous voulez bien nous laisser seuls, on a une conversation privée, reprit-il en faisant un clin d'œil à l'homme.

— Pigé ! dit-il avant de se tourner vers sa compagne. Allons-y, chérie.

Le couple remonta les marches.

Kat frôla Kirk et les suivit, reconnaissante pour l'opportunité de mettre autant de distance que possible entre elle et Kirk.

Elle toucha l'étiquette dans sa poche. C'était comme les habits neufs de l'Empereur. Les gens étaient prêts à tout avaler, même un vin au goût horrible. Ils gaspilleraient aussi de l'argent pour lui, du moment qu'il donnait l'illusion de la richesse.

4

Kat entendit les pas lourds de Kirk résonner derrière elle. Exactement comme elle le craignait. Il la suivait. Il avait compris qu'elle était allée au moins près de la pièce. Elle n'était pas encore sûre s'il l'en avait vue sortir. Si oui, il n'allait pas la laisser partir aussi facilement.

Elle devait trouver Jace avant Kirk et lui expliquer ce qu'elle avait trouvé. Jace saurait quoi faire pour calmer Kirk. Une chose dont elle était sûre : elle n'était pas prête à affronter Kirk toute seule.

Elle jeta un coup d'œil derrière elle et rencontra le regard meurtrier de Kirk.

Il savait.

Elle aperçut Jace plongé dans une conversation avec un couple plus âgé à l'autre bout de la cuisine. Il faisait de grands gestes et chancela avant de retrouver son équilibre.

Génial. Jace était soûl. Trop de vin avant le dîner.

— Excusez-moi, dit Kat en s'avançant. Jace, faut que je te parle en privé.

Jace regarda par-dessus l'épaule de Kat.

— Hé, mon pote, quelle belle fête ! s'exclama-t-il en faisant signe à Kirk, renversant presque son verre sur la femme mince aux cheveux gris.

Kat se retourna et vit Kirk, rouge et en sueur. Il avait l'air furieux.

— Maintenant, Jace, chuchota Kat en le dirigeant dehors, loin de Kirk et des autres.

— Tu veux déjà partir ? balbutia Jace, ayant du mal à articuler. La fête vient juste de commencer.

— Y a un problème. Il faut que tu dessoûles, expliqua-t-elle en regardant derrière elle.

Elle fut soulagée de voir Kirk discuter maintenant avec le couple. L'homme se tenait devant Kirk, lui bloquant involontairement le passage. Kirk ne pourrait pas la suivre sans faire une scène.

— Est-ce que Kirk est en colère contre moi parce que j'ai trop bu ? Il a pas l'air content.

— Non, il est en colère contre quelqu'un d'autre.

Vu l'état de Jace, qu'est-ce qu'elle pouvait lui révéler ? Serait-il trop ivre pour se taire ?

— Désolé, Kat. Je me suis laissé aller.

— On va marcher un peu, reprit-elle en descendant les escaliers avec Jace vers la grande pelouse à l'arrière de la maison.

Une promenade dans l'air frais de la nuit leur ferait du bien, à la fois pour dégriser Jace et pour garder Kirk à distance quelques minutes. Elle dirigea Jace vers le bout de la propriété. Loin des yeux, loin des pensées de Kirk. Du moins, c'est ce qu'elle espérait.

Elle n'avait pas d'autre choix que de parler à Jace maintenant, ivre ou pas.

— Ça alors, j'en reviens pas, dit Jace. Mais ça explique tout. Comme sa générosité soudaine.

Kat fit oui de la tête.

— C'était trop beau pour être vrai.

Elle emmena Jace vers un banc en bordure de la pelouse. Ils étaient assis juste en dehors de la zone éclairée. Avec un peu de chance, Kirk verrait seulement un couple quelconque dans l'ombre et il les laisserait tranquilles.

Elle se demandait si elle devait appeler la police. Mais de quoi exactement est-ce qu'elle l'accuserait ? De fraude ? Pour cela, elle devait s'emparer de la preuve de la fraude avant que Kirk ne s'en débarrasse.

Elle retira l'étiquette de sa poche et la montra à Jace.

— T'as gardé une étiquette en souvenir ?

— Pas exactement, Jace. Cette étiquette a jamais été posée sur une bouteille. Elle est toute neuve, poursuivit-elle en la lui tendant.

— Comment c'est possible ?

— C'est pas possible si le vin est réglo.

Kat retira son téléphone portable de son sac à main et tapa *Screaming Eagle* dans le moteur de recherche. Le vin était encore plus rare que ce qu'elle s'était imaginé.

— C'est bien ce que je pensais.

— Quoi ?

Elle lui montra les résultats de sa recherche :

— Screaming Eagle produit juste six cents à sept cents caisses par an. Et il y a une liste d'attente. Les gens attendent des années pour avoir la chance d'acheter une seule bouteille. Quelles sont les chances que Kirk en ait des centaines ? Ou assez pour en servir à des centaines d'invités ?

Et elle révéla à Jace ce qu'elle avait découvert au sous-sol.

Il y avait un autre problème. Sauf en cas d'agression ou de meurtre, il y avait peu de chance que la police vienne un samedi soir, toutes sirènes hurlantes, pour une suspicion de fraude, peu importe l'ampleur. Elle ne pouvait pas compter sur une aide extérieure de sitôt. Malheureusement, cela donnait à Kirk beaucoup de temps pour cacher les preuves et tout nier.

Mais elle pouvait se servir du nombre d'invités à son avantage. Kirk devait sauver les apparences, surtout si ses invités étaient aussi ses clients. Si elle pouvait semer le doute dans leur esprit, son plan pourrait marcher.

Jace braqua une lampe stylo sur l'étiquette.

— Comment t'écris sauvignon ?

Kat regarda l'étiquette.

— S-A-V-... ! Incroyable ! dit-elle. Il y a une faute d'ortho-graphe sur l'étiquette !

— Comme au *Sentinel*, déclara Jace. Kirk a jamais été très bon en orthographe. Ni même pour corriger son travail, d'ailleurs.

C'était une preuve incontestable. Si elle avait raison, cette preuve se trouvait ailleurs dans la fête, pas seulement sur l'éti-quette qu'elle avait en main. Elle savait maintenant comment s'oc-cuper de Kirk.

— Viens, retournons à la maison, dit-elle en se levant.

5
———————

Kat chercha Suzan des yeux, espérant la trouver avant Kirk. Cela ne lui prit pas longtemps. Suzan se tenait près de la cheminée allant du sol au plafond. Elle parlait avec une demi-douzaine de femmes qui semblaient tout droit sorties de l'émission de télé-réalité *Real Housewives*.

— Suzan ! dit Kat en interrompant la conversation et en la prenant par le coude.

— Kat, oui ?

— J'ai une faveur à te demander. Est-ce que tu peux faire en sorte d'avoir l'attention de tout le monde ? Jace et moi, on voudrait proposer un toast. Pour Kirk, dit-elle en souriant à Jace, quelques pas derrière elle.

Il lui rendit son sourire, pas tout à fait sûr de ce qu'elle avait en tête.

Kat chercha Kirk du regard.

Suzan et ses amies tapèrent leurs ongles manucurés sur leurs verres. En quelques secondes, tous les invités étaient attentifs.

Kat s'avança.

— J'ai une annonce spéciale à faire, lança-t-elle en regardant vers Suzan, qui arborait un large sourire. Nous offrons une caisse de *Screaming Eagle* à la première personne qui fournit la bonne réponse à la question que je vais poser.

— C'est pas un toast, murmura Suzan. Et non, on va pas offrir une caisse de vin.

Suzan ignorait certainement la combine de Kirk si elle pensait qu'une caisse valait des dizaines de milliers de dollars. Selon les calculs de Kat, une caisse de ce vin valait un peu plus d'une centaine de dollars au maximum.

— Je t'expliquerai dans une minute, lui dit-elle.

Les murmures s'élevèrent tandis que la foule se rapprochait. Puis le silence se fit, chacun reposant son verre et son assiette en attendant la question.

— Qu'est-ce qui se passe ici ? dit Kirk en émergeant du fond de la salle.

— Bravo, Kirk ! s'écria un homme.

Kirk fit un geste mou de la main et s'avança vers Kat.

— Qu'est-ce que tu fous ?

— Tu vas voir, lui répondit-elle en lui souriant aimablement.

Elle regarda son auditoire.

— Tout le monde est prêt ?

Quelques murmures lui confirmèrent qu'ils l'étaient.

— Bon. Il y a en fait deux questions. La première est facile. Qui peut me dire le nom du vin à l'honneur ce soir ?

— Cabernet sauvignon de Screaming Eagle, répondirent deux femmes presque à l'unisson.

— Millésime 1997, ajouta l'une des deux, d'âge moyen et maigre comme un clou. Ses bras osseux sortaient de sa robe fourreau rouge comme des branches d'arbre.

Kat montra du doigt la première femme, une blonde légèrement en surpoids et trop maquillée.

— Vous avez raison et vous avez répondu la première. Maintenant, la question gagnante. Pour une caisse de vin, épelez le mot *sauvignon.*

— Facile : S-A-U-V-I-G-N- O-N.

— Correct ! lui sourit Kat. Vous venez de gagner une caisse d'un excellent vin. Félicitations !

— Une minute, lança Kirk en se précipitant et en poussant Kat de côté. C'est pas un concours d'orthographe et j'offre pas de prix. En plus, vous l'avez mal épelé.

— Comment ça s'écrit, Kirk ? demanda Jace.

— S-A-V-I-G-N-O-N, dit-il en brandissant une bouteille. Vous voyez ?

Quelques personnes s'approchèrent et plissèrent les yeux pour lire l'étiquette.

— Vous voyez ça ? dit Kat à la foule en montrant la bouteille du doigt. Une faute d'orthographe sur une bouteille de vin hors de prix ? Quelles sont les chances que cela arrive ?

Kirk saisit Suzan par le poignet.

— Fais la taire.

— Lâche-moi, mon chéri.

Suzan retira son poignet de force quand elle réalisa que tous les regardaient.

— Qu'est-ce qui se passe, demanda-t-elle ?

Il était difficile de croire que Suzan ignorait tout de l'équipement de contrefaçon situé au sous-sol, mais c'était possible.

— J'ai bien gagné, non ? demanda d'un air penaud la femme qui avait répondu correctement aux questions.

Kat fit oui de la tête.

— Vous avez bien gagné une caisse de vin. Mais ce vin n'est pas celui que vous pensez, expliqua Kat en montrant son téléphone. Voilà ce que j'ai trouvé au sous-sol, dans le coin privé de Kirk. Une opération élaborée de contrefaçon de vin.

Jace tendit la bouteille à Suzan, qui la posa sur la cheminée. Bouche bée, elle fondit en larmes.

— Kirk, qu'est-ce qui se passe ?

Silence.

— Kirk, qu'est-ce que t'as fait ? insista Suzan, son mascara lui coulant maintenant sur les joues. Dis-moi.

Kirk fronça les sourcils et se précipita vers le téléphone de Kat.

La foule laissa échapper un cri à l'unisson.

Kat leva la main hors de la portée de Kirk au moment où Jace s'interposa entre eux.

— C'est pas la peine, Kirk. J'ai déjà envoyé les photos au *Sentinel*. Ils vont venir te voir pour une interview. Tu vas finalement faire les gros titres avec une histoire que personne ne sera près d'oublier.

— T'es folle, lui dit Kirk en lui lançant un regard noir.

— Non, mais j'ai bien plus de chance que toi, reprit-elle en saisissant la bouteille sur la cheminée. Cette bouteille ne mérite pas son étiquette. Et toi, Jace, tu me revaudras ça, poursuivit-elle en se tournant vers lui et en lui faisant un clin d'œil.

Elle avait en effet pratiquement écrit pour lui l'histoire à publier dans *The Sentinel*. Elle lui avait évité des heures de travail et avait même des photos.

Jace plissa les yeux d'un air amusé.

— Une deuxième couche de peinture sur la véranda ?

— C'est un bon début.

En fin de compte, le plaisir d'assister à la fête et de révéler cette fraude compensait largement ce petit travail de détective pendant son jour de congé.

Et voir Kirk pris sur le vif et la justice rendue dans cette affaire de vin rouge, tout cela avant le dîner ?

Ça n'avait pas de prix !

LUNE BLEUE

La perspective d'un dîner chic tombe à l'eau pour Kat et son petit
ami Jace lorsqu'elle découvre que Fiona, sa voisine âgée,
a installé un ex-détenu chez elle comme pensionnaire.
Le programme de jardinage organisé bénévolement par Fiona à la
prison locale a changé des vies,
mais étendre davantage sa générosité pourrait mettre sa propre vie
en danger.
Les soupçons de Kat sont renforcés
quand elle apprend l'existence d'une assurance-vie souscrite
récemment.
Une mort accidentelle rapporte le double.

1

Katerina Carter regarda la cour de sa voisine Fiona Jackson par la fenêtre de son salon. Elle se cacha derrière le rideau, prenant garde à ne pas se faire voir.

Les roses et les hortensias resplendissaient sous le soleil de fin d'après-midi. Les fleurs couvraient la cour d'une explosion de couleurs. Même le gazon était plus vert que la pelouse de Kat, pleine de mauvaises herbes. Mais ce n'était pas le jardin de Fiona qui intéressait Kat. Elle regardait, pétrifiée, l'étranger à l'œuvre dans la cour de sa voisine.

L'homme semblait sortir tout droit d'une affiche des hommes les plus recherchés par le FBI, son ombre contrastant avec la luminosité du jardin. Ses manches retroussées révélaient des bras maigres et tatoués, plus adaptés à refiler de la drogue qu'à pousser une tondeuse à gazon. Fiona avait du mal à joindre les deux bouts avec sa maigre pension et ne pouvait certainement pas se permettre de payer un homme à tout faire. Qui était ce gars et comment Fiona le connaissait-elle ?

Il mit la tondeuse de côté. Une pelle à la main, il se dirigea directement vers les roses de Fiona. Bouche bée, Kat le regarda avec horreur enfoncer la pelle du pied et se mettre à déterrer les roses d'exposition de Fiona.

Personne ne mettait jamais les pieds dans le jardin de Fiona, sinon les juges du concours des jardins fleuris. Fiona avait remporté le prix de la ville trois ans d'affilée. L'agencement de son jardin avait pour unique but de garder sa première place. Absolument personne n'approchait de ses précieuses plantes avec une pelle. Fiona avait paillé, désherbé et élagué ses roses rares depuis des mois pour préparer le concours de la semaine suivante. Et voilà qu'un gars au regard louche était en train de les déterrer !

— Alors maintenant tu espionnes Fiona ? lui lança Jace en se dirigeant vers la porte d'entrée.

Kat était tellement concentrée sur l'homme qu'elle sursauta et se heurta la tête contre le cadre de la fenêtre. Aïe !

Jace sourit. Amusé, il plissa ses yeux bleus.

— Ça va ?

Kat fit oui de la tête, gênée d'avoir été surprise en train d'observer la cour en douce.

Jace portait une chemise, une cravate et un pantalon habillé, au lieu de son t-shirt et de son jean habituels. Kat se demanda un instant pourquoi, puis elle se souvint de leurs projets pour le dîner. Cela faisait un an qu'ils avaient emménagé dans leur maison victorienne qui pompait tout leur argent. Un an, des centaines d'heures d'investissement dans l'huile de coude et des dizaines de milliers de dollars pour les travaux de rénovation exigeaient bien une célébration de tout ce qu'ils avaient accompli jusque-là.

— Ça doit valoir le spectacle, ajouta Jace en haussant les sourcils.

Kat lui fit signe d'approcher de la fenêtre.

— Tu vois ce gars ? Je crois qu'il loge chez Fiona.

C'était la troisième fois qu'elle le voyait depuis la veille.

En tant que juricomptable menant des enquêtes pour fraude, Kat rencontrait beaucoup de prédateurs. Bien trop souvent, ils prenaient les personnes âgées pour cible. L'homme maigre ressemblait à un gars de la rue. Il semblait dangereux et correspondait certainement au profil. Le fait qu'il soit apparu comme par enchantement le rendait encore plus suspect.

— Je suis inquiète pour elle, Jace. Il doit sûrement préparer un mauvais coup, expliqua-t-elle, voulant protéger sa voisine âgée contre ce gars dont l'apparence sonnait l'alarme. Pourquoi est-ce qu'il déterre les roses de Fiona ?

Jace la rejoignit à la fenêtre.

— Il a en effet l'air louche.

— C'est aussi ton avis alors !

Mais peut-être que Jace se moquait d'elle.

— Pas vraiment, admit-il. Tu tires des conclusions hâtives, comme d'habitude. S'il loge chez elle, c'est sûrement quelqu'un de sa famille ou un ami. Je vois pas le problème.

— Mais elle a pas de famille, tu te souviens ?

Fiona n'avait ni frère, ni sœur, ni enfant. Son mari était mort trente ans plus tôt et elle n'avait pas non plus beaucoup d'amis.

— J'avais oublié. Peut-être qu'il est de la famille de son mari défunt ?

— J'en doute.

Du peu qu'elle avait appris de Fiona, son mari n'avait plus de famille en vie. Il n'avait eu qu'un frère, également décédé.

Elle comprit soudain :

— Fiona est bénévole à la prison. Je te parie que ce gars a été récemment libéré sur parole.

Fiona gérait « De mauvaises herbes en merveilles », le programme de jardinage hebdomadaire de la prison.

— Libéré sur parole de la prison ou de son programme de jardinage ? demanda Jace en haussant les sourcils.

Fiona n'était pas facile. Elle aimait que tout soit impeccable.

— Les deux, répondit Kat en riant.

Fiona ne laissait jamais personne approcher de ses parterres, même pour retirer une mauvaise herbe. Quelque chose clochait.

— Ah, voilà Fiona ! fit Jace en remarquant leur frêle voisine s'agenouiller devant ses fleurs et ramasser une poignée de terre. Pourquoi pas aller à la source et lui demander comment elle le connaît ?

— Je peux pas juste sortir comme ça et lui poser cette question. Surtout en présence du gars.

Elle n'avait pas besoin de le faire non plus, car elle pouvait repérer un criminel à un kilomètre. Elle souhaitait juste qu'il ne soit pas aussi proche de chez elle.

Jace haussa les épaules et se dirigea vers la cuisine.

— Tu vas bien trouver une solution, tu y arrives toujours. Mais tire pas de conclusions hâtives et va pas t'imaginer quelque chose de criminel.

Les affaires étaient finalement en plein essor à Carter & Associates, l'entreprise de juricomptabilité et d'enquêtes pour fraude de Kat. Elle venait de clore son dernier cas et aujourd'hui était son premier jour de congé depuis des mois. Jace, quant à lui, venait juste de remettre son dernier article en date au *Sentinel*, où il travaillait comme journaliste d'investigation indépendant.

Ils avaient fait la grasse matinée et se l'étaient coulée douce toute la journée, tous les deux en congé pour quelques jours. Ce soir, ils avaient prévu de se faire plaisir en dînant dans un restaurant chic étoilé au guide Michelin qu'ils avaient repéré depuis des mois dans le centre-ville.

Kat regarda sa montre. Il lui restait beaucoup de temps, même si elle regrettait de ne pas avoir remarqué l'étranger plus tôt.

— C'est pas pareil. C'est de mon devoir de voisine de découvrir pourquoi un étranger est en train de retourner le jardin de Fiona. Une personne âgée vivant seule, c'est une cible parfaite.

Jace se tourna vers la porte en levant les yeux au ciel.

— T'avais promis de pas travailler aujourd'hui, tu te souviens ?

— Je vais juste aller causer une minute à Fiona et on y va.

Elle s'éloignait de la fenêtre quand quelque chose attira son regard.

— Oh non ! s'exclama-t-elle.

— Qu'est-ce qui se passe maintenant ? dit Jace en s'arrêtant à la porte.

— Il est en train de couper les roses de Fiona !

L'homme maniait le sécateur comme une arme, coupant sans relâche.

— Et alors ? fit Jace en haussant les épaules.

— Il est en train de les réduire en morceaux Jace ! Juste devant Fiona !

Déterrer les roses thé au parfum exquis juste avant le concours était déjà assez choquant. Les transplanter était une chose, mais les réduire en morceaux ?

Est-ce que Fiona pourrait détruire les roses juste pour que personne d'autre ne puisse les avoir ? C'était une possibilité. Le concours des jardins fleuris était connu pour être férocement compétitif.

— Je vois pas le problème à élaguer les rosiers de Fiona, reprit Jace en fronçant les sourcils. Il est sympa de l'aider.

— On peut pas appeler ça un élagage, Jace. C'est plutôt un massacre. En plus, ce sont les fameuses roses lune bleue de Fiona. Elles lui ont permis de gagner le concours trois ans d'affilée. Elle est devenue folle, commenta Kat en regardant par la fenêtre, atterrée par le carnage.

Ne restaient que quelques racines et des branches cassées, entassées dans l'allée comme un bûcher funéraire botanique.

— Elle a dû s'en lasser. Elle a le droit de changer d'avis.

— Je l'ai entendue parler avec passion du concours la semaine dernière encore, déclara Kat. Elle va pas gagner sans ses roses ou quelque chose d'aussi spectaculaire. En plus, elle a pas les moyens de les remplacer avec sa petite pension. Elle a mentionné être un peu en retard dans ses factures.

Habituellement, les jardiniers chérissaient la vie et prenaient soin de chaque bourgeon et de chaque fleur. Quelque chose clochait vraiment dans la scène troublante qui se déroulait devant ses yeux.

— Ça pourrait expliquer la présence du gars. Elle a dû prendre un pensionnaire pour se faire un peu plus d'argent. Et il l'aide avec le jardinage. Y'a pas de quoi s'énerver, conclut Jace en ouvrant brusquement le rideau.

— Nous expose pas comme ça ! dit Kat en gémissant et en se reculant pour se cacher.

Trop tard. L'homme avait aperçu le mouvement. Il pencha la tête et regarda dans leur direction. Il plissa les yeux, aveuglé par le soleil.

Kat soupira. Maintenant qu'ils étaient découverts, elle pourrait tout aussi bien aller poser quelques questions.

— Je vais voir, lança-t-elle.

— Reste pas trop longtemps, répondit Jace en soupirant. J'ai réservé une table en bord de mer. Le restaurant va pas nous la garder longtemps si on est en retard.

— Je serai pas longue, promis.

Kat le frôla et se dirigea vers le placard de l'entrée. Elle mit des bottes en caoutchouc et saisit son panier d'outils de jardin, se disant qu'un peu de désherbage serait un bon prétexte pour entamer la conversation. Quelques minutes lui laisseraient assez de temps pour se changer pour le dîner.

— J'ai bien l'intention de découvrir exactement d'où ils se connaissent.

Elle sortit. L'homme mystère était à quatre pattes, en train de désherber entre les fissures de l'allée devant la maison. Fiona, en tenue de jardin, lui donnait des ordres. L'homme jeta un coup d'œil à Kat puis détourna rapidement son regard.

Il évitait le contact visuel pour se faire oublier. Kat remarqua le tatouage de dragon grossièrement dessiné sur son avant-bras gauche. À la prison, sans aucun doute.

Elle fit signe de la main à Fiona et se dirigea vers la petite bande de jardin qui longeait la cour de Fiona. Elle posa ses outils de jardin sur l'herbe et choisit une truelle. Les parterres de Fiona étaient en pleine floraison, mais la végétation avait envahi les siens. Même les mauvaises herbes étaient desséchées et flétries. Inutile de tourner autour du pot au rose, si on peut dire :

— Je croyais que vos roses étaient intouchables.

— Il est temps de choisir quelque chose de nouveau, répondit Fiona en se tournant vers Kat et en brandissant son sécateur. Peut-être des roses jaunes cette fois.

— Est-ce que c'est pas un peu tard pour replanter à temps pour le concours des jardins fleuris ?

Fiona faisait toujours en sorte que son jardin fleurisse pendant la semaine du concours et ses roses lune bleue, d'une grande rareté, en étaient la pièce maîtresse. Les roses jaunes étaient si… ordinaires. Pourquoi Fiona avait-elle délibérément saboté sa propre participation au concours ?

— Je me suis pas présentée cette année. Désolée, Kat, je dois y aller, je suis en retard à mon rendez-vous, expliqua-t-elle en regardant sa montre, les yeux écarquillés.

Elle se retourna et monta péniblement les marches. Elle ferma la porte en la claquant, sans se retourner.

En retard pour quoi ? Fiona n'avait pas manqué un seul concours des jardins fleuris en plus de vingt-cinq ans.

Kat se tourna vers l'homme. Si Fiona ne voulait pas lui parler, peut-être que lui accepterait.

— Je vois que Fiona vous fait travailler.

— Ouais, dit-il en s'essuyant les mains sur le devant de son jean déchiré. C'est le moins que je puisse faire.

— Ah oui ? reprit Kat en levant les yeux vers la maison de Fiona.

Les rideaux étaient fermés. Elle les ouvrait à la pointe du jour d'habitude.

— Pour me laisser loger chez elle. Personne d'autre veut prendre le risque depuis que je suis sorti, reprit-il en s'essuyant le front.

C'était donc vrai. Il *vivait* effectivement chez Fiona. C'était gentil de la part de Fiona de l'aider, mais d'ici à l'inviter à habiter chez elle, cela relevait de la folie. Tout comme déterrer ses roses primées.

— Sorti d'où ? dit Kat en laissant tomber sa truelle.

Converser avec un homme qui évitait de croiser son regard était déconcertant.

— De prison.

Ses pires craintes se trouvaient confirmées. Laisser un ex-détenu habiter chez elle allait bien au-delà du travail bénévole de Fiona à la prison. Enseigner une classe de jardinage était une chose, mais accepter un pensionnaire ? Fiona avait-elle perdu la tête ?

— Pourquoi est-ce que Fiona est rentrée ? Elle semblait pressée.

— Je sais pas, elle a toujours quelque chose à faire, renchérit-il en haussant les épaules. Elle doit avoir des trucs à préparer pour les gens de l'assurance qui vont venir plus tard.

— De l'assurance ? Quel genre d'assurance ?

Une assurance-vie ? Fiona devait avoir au moins soixante-dix ans, un âge inhabituel pour souscrire une assurance. Son budget très limité allait souffrir des primes.

— Je sais pas. Vous devriez lui demander directement.

Elle aurait beaucoup de choses à demander à Fiona si cette dernière ne l'évitait pas de façon si flagrante. Comme par exemple pourquoi elle avait choisi un ex-détenu, peut-être un voleur ou un assassin, comme colocataire. Elle avait besoin de lui parler avant qu'elle ne se retrouve morte et enterrée. C'était bien d'aider les gens, mais il y avait des limites.

Elle tira sur un pissenlit et perdit presque l'équilibre quand la tige lui resta dans la main. Si Fiona ne voulait pas lui parler, elle irait directement à la source de ses soucis. Elle se leva et lui tendit la main.

— Kat. Katerina Carter.

L'homme se releva et vint vers elle. Il lui serra la main.

— Declan Burke.

C'était assez pour commencer une vérification des antécédents. Il ressemblait à un ex-détenu, mais son air tranquille et sans prétention contrastait avec ce à quoi elle se serait attendue d'un criminel endurci. Les plus grands criminels se servaient bien sûr de leur charme et de boniments pour attirer leurs victimes, cela ne la surprit donc pas. C'était particulièrement efficace de tromper les personnes âgées, car elles avaient tendance à faire plus confiance. Declan avait été en prison pour une raison. Elle voulait lui demander laquelle, mais n'osa pas pousser sa chance.

La chemise de Declan était usée et démodée, comme quelque chose qu'on portait dans les années quatre-vingt. Elle doutait que la prison ou même les friperies locales offrent des vêtements aussi vieux. Fiona lui avait-elle aussi donné des vêtements de son mari ?

Declan lut dans ses pensées :

— C'est Fiona qui m'a déniché ça. Au cas où vous vous posez la question, j'ai fait vingt ans, alors j'avais rien, sinon les vêtements que je portais. Elle s'est occupée de ça pour moi.

Il la regardait en face maintenant, son incertitude disparue avec le départ de Fiona. Cette dernière, malgré sa petite taille, impressionnait parfois les gens. Declan n'était apparemment pas une exception.

— C'est très gentil de sa part.

Même si Declan semblait sympa, elle ne prenait rien de ce

qu'il disait pour argent comptant. Une peine de vingt ans, cela supposait un délit grave, un meurtre ou quelque chose de violent. Fiona était folle de se mettre dans une position si vulnérable.

— Je sens que vous vous méfiez de moi, avança Declan en se balançant d'un pied sur l'autre.

Kat haussa les épaules, ne sachant que répondre. Declan avait raison.

— Je peux pas vous blâmer. Mais c'est mon ancienne vie. Je suis revenu sur le droit chemin maintenant, grâce à Madame Fiona. En parlant d'elle, faut que j'y aille maintenant, poursuivit-il en se tournant et en saisissant la tondeuse à gazon à côté de lui.

Il rentra la tondeuse dans le garage de Fiona et ferma la porte derrière lui, abandonnant le tas de rosiers déracinés. Kat récupéra ses outils de jardinage et se dirigea vers sa maison. Elle se retourna pour regarder le tas de roses lune bleue fanées. Elle avait aussi des choses à déterrer.

2

Le temps que Kat se douche et s'habille, il faisait presque nuit. Elle regarda par la fenêtre du salon une dernière fois avant de partir pour aller au restaurant. Rien n'avait changé. Les rosiers mutilés avec leurs fleurs bleues fanées gisaient en un tas sans vie dans l'allée du jardin. Abandonnés. Aucun signe de vie de Fiona ni de Declan. Kat avait espéré qu'ils reviennent terminer le travail.

— Prête pour le dîner ? demanda Jace en la regardant du couloir. Fiona est pas un de tes cas de fraude, tu te souviens ?

— Ce gars-là est un problème, Jace. Je peux pas abandonner Fiona comme ça.

Elle avait perdu son appétit, sachant que Fiona était sur le point de se faire dévaliser par un criminel opportuniste. Le comportement bizarre de Fiona était très préoccupant.

— Et si quelque chose arrive pendant qu'on est partis ?

— Il arrivera rien, dit Jace, le châle de Kat à la main. Allons-y. Y'a rien à voir dehors, et les problèmes de Fiona, si ce sont des problèmes, seront toujours là demain.

Jace avait peut-être raison. Personne n'était entré ou sorti au cours de sa surveillance. Elle avait espéré trouver Fiona seule pour lui parler, surtout pour cette histoire d'assurance que Declan avait mentionnée. Et si elle signait quelque chose qu'elle ne devrait pas ? Elle pourrait toujours le déchirer, se dit-elle. Ce ne serait pas trop tard demain.

Elle traversa la pièce et alla l'embrasser.

— Je peux avoir cinq minutes de plus ?

Cela leur laissait trente minutes pour se rendre au restaurant. Serré, mais faisable.

— Cinq minutes max. T'es obsédée, renchérit Jace en secouant la tête et en battant en retraite dans la cuisine.

Kat entendit ensuite des bruits de vaisselle et la porte du réfrigérateur claquer.

Quelque chose attira son regard. Elle s'avança silencieusement en chaussettes vers son poste d'observation derrière les rideaux. Declan chancelait devant leur maison, en direction du centre-ville. Il était ivre ou défoncé. Elle ignorait lequel des deux.

Fiona ne buvait pas et ne tolérait pas l'ivresse. Avait-elle finalement retrouvé la raison et mis Declan dehors ? Ou était-il tout simplement sorti faire une course ? Il n'y avait qu'une façon de le savoir.

— OK, je suis prête. Allons-y ! cria-t-elle en direction de la cuisine.

Pas de réponse.

— Jace, allons-y !

Elle courut vers l'entrée. Elle mit précipitamment ses chaussures et saisit son châle. Declan était-il ivre parce qu'il avait célébré la nouvelle assurance-vie de Fiona ?

— Y'a une minute tu voulais attendre, remarqua Jace en se penchant pour enfiler ses chaussures. J'arrive pas à te comprendre des fois.

— Dépêche-toi, lui lança Kat qui avait déjà ouvert la porte. On va être en retard.

— Tu changes d'avis comme ça, dit Jace en claquant des doigts. Ça serait bien de prévenir.

Mais Kat avait déjà descendu les marches, soulagée de voir la silhouette sombre de Declan à un pâté de maisons. Assez loin pour éviter d'être aperçue, mais suffisamment près pour le suivre.

Il avançait en vacillant sur toute la largeur du trottoir, clairement ivre. C'était parfois une priorité pour les ex-détenus nouvellement libérés. Était-ce aussi simple que cela ou le signe de quelque chose de plus sinistre ? Quelle que soit la raison, elle avait l'intention de la découvrir.

Jace se dirigea vers l'allée.

— C'est une belle nuit, déclara Kat. Marchons jusqu'à l'arrêt de bus au lieu de conduire. Comme ça, on aura pas besoin de chercher une place où se garer.

— D'accord, si tu veux, fit Jace en haussant les épaules.

Kat se mit à marcher d'un pas rapide, voulant voir Declan de plus près. Avait-il déjà souscrit une assurance-vie pour Fiona ? Si oui, pour quel montant ?

— Hé ! ça serait pas le gars de la voisine devant nous ? demanda Jace en accélérant sa foulée.

— Chut, Jace. Il va nous entendre, dit Kat en réalisant soudain qu'ils avaient réduit l'écart entre eux.

— Ah, maintenant je comprends. Tu voulais marcher pour le suivre. On va *pas* l'espionner, Kat, poursuivit Jace en gesticulant. Est-ce qu'on peut pas s'amuser quelques heures, juste une soirée ?

— Je l'ai pas arrangé, Jace. Mais puisqu'il est là, autant voir où il va. Je peux pas rester les bras croisés et laisser Fiona se mettre en danger. Elle prend beaucoup de risques, donc plus j'en saurai, mieux ce sera. Surtout maintenant avec l'assurance. C'est comme si sa tête était mise à prix.

— Quelle assurance ?

Elle lui répéta les paroles de Declan sur l'assurance.

— Fiona pense qu'elle aide un ex-détenu à retomber sur ses pieds, mais elle se met en danger. Elle est une cible parfaite, sans famille, sans personne qui puisse remettre en question un paiement d'assurance. Au mieux, il attend qu'elle meure. Au pire, il accélère le processus.

— Maintenant, tu tires vraiment des conclusions hâtives.

— J'espère que je me trompe, mais si j'avais raison ? Sinon, pourquoi est-ce que Fiona prendrait une assurance ? Elle a pas de bouches à nourrir, alors à quoi ça pourrait lui servir ? Ça l'aidera pas quand elle sera morte. Alors, pourquoi faire ça ?

— Ce qu'ils ont arrangé entre eux nous regarde pas. Après toutes ces années de prison, je parie que personne veut l'embaucher. Fiona sait que Declan vivra plus longtemps qu'elle, alors c'est peut-être sa façon de l'aider. Quand elle mourra, il aura un petit pécule avec le paiement de l'assurance. Y a pas de problème avec ça.

— Sauf que ça lui donne plus de valeur morte que vivante.

— Tu dramatises trop la situation.

— Je crois pas. Et on est les seuls qui puissent le stopper.

Le rendez-vous de Fiona était-il la dernière étape de sa couverture d'assurance ? Si l'assurance était déjà en place, Declan pouvait la supprimer n'importe quand.

— J'aurais dû savoir que t'avais quelque chose derrière la tête, déclara Jace. Mais on marche bien en direction du restaurant, non ? Parce que je meurs de faim.

Kat acquiesça de la tête.

— Juste après un petit détour pour voir où va Declan.

Pourrait-il souscrire une police d'assurance sur la vie de Fiona à son insu ? C'était peu probable sans examen médical, puisque Fiona avait au moins soixante-dix ans. Mais cela signifiait qu'elle avait accepté la police d'assurance sans se rendre compte des conséquences.

— Est-ce que tu veux bien continuer sans moi et retenir notre table ? J'arriverai juste dix minutes après toi.

— Vraiment, Kat ? fit Jace en secouant la tête. Je vais pas manger tout seul.

— Je te promets que j'arriverai juste après toi. Quinze minutes après au plus tard.

Elle se dit de ne pas oublier de parler à Fiona dès que possible le lendemain matin.

— D'accord. Je vais marcher avec toi jusqu'à l'arrêt de bus, soupira Jace. Mais dépêche-toi. Un dîner romantique tout seul, c'est pas vraiment ce que j'avais en tête.

3

———————

Kat fit signe de la main à Jace tandis qu'il disparaissait à l'angle de la rue de l'arrêt de bus, à un pâté de maisons de là. Il ne lui retourna pas son salut. Elle ne pouvait pas lui reprocher d'être un peu remonté contre elle. Traquer un autre homme au lieu de prêter attention au sien n'était pas juste. Mais elle se sentait obligée de suivre Declan, compte tenu de la situation précaire de Fiona.

Declan tourna brusquement à droite dans une ruelle, à soixante mètres d'elle. Elle pressa le pas, inquiète qu'il ne disparaisse par une porte de derrière. Elle tourna au coin, consciente qu'il pourrait facilement l'apercevoir, même dans son état d'ivresse. Elle poussa un soupir de soulagement quand elle le vit au milieu de la ruelle étroite. Elle ralentit pour creuser l'écart entre eux, craignant qu'il n'entende ses pas.

La ruelle déserte la mettait mal à l'aise. De longues ombres descendaient sur le passage étroit. L'atmosphère sinistre était accentuée par l'approche de l'obscurité et le fait que la plupart des magasins avaient soit fermé boutique pour la nuit soit déménagé pour le centre-ville. La ruelle avait été construite au début des années 1900, bien avant l'ère des bennes à ordures et des gros camions. Les bâtiments faisaient saillie, laissant juste assez de largeur pour une camionnette.

Kat ne voyait pas où pouvait se diriger Declan, vu que la ruelle n'était pas un raccourci. Sa silhouette fut momentanément visible tandis qu'il passait sous une ampoule allumée au-dessus d'une porte de derrière, à mi-chemin de l'allée. Six mètres plus loin, il disparut de nouveau dans l'obscurité.

L'allée se trouva soudain inondée de lumière et un moteur accéléra derrière elle.

Kat sursauta.

Les pneus crissèrent et les phares illuminèrent le sol devant elle.

— Attention ! cria Jace quelque part derrière elle.

Kat plongea sur le côté de la ruelle et se plaqua contre un mur en briques. Il n'y avait nulle part où s'enfuir. L'air passa avec tellement de force contre sa jambe nue qu'il souleva sa jupe. Si proche qu'elle crut avoir été touchée par la voiture.

Mais non. La voiture fit une embardée au dernier moment et l'évita de justesse. Ses mains se mirent à trembler quand elle réalisa avoir été à deux doigts d'être renversée.

Jace avait dû la suivre. Et si la voiture l'avait heurté ? Elle se retourna alors que sa silhouette sombre se précipitait vers elle en courant.

La voiture dérapa et s'arrêta brusquement dans un crissement de pneus à quelques mètres de là. Le moteur cala momentanément, puis redémarra bruyamment et la voiture se précipita en avant.

Kat se tourna juste à temps pour voir Declan debout directement dans la trajectoire de la voiture. Il fut projeté au-dessus du capot de la berline noire et apparut en l'air une fraction de seconde dans la lumière des phares. Puis il retomba sur le pare-brise et le cassa avant de rebondir comme un cavalier de rodéo éjecté par sa monture.

Les feux de freinage s'allumèrent et la voiture accéléra, puis s'arrêta dans un bruit sourd en heurtant le corps de Declan une seconde fois.

Kat frissonna.

La berline fit marche arrière et s'élança une dernière fois sur le corps de Declan. Il n'y avait pas moyen de l'éviter dans la ruelle étroite.

Kat resta bouche bée, paralysée par la peur.

— Declan !

Devant elle, silence. Declan, immobile sur le bitume, n'émettait aucun son.

Kat sortit son portable de son sac à main et appela le numéro d'urgence. Elle poussa un soupir de soulagement en voyant Jace accourir. Il avait dû changer d'avis et décider de la suivre. Dieu merci, il était indemne.

La berline accéléra et tourna au coin de la rue sur les chapeaux de roue. L'obscurité envahit de nouveau la ruelle et Kate entendit la voiture s'éloigner.

Elle se précipita vers le corps recroquevillé de Declan tout en fournissant des détails à l'opérateur. La circulation était rare dans cette ruelle, même en plein jour. C'était un raccourci pour piétons et en général les véhicules l'évitaient à cause des nids de poule et de son étroitesse.

Délit de fuite. Qu'est-ce qu'elle avait vu ?

Elle ne se souvenait que des feux de freinage, des pneus qui crissaient et du fait que c'était une berline noire. L'accident était arrivé beaucoup trop vite pour voir autre chose que les feux arrière de la voiture. De gros feux en forme de losange, comme sur une très vieille voiture de collection. Rares pour sûr. Si elle pouvait les décrire, il y avait une chance d'identifier la marque et le modèle.

Jace s'agenouilla près de Declan et vérifia son pouls. En approchant du corps immobile de Declan, Kat remarqua du sang sous sa tête sur le bitume et sa jambe pliée à un angle impossible. Il était immobile, seule sa poitrine s'élevait et s'abaissait. Au moins, il respirait.

L'ambulance arriva quelques minutes après, son gyrophare éclairant la ruelle sombre. Deux ambulanciers sautèrent du véhicule, un homme et une femme. Ils placèrent Declan sur une civière à l'arrière de l'ambulance. La femme monta près de lui.

— On dirait un grave traumatisme crânien. Il a la jambe cassée pour sûr, remarqua l'ambulancier en s'adressant à Kat. Vous le connaissez ?

— Euh... oui.

Elle lui donna le nom et l'adresse de Declan tandis que l'ambulancière ressortait de son véhicule.

Les mains tremblantes, Kat composa le numéro de Fiona sur son portable. Elle réalisa soudain que si Jace n'avait pas crié pour l'avertir, elle aurait subi le même sort que Declan.

— Vous venez avec lui ? leur demanda l'ambulancière en gardant la porte arrière de l'ambulance ouverte.

Kat fit signe à Jace :

— Va avec Declan. Je vais rentrer à la maison et voir où est Fiona. Elle répond pas au téléphone.

Ils connaissaient à peine Declan, mais Jace pourrait au moins fournir le peu d'informations qu'ils avaient sur lui. Et rassurer Declan, s'il reprenait connaissance.

Elle regrettait de ne pas avoir mieux vu la voiture et son chauffeur. Sans plus de détails, elle serait impossible à trouver. C'était une marque ancienne et elle ne s'y connaissait pas vraiment en voitures. Il y avait probablement des centaines, voire des milliers de berlines noires semblables dans le coin. Malgré ses doutes au sujet de Declan, personne ne méritait d'être renversé dans un délit de fuite. Le coup de pouce que Declan avait reçu de Fiona avait été rapidement effacé par un tragique accident.

En y repensant, la voiture s'était presque arrêtée avant de faire un écart pour l'éviter. Mais le chauffeur avait fait marche arrière et heurté de nouveau Declan. Cela voulait dire qu'il avait le contrôle du véhicule. Est-ce que Declan avait été une cible ?

Kat réessaya d'appeler Fiona et arriva directement sur sa messagerie. Elle envisagea de laisser un message, mais que pourrait-elle lui dire ? Il semblait inutile de l'alarmer et seul l'hôpital pouvait lui fournir des détails sur l'état de Declan. Elle n'était pas en mesure de spéculer, mais à en juger par la réaction des ambulanciers, son pronostic n'était pas réjouissant.

Elle fit au revoir de la main à Jace qui montait dans l'ambulance. Après des décennies en prison, l'avant-goût de liberté pour Declan avait pris fin de façon abrupte et catastrophique. La nouvelle allait être très difficile à encaisser pour Fiona, quels que soient ses sentiments à l'égard de Declan. Son estime de soi était fondée sur ses réussites. La réhabilitation de Declan était un de ses projets, tout comme son programme de jardinage couronné de succès à la prison ou ses victoires répétées au concours des jardins fleuris. C'était ainsi que Fiona se définissait.

Était-elle au courant de l'état d'ivresse de Declan ou était-il sorti à son insu ? L'esprit rempli de questions sans réponse, Kat fit demi-tour pour rentrer chez elle. Elle était sûre d'une seule chose : il valait mieux annoncer de mauvaises nouvelles en personne.

4

Après plusieurs tentatives infructueuses pour joindre Fiona au téléphone, Kat rentra en marchant et en courant. Le téléphone fixe de Fiona tombait directement sur sa messagerie vocale et elle n'avait pas de portable. Même s'il lui fallait informer Fiona en personne, il était préférable de ne pas arriver à l'improviste. Si elle allait la voir, elle pourrait la conduire immédiatement à l'hôpital, puisque sa voisine n'avait pas de voiture.

Les arbres projetaient de longues ombres sur la route. Elle trébucha sur le trottoir inégal et faillit tomber la tête la première. Elle retrouva son équilibre, toute tremblante, les nerfs encore à vif suite à la violente collision. Elle jeta un coup d'œil derrière elle, s'attendant presque à voir le mystérieux chauffeur revenir pour la renverser. Après tout, elle avait été témoin de l'accident. C'était un délit de fuite au minimum ou un homicide et une mort tragique et insensée si Declan succombait à ses blessures.

Le chauffeur avait spécifiquement pris Declan pour cible, s'attendant à le trouver seul dans la ruelle sombre. Les images de

Declan heurtant le pare-brise repassaient sans cesse devant ses yeux. C'était comme un film perturbant qu'elle ne voulait pas regarder, continuellement en boucle.

Qui voulait s'en prendre à Declan, et pourquoi ? Son emprisonnement avait considérablement limité le nombre de ses relations. Il avait aussi restreint le cercle de personnes susceptibles de lui faire du mal. Déterminer le motif pourrait la conduire au suspect.

Le motif la rendait perplexe. Declan ne possédait rien à proprement parler. Quelqu'un voulait-il le faire taire ? Si oui, quels secrets gardait-il ?

Elle tourna au coin de sa rue et aperçut Fiona avançant péniblement dans sa direction sur le trottoir d'en face. Kat lui fit signe, surprise de trouver sa voisine si difficile à joindre dehors, à la nuit tombée.

— Fiona ! Je dois vous parler.

Elles se rejoignirent devant la maison de Fiona. Les yeux cernés, sa voisine avait l'air épuisée.

— Euh... bonsoir, Kat, fit Fiona en écarquillant les yeux de surprise. Y a quelque chose qui va pas ?

— Je crains de devoir vous annoncer de mauvaises nouvelles, Fiona. Declan a été renversé par une voiture. Jace et moi on a tout vu, expliqua Kat, la voix brisée en lui racontant la scène. J'ai essayé de vous appeler, où est-ce que vous étiez ?

— Je suis allée faire un tour, répondit-elle, interloquée. Oh, mon Dieu. Declan a jamais eu de chance. C'est dommage de finir comme ça.

— Mais Declan est pas... protesta Kat.

Fiona l'arrêta d'un geste de la main. Elle avait utilisé le passé, comme s'il était mort.

— Faut que j'y aille, ma chère, continua Fiona en fouillant dans la poche de son manteau à carreaux pour en retirer ses clés.

Je regrette que les derniers moments de Declan aient été aussi terribles.

Fiona frôla Kat, les clés à la main.

— Declan est en vie, mais il est gravement blessé, reprit Kat en la suivant.

Fiona, pessimiste, tirait toujours de mauvaises conclusions.

Sa voisine s'immobilisa. Elle avait le dos tourné et Kat ne pouvait pas voir son expression.

— Il est en vie ?

— Oui, mais pas en bon état, expliqua Kat en racontant l'accident dans la ruelle.

Fiona toussa, sans dire un mot.

— Heureusement que vous étiez pas avec lui, ajouta Kat. Vous auriez pu aussi vous faire renverser.

Fiona, frêle, ne s'en serait pas sortie aussi bien que Declan, un homme deux fois plus jeune qu'elle.

Elle se tourna vers Kat, retira un kleenex de sa poche et se moucha.

— C'est vraiment grave ?

— Y a que l'hôpital qui peut dire, mais il m'a pas paru en bon état.

Kat décrivit la scène de l'accident, en omettant de préciser pourquoi Jace et elle se trouvaient dans la ruelle en premier lieu. Fiona ne lui pardonnerait jamais si elle découvrait qu'ils avaient suivi Declan.

Fiona chancela et fit tomber son sac. Il s'ouvrit en atterrissant sur le trottoir. Une liasse de papiers en sortit.

Kat la prit par le coude pour la soutenir.

— Vous êtes en état de choc, ça se comprend, mais vous inquiétez pas, Fiona. Il est entre de bonnes mains à l'hôpital. Je suis sûre qu'il va s'en sortir.

— S'en sortir ? répéta Fiona.

— Declan va se remettre, j'en suis sûre.

Kat n'en était pas du tout sûre, mais cela semblait la bonne chose à dire. Elle lâcha le coude de Fiona et se pencha pour ramasser les papiers.

— Je vais vous aider à monter les marches.

— C'est pas la peine.

Fiona retira brusquement son bras et tira sur les papiers. Donnez-moi ça.

— Désolée, je voulais juste vous aider, reprit Kat en lui tendant les papiers.

Elle n'avait rien fait de mal. Pourquoi Fiona la traitait-elle comme une criminelle ?

Fiona s'empara des papiers et les fourra dans la poche de son manteau. Elle grimaça de douleur en se penchant pour ramasser le reste.

— Laissez-moi les ramasser pour vous.

— Pas besoin.

Fiona les ramassa d'un geste brusque et les fit disparaître sous son manteau.

— Je peux pas me permettre de les perdre, fit-elle en se relevant lentement.

Kat se rappela sa conversation avec Declan. Étaient-ce les papiers de l'assurance que Declan avait mentionnée ? Ce n'était pas le bon moment pour questionner Fiona sur le choix de Declan comme bénéficiaire de l'assurance-vie. Elle pourrait aborder le sujet après la visite à l'hôpital. Le seul point positif de cet accident était le temps qu'elle avait gagné pour persuader Fiona de revenir sur sa décision.

— Vous voulez que je vous conduise à l'hôpital ?

— Maintenant ?

— Bien sûr, maintenant. Vous devez être impatiente de le voir. Vous voulez aller prendre quelques affaires ? Je vais démarrer la voiture.

Fiona sembla confuse un instant.

— Des articles de toilette pour Declan, des vêtements de rechange peut-être ? expliqua Kat.

— Ah, oui, fit Fiona tout en rejetant son offre d'un geste de la main. On ira plutôt demain matin. Je suis trop fatiguée pour ressortir.

— Alors d'accord pour demain matin, le plus tôt possible.

Kat était perplexe devant le manque d'empressement de Fiona. À sa place, elle aurait tout laissé tomber pour y aller. Mais le stress avait des effets étranges sur les gens, et elle n'allait pas se disputer avec sa voisine.

Fiona monta ses marches et s'arrêta sur son perron.

— À neuf heures, ça ira.

Dix minutes plus tard, Kat était assise à sa table de cuisine avec du café frais et son ordinateur portable. L'arrangement entre Fiona et Declan était presque aussi étrange que sa réaction à l'accident. Lui cachait-elle quelque chose ? Kat espérait juste que ce que Fiona avait fait pourrait tout aussi facilement être défait.

En attendant, elle allait voir ce qu'elle pouvait dénicher sur Declan. Une recherche rapide dans les archives de journaux en ligne produisit des articles vieux de quelques décennies sur Declan Burke et ses condamnations pour meurtre et vol. Les détails étaient rares étant donné la technologie vingt ans auparavant, mais sa peine semblait résulter d'un cambriolage qui avait mal tourné. C'était donc un homme dangereux.

Il avait vingt-deux ans au moment des faits, donc la quarantaine aujourd'hui. L'article ne mentionnait pas grand-chose d'autre, sauf que même à ce jeune âge, c'était un alcoolique sans-abri, sans famille et sans domicile fixe. Declan avait au moins été honnête à ce sujet.

Même si Declan voulait sincèrement reprendre sa vie en main, cela durerait seulement le temps que l'occasion se présentait. Dès que les perspectives d'emploi disparaîtraient, il retournerait inévitablement à la criminalité. Si ses options étaient déjà épuisées, il pourrait envisager des moyens illégaux pour subvenir à ses besoins. Peut-être en était-il déjà là. Si oui, Fiona était-elle la prochaine sur sa liste ?

Fiona se rendait-elle compte de la gravité des crimes commis par Declan ? Les prisonniers parlaient rarement de leur dossier et c'était tabou de leur poser des questions sur le sujet. Avait-elle enquêté sur ses antécédents avant de lui ouvrir sa maison ? Kat était certaine que oui. Elle en demanderait confirmation le lendemain en conduisant Fiona à l'hôpital.

Des heures semblaient s'être écoulées depuis qu'elle avait parlé à Jace. Elle saisit son téléphone et l'appela.

— Il est pas en forme Kat. Quand est-ce que Fiona va venir ? répondit-il en chuchotant.

— Elle ira pas aujourd'hui, lui dit Kat en lui racontant sa conversation avec Fiona. Je crois qu'elle est en état de choc. Quand je lui ai offert de la conduire à l'hôpital, elle m'a répondu d'un ton brusque.

— Je suppose qu'elle est bouleversée. Tu le serais aussi à sa place.

— Oui, mais je me serais quand même précipitée à l'hôpital, rétorqua Kat. Quand est-ce que tu rentres ?

— Bientôt j'espère, répondit Jace en poussant un soupir. Ça me fait bizarre de veiller quelqu'un que je connais pas. Mais il y a personne d'autre ici. Je sais juste son nom et son adresse, mais ils me posent des questions sur lui. C'est effrayant et triste en même temps.

— C'est vraiment sympa de ta part, Jace. Au moins, quelqu'un est là pour Declan, surtout quand Fiona refuse de se rendre à l'hôpital.

Alors seulement, Kat réalisa que Jace n'avait même pas rencontré Declan. Il l'avait juste vu de leur fenêtre.

— J'aimerais qu'on fasse la même chose pour moi. Surtout si j'étais entre la vie et la mort comme lui.

— Ses blessures sont vraiment graves ?

— Oui, répondit Jace, ému. J'ai de la peine pour le gars. Il a personne pour s'occuper de lui. L'équipe médicale arrête pas de demander s'il a de la famille. Je vais rester tant qu'il sera au bloc opératoire. Je leur ai pas encore donné mes coordonnées ni celles de Fiona. Y a personne ici à qui les donner.

Kat regarda sa montre. Un peu après trois heures du matin.

— Ça paraît pas bon.

Ils parlèrent quelques minutes de plus et Jace promit de l'appeler quand il y aurait du nouveau. Elle monta à l'étage, bien déterminée à dormir quelques heures.

La seule bonne chose était que Declan ne pouvait pas poursuivre ses manigances avec l'assurance depuis son lit d'hôpital. Ce qu'il avait prévu resterait indéfiniment en suspens. Compte tenu de ses blessures, Kat compris qu'elle avait au moins quelques jours pour convaincre Fiona d'annuler l'arrangement.

Elle ressentit de la culpabilité face à son évaluation de la situation, dure mais réaliste. Néanmoins, un détail la tracassait. Declan ne lui avait pas paru suffisamment finaud pour monter une fraude à l'assurance. Du moins pas sans aide.

Elle se retourna dans son lit, revoyant l'accident dans sa tête, incapable de dormir.

La voiture avait heurté l'homme si vite, elle n'avait pas eu le temps de voir le chauffeur ni d'identifier la marque ou le modèle de la voiture, sauf que c'était une berline noire. Un modèle datant d'au moins quinze ou vingt ans. Elle pourrait peut-être l'identifier avec des photos de véhicules plus anciens.

Chaque seconde de la scène se rejouait devant ses yeux, depuis le rugissement du moteur et le souffle d'air quand la voiture l'avait frôlée jusqu'au moment où le corps de Declan avait atterri sur le pare-brise. Les feux arrière rouges brillaient et elle avait aperçu la plaque d'immatriculation. Elle se concentra sur cette fraction de seconde. Et elle la revit en esprit : la plaque commençait par un R.

Il n'y avait que des chiffres ensuite, mais son esprit ne les avait pas enregistrés.

Mais elle avait au moins un R, ce qui réduisait considérablement les possibilités. Les plaques d'immatriculation en R étaient uniquement destinées aux entreprises de réparation automobile et aux concessionnaires pour le transport temporaire de véhicules non immatriculés. Ces plaques pouvaient être transférées entre plusieurs voitures, mais seules quelques entreprises s'en servaient. Elles étaient donc plus faciles à retrouver.

Elle ferait une recherche dès son réveil, avant de se rendre à l'hôpital. Une plaque en R était également susceptible d'appartenir à une entreprise locale, réduisant le nombre de propriétaires potentiels de quelques millions à quelques centaines. L'un de ces magasins avait en sa possession une berline de couleur sombre avec le pare-brise et le capot endommagés, et elle avait bien l'intention de trouver lequel.

5

———

Kat se réveilla juste après sept heures avec l'arôme du café moulu et le bruit de casseroles de cuisine. Guidée par son odorat, elle descendit au rez-de-chaussée et trouva Jace en train de préparer le petit-déjeuner. Elle l'embrassa et se versa une tasse de café.

— Tu dois être épuisé. Comment s'est passée l'opération de Declan ?

— Pas mal, d'après ce que j'en sais. Le coup qu'il a reçu à la tête a touché une artère majeure, expliqua Jace. L'opération d'urgence a réduit la pression sur son cerveau, mais il est trop tôt pour en dire plus. Ils l'ont plongé dans un coma artificiel.

— Ouah ! s'exclama Kat en sirotant son café.

Elle repensa soudain à la berline noire dans la ruelle. La vie de Declan avait changé en un instant. Elle aurait subi le même sort si le chauffeur n'avait pas fait une embardée pour l'éviter.

— Y a des risques qu'il s'en sorte pas ?

Jace fit oui de la tête.

— Il est toujours dans un état grave. Est-ce que t'as parlé à Fiona ce matin ?

— Non. Je lui donnerai les nouvelles en l'emmenant à l'hôpital.

Kat se rappela la réaction de Fiona et espérait qu'elle soit redevenue elle-même ce matin.

— C'est aussi bien comme ça. Maintenant qu'il a survécu à l'opération, t'as de meilleures nouvelles à lui annoncer, commenta Jace en passant ses bras autour de sa taille et en l'embrassant. Ç'aurait pu être toi au lieu de Declan. Dieu merci, tu es indemne.

— La voiture est allée tout droit sur Declan, Jace. Le chauffeur l'a visé dans la ruelle, pas moi, précisa-t-elle en frissonnant, se souvenant comment la voiture l'avait évitée à la dernière minute. Quelqu'un a intentionnellement essayé de le tuer.

— C'est ce que j'ai dit à la police à l'hôpital hier soir, reprit Jace en haussant les épaules. Je pensais aussi que c'était personnel, mais ils le croient pas. Ils ont dit que c'est par hasard, probablement un chauffeur soûl qui a pris la fuite. Ils voient ça tout le temps.

Si c'était le cas, elle ne serait pas là.

— Ça a pas de sens. Un ivrogne aurait pas fait une embardée pour m'éviter. Quelqu'un voulait le supprimer, Jace, mais qui ?

— C'est difficile à savoir. Peut-être un de ses anciens copains ? Comme ex-détenu, il connait peut-être un secret ou deux. Quelqu'un doit vouloir le faire taire.

Jace posa ses œufs brouillés sur une assiette et la tendit à Kat.

Elle sortit deux tranches du grille-pain et s'assit à la table de la cuisine.

— Il a eu vingt ans pour parler. Pourquoi attendre d'être libéré de prison ?

— Peut-être qu'ils ont pas voulu prendre de risques. Et ils pouvaient pas le toucher en prison.

— Les gens se font tout le temps liquider en prison.

— Dans les films, dit Jace en riant. Je parie que c'est bien plus difficile de supprimer un détenu en vrai. Ça serait sûrement plus difficile de prendre la fuite après.

Kat raconta à Jace ce qu'elle se rappelait de la voiture et de la plaque d'immatriculation en R.

— Est-ce que t'as vu ou tu te souviens d'autre chose ? La marque de la voiture ?

— Non, fit Jace en secouant la tête et en la rejoignant à la table de la cuisine. J'ai vu encore moins de choses que toi. Je te regardais, pas la voiture.

— La police a des pistes ?

— Non, mais ils pensent que c'est un délit de fuite gratuit. Et comme c'est contre un ex-détenu, j'ai l'impression que c'est pas leur priorité. Ils m'ont quand même donné un numéro de dossier, pour ce que ça vaut.

Tandis qu'ils mangeaient en silence, Kat se rappela la promenade nocturne de Fiona. C'était complètement contraire aux habitudes de Fiona de sortir à la nuit tombée. Où était-elle allée, et pourquoi avait-elle réagi de façon si bizarre ? Kat avait bien l'intention de le découvrir en la conduisant à l'hôpital.

6

Le trajet jusqu'à l'hôpital avec Fiona avait été désagréable. Fiona lui avait répondu sèchement quand Kat avait insinué que les motifs de Declan pouvaient être égocentriques. Kat n'en savait pas plus sur l'arrangement étrange entre Fiona et l'ex-détenu. En fait, c'était même pire, car Fiona avait cessé de lui parler peu après leur arrivée à l'hôpital. Une situation pour le moins délicate.

Kat se tenait au pied du lit de Declan, regardant la multitude de tubes et de machines connectés à son corps immobile. Elle était seule dans sa chambre quand Fiona alla chercher une infirmière. Un sac en plastique transparent se trouvait par terre, près de son lit. Il attira son attention et elle se pencha pour le ramasser.

Le sac arborait le logo de l'hôpital. À l'intérieur se trouvaient un portefeuille, un jeu de clés et une enveloppe, probablement les effets personnels de Declan, placés dans le sac pour les garder en sécurité. Le sac avait dû tomber de sa table de chevet. Qui pouvait être assez imprudent pour laisser les objets de valeur d'une personne inconsciente sur une table où n'importe qui pouvait les voir ou s'en saisir ? Elle ouvrit le sac pour vérifier que le contenu appartenait bien à Declan.

L'extérieur de l'enveloppe portait le nom et le logo de la compagnie *Assurance Alliance*, mais sans destinataire. Ses soupçons étaient corrects : Declan n'avait pas perdu de temps pour obtenir l'assurance. Elle se sentit insensible rien que d'y penser, mais l'accident et l'hospitalisation de Declan donnaient au moins du temps à Fiona avant qu'il ne sorte de l'hôpital. Peut-être assez de temps pour que Kat lui fasse entendre raison.

Techniquement, cela ne la regardait pas, se dit-elle en s'asseyant dans le fauteuil de chevet. D'un autre côté, que cela la regarde ou non, elle n'allait pas rester les bras croisés et laisser Fiona se mettre en danger.

Elle appuya sur le sac en plastique, l'aplatissant contre l'enveloppe. Elle essaya de voir le contenu de l'enveloppe par transparence, mais le papier était trop épais.

C'était difficile de convaincre Fiona d'annuler le contrat d'assurance sans en connaître les détails. Mais cela voulait dire qu'elle devait ouvrir l'enveloppe. Et c'était la propriété personnelle de Declan. Elle franchirait la ligne si elle l'ouvrait. Mais avait-elle le choix ? Elle avait manifestement des circonstances atténuantes.

Kat prit une profonde inspiration et retira l'enveloppe du sac plastique. Elle en sortit la lettre. Elle resta bouche bée après avoir lu la première page. C'était bien une police d'assurance, sauf qu'elle était sur la vie de Declan, pas sur celle de Fiona. Quelqu'un du nom de Richard Sandowski était nommé comme seul bénéficiaire et devait toucher un million de dollars en cas de décès de Declan.

C'était Declan qui avait des ennuis, pas Fiona. Elle s'était complètement trompée. Non, pas tout à fait. Qui que soit ce Richard Sandowski, il avait un puissant motif pour tuer Declan. Était-il le chauffeur qui avait commis le délit de fuite ?

Elle sentit que quelqu'un la regardait et leva les yeux. Fiona était penchée sur elle.

— Donnez-moi ça, lui dit-elle en lui arrachant des mains les papiers d'assurance et le sac plastique, et en les fourrant dans son sac à main.

Elle le referma brusquement et grommela quelque chose.

— Il était par terre, alors je l'ai ramassé, expliqua Kat, le souffle coupé. Je l'ai ouvert pour m'assurer qu'il appartenait bien à Declan.

— J'en suis sûre, rétorqua Fiona en rougissant et en lui lançant un regard noir.

— J'essaie juste de...

— ... d'aider ? Eh bien, vous aidez pas du tout, Kat.

Kat en avait assez :

— J'arrive pas à croire que vous puissiez être aussi ingrate, Fiona. On aide votre ami après un grave accident. Jace l'a même veillé toute la nuit. Et moi je vous conduis ici, et tout ce que vous me dites, c'est que j'aide pas ?

Fiona secoua la tête et se détourna.

Kat se leva.

— Vous pouvez me blâmer, mais vous devez prendre votre part de responsabilité, Fiona. Declan a des ennuis. Une amie l'aiderait au lieu de s'en prendre à moi.

— Peut-être que vous avez quelque chose à voir avec ce qui lui est arrivé, avança Fiona en rougissant. Vous avez dit avoir vu la scène. Peut-être que vous l'avez poussé.

— C'est la chose la plus ridicule que j'aie jamais entendue. Si vous voulez pas de mon aide, très bien. Mais je crois que vous me devez des excuses. Je vais chercher un café pour vous donner le temps de réfléchir.

Fiona se contenta de regarder dans le vide, ignorant ostensiblement Kat qui sortit en furie.

Furieuse, Kat repensa aux paroles de Fiona. Son cœur battait à tout rompre. La situation de Declan entre la vie et la mort n'était certes pas normale et des questions s'imposaient. Peut-être que Fiona ne voulait pas y répondre, mais elle n'avait pas besoin d'être aussi impolie. La femme assise au chevet de Declan contrastait fortement avec la voisine qu'elle pensait connaître.

Kat suivit le couloir de l'hôpital en pensant à Declan. Les gendarmes étaient-ils au courant de la police d'assurance d'un million de dollars ? Probablement pas, sinon ils auraient contacté Richard Sandowski. Elle était plus sûre que jamais que l'accident de Declan avait été arrangé. Le chauffeur avait clairement le contrôle de la voiture et avait non seulement fait une embardée pour l'éviter elle, mais avait heurté Declan par deux fois. Elle repensa à la berline mystérieuse avec ses lumières triangulaires. Les ateliers de carrosserie et les mécaniciens se servaient de plaques en R. Encore quelques informations et elle pourrait assembler toutes les pièces du puzzle.

La queue à la cafétéria était longue. Cela lui prit vingt minutes pour acheter un café et remonter vers la chambre. Elle marchait lentement dans le couloir, perdue dans ses pensées. Elle voulait que Fiona lui donne plus de détails avant de se rendre au poste de police. Mais si Fiona refusait de lui parler, elle n'allait pas rester les bras croisés.

La police ne considérait pas le dossier de Declan comme une priorité, mais ils pourraient changer d'avis avec cette nouvelle information. Mais d'abord, elle voulait aller voir quelques garages locaux pour vérifier s'ils n'auraient pas une ancienne berline avec une plaque en R.

Un coup sur le bras la ramena à la réalité.

— Poussez-vous qu'on puisse passer !

Le couvercle de sa tasse sauta. Kat poussa un cri. Son café chaud se renversa et la brûla au bras. Sa tasse lui échappa et atterrit contre le mur. Kat se retourna. Des infirmières couraient devant elle avec un chariot de réanimation. Elles ignorèrent ses cris et entrèrent dans une chambre à quinze mètres d'elle.

Dans la chambre de Declan. Diable, que se passait-il ?

Elle se mit à courir et les suivit tandis qu'une douleur vive lui parcourait le bras. Elle entra dans la chambre derrière l'équipe médicale et leur chariot. Ils avaient poussé la chaise de côté pour pouvoir s'occuper de Declan.

— Qu'est-ce qui se passe, Fiona ? demanda Kat en pressant la main contre son avant-bras pour atténuer la douleur de la brûlure.

Pas de réponse. Fiona se tenait près de la fenêtre, une expression de surprise sur le visage.

— Fiona ?

Quatre personnes se pressaient autour du lit de Declan. Deux d'entre elles, une infirmière et un infirmier, se relayaient pour lui faire des compressions thoraciques. Une autre infirmière, à peine sortie de l'adolescence, connecta le défibrillateur avant de se tourner pour ajuster le reste du matériel, les fils et le goutte-à-goutte au chevet de Declan. Une femme corpulente, probablement l'infirmière en chef, aboyait des ordres. Les instructions semblaient à peine nécessaires. La précision de leurs mouvements indiquait qu'ils étaient tous bien formés à leurs rôles respectifs.

Fiona les observait, tout en évitant Kat du regard. Elle serrait son sac contre sa poitrine.

Kat se tourna vers l'infirmière en chef tandis que celle-ci s'éloignait du lit :

— Il va s'en sortir ?

— Je crains qu'il soit trop tôt pour le dire. Mais on l'a ramené.

— Ramené d'où ? réalisant juste après avoir posé la question que le cœur de Declan avait dû s'arrêter. Peu importe. Je suis contente que vous soyez arrivés à temps.

L'infirmière acquiesça et retourna au chevet du malade. La panique frénétique s'était calmée. Une petite rousse entra et rejoignit l'équipe autour du lit. Un médecin ou une interne, à en juger par sa blouse blanche.

— Fiona ? dit Kat en entourant les épaules frêles de sa voisine de son bras, leur dispute oubliée.

À quelques pas, les voix de l'équipe médicale s'élevaient au-dessus du bourdonnement des machines et de l'air conditionné.

— Ça va aller.

— Non, dit Fiona en se séparant de Kat et en se dirigeant vers la porte. Qu'est-ce qui se passe maintenant ? Quand est-ce qu'il va se réveiller ?

— Je sais pas, fit Kat en haussant les épaules. Vous pourrez demander au médecin quand ils auront fini, regrettant aussitôt ses paroles après avoir jeté un coup d'œil à Fiona.

— Et c'est reparti ! lança l'infirmière en chef.

Le corps de Declan tressaillait à chaque décharge du défibril-lateur. Il était sans réaction, mais ressentait-il la douleur ?

— Je peux pas regarder ça, fit Fiona en se précipitant vers la porte.

Kat grimaça en regardant vers Declan, dont la vue lui était partiellement obscurcie par l'équipe médicale. Elle prit une profonde inspiration et suivit Fiona dans le couloir. Fiona était déjà six mètres plus loin, avançant de façon étonnamment rapide. Kat la rattrapa aux ascenseurs. Elle passa la main entre les portes juste avant qu'elles ne se referment.

Elles étaient seules dans l'ascenseur. Soit c'était une porte extrêmement rapide, soit Fiona avait délibérément appuyé sur le bouton pour fermer la porte. Vu que c'était un hôpital, Kat pencha pour la deuxième option. Mais pourquoi Fiona essayait-elle de se débarrasser d'elle ?

— Qu'est-ce que je peux faire, Fiona ?

— Laissez-nous tranquilles, rétorqua Fiona en regardant droit devant elle tandis que l'ascenseur descendait.

7

———————

Kat s'arrêta à une supérette pour acheter quelque chose à manger et un plan de la ville, toujours furieuse contre Fiona à la fois pour son accès de colère et son refus de rentrer avec elle. Sa sympathie pour sa voisine avait fait place à de l'indignation, surtout maintenant que Fiona l'accusait d'être impliquée. La femme avait perdu la tête.

Folle ou non, cela ne résolvait pas le problème de Declan. Peu importe les circonstances, personne ne méritait d'être traqué à mort. Avec une arme à feu ou une voiture, c'était une tentative de meurtre à ses yeux et elle avait bien l'intention de s'assurer que le chauffeur ne vienne pas finir son travail. Cela voulait dire qu'elle devait le trouver.

Elle grignota sa barre de chocolat tout en cherchant sur son téléphone une liste des ateliers de réparation et de carrosserie automobile du coin. Elle les entoura au crayon à papier sur le plan. Il y en avait vingt-six dans un rayon de huit kilomètres, beaucoup plus que ce qu'elle avait prévu. Les ateliers de carrosserie automobile étaient particulièrement nombreux, lui faisant se poser des questions sur les aptitudes des chauffeurs de son quartier. Il y avait soit un grand nombre de mauvais chauffeurs, soit des gens tout simplement malchanceux.

Il était essentiel de trouver la voiture pour s'assurer que le véhicule endommagé ne soit pas réparé pour effacer les preuves. Sa théorie était toujours qu'une plaque d'immatriculation en R appartenait presque certainement à l'un de ces magasins. De là, elle pourrait retrouver le chauffeur.

Il pourrait bien sûr tout simplement cacher la voiture et attendre qu'on l'oublie avant de la faire réparer. Mais attendre des mois ou des années n'était pas pratique pour la plupart des gens. Et dissimuler un véhicule une longue période de temps amenait les amis et la famille à poser des questions.

Il y avait seulement deux baies de service là où elle alla en premier, toutes les deux vides. Il y avait quelques voitures dans le parking, mais aucune ne ressemblait à la berline sombre qui avait renversé Declan. Elle se rendit dans un deuxième atelier, *AA Réparation Collision*. Il y avait beaucoup plus de monde que dans le premier et le réceptionniste aux cheveux gris la salua de la main en raccrochant le téléphone.

Elle décrivit la voiture.

— Je crains ne jamais me souvenir de la marque ni du modèle. Je veux faire une surprise à mon petit ami en lui offrant de nouveaux feux arrière pour la voiture qu'il est en train de restaurer. Évidemment, je peux pas lui demander, sinon ça sera plus une surprise.

Elle avait décidé de poser des questions sur les feux arrière pour plusieurs raisons : c'était la seule partie de la voiture qu'elle pouvait identifier avec précision et elle voulait aussi jauger la réaction de l'employé du magasin. Enfin, si quelqu'un d'autre recherchait la même pièce, cela pourrait conduire à une piste.

— Ça m'a l'air d'être une voiture des années 1960, peut-être une Chevrolet ? Mais je peux pas dire pour sûr sans la voir. Vous avez pas une photo ?

Kat fit non de la tête.

— Les feux arrière ont des verres de type œil-de-chat. Un peu triangulaires. Vraiment classe et anciens.

Il tira un clavier crasseux à lui et appuya sur quelques touches.

— Comme ça ? dit-il en faisant pivoter l'écran pour qu'elle puisse voir.

L'écran afficha une berline bleu pastel avec des feux arrière identiques à la voiture qui avait heurté Declan.

— C'est exactement ça ! s'exclama Kat. Vous en avez en stock ?

Il fit non de la tête.

— C'est une Biscayne de 1959. Très rare. Vous pouvez même pas les commander, vous devez trouver quelqu'un en train de démonter une de ces beautés pour avoir les pièces. Le seul que je connais ici dans la ville est à *Craft Collision*. Peut-être que Rick là-bas aurait un tuyau pour en trouver. Si quelqu'un sait, c'est lui.

Kat le remercia et s'en alla. Maintenant qu'elle connaissait la marque et le modèle, les choses pourraient aller beaucoup plus vite. C'était bien, vu qu'il était déjà midi et qu'elle avait juste consulté quatre ateliers de carrosserie et deux mécaniciens. Elle avait ignoré les concessionnaires après avoir parcouru les annonces sur Craigslist, se disant que les voitures anciennes à vendre y figureraient.

8

Kat traversa le parking en béton fissuré et se dirigea vers l'entrée de *Craft Collision*. C'était le garage le plus désert de tous ceux qu'elle avait visités jusque-là. Il était midi et demi, ce qui pouvait expliquer pourquoi aucun employé ne venait au-devant d'elle. Ce n'était manifestement pas une entreprise prospère.

L'extérieur délabré n'inspirait pas confiance non plus. Des pare-chocs rouillés étaient appuyés contre un bac à fleurs effrité en brique et en ciment. Contre toute attente, une rose délicate y fleurissait.

La porte d'entrée résista. Elle la poussa et entra dans une salle d'attente crasseuse qui arborait des panneaux des années 1940. Les murs n'avaient probablement pas été repeints depuis. Il n'y avait personne au comptoir. Il était presque enfoui sous des piles de commandes sales et de notes manuscrites griffonnées, avec des numéros de pièce, des noms et des numéros de téléphone.

Elle ne vit pas de sonnette de service, mais trouva des cartes de visite avec le nom et l'adresse du magasin à côté d'un cactus à moitié mort. Elle en prit une et la fourra dans sa poche pour plus tard. Elle se dirigea vers la porte qui menait à l'atelier. Elle passa la tête par la porte ouverte. Personne.

— Y a quelqu'un ?

Pas de réponse.

Elle s'aventura à l'intérieur. Rien ne semblait bouger, mais les lumières étaient allumées et une grosse boîte à outils ouverte était posée à côté d'un établi encombré. Elle doutait qu'on l'ait entendue avec la radio à tue-tête quelque part à l'arrière de l'atelier. Le heavy metal des années 1980 l'agaçait. Le service client n'était clairement pas un de leurs points forts.

Mais la porte ouverte voulait dire que quelqu'un était là. Elle décida donc d'attendre quelques minutes de plus.

Elle parcourut des yeux les quatre baies de service. Elles étaient vides, sauf la dernière qui contenait une Honda rouge des années 1990. Elle avait l'air triste sans son aile côté passager ni son pare-chocs avant. Derrière cette baie se trouvait une cabine de peinture d'où semblait venir le son déformé de la radio. Elle le suivit et tourna vers la cabine de peinture.

Elle se figea.

Ce n'était pas possible.

Mais si, c'était bien elle. Garée juste devant elle se trouvait la berline. L'avant avait été réparé et apprêté pour la peinture. Elle n'avait pas besoin de voir les feux arrière en forme de triangle pour le savoir : c'était la voiture qui avait renversé Declan.

Elle prit une photo avec son téléphone portable et le remit dans sa poche. Jace lui fournirait le numéro du policier avec qui il avait parlé et elle lui enverrait la photo. Elle était toujours agacée qu'ils ne l'aient pas contactée en tant que témoin de l'accident. Elle avait maintenant une excuse pour leur parler et faire sa déposition en tant que témoin oculaire.

Elle sursauta quand un homme se releva à côté de la voiture. Il était directement en face d'elle, mais elle avait été tellement concentrée sur le véhicule qu'elle ne l'avait pas remarqué.

— Vous avez pas le droit d'être ici à l'arrière du magasin, lui dit-il en lui faisant signe de sortir. Règlements d'assurance.

— J'ai attendu. Mais personne ne venait. Vous avez besoin d'une sonnette à votre porte ou quelque chose.

À son apparence et à celle de son atelier, il ne semblait pas avoir trop envie de s'occuper des clients. Elle se demandait combien il en avait vraiment.

Il la chassa et retourna vers la voiture.

Elle étudia l'homme. Était-il le propriétaire du magasin ou un simple employé ? Les manches retroussées de sa salopette blanche révélaient des tatouages médiocres. L'un représentait un serpent, mais elle ne voyait pas très bien l'autre. Une série de chiffres ou quelque chose de ce genre. Elle remarqua avec inquiétude son tatouage au cou. Un scorpion qui montait et descendait quand l'homme parlait. Qui se faisait tatouer sur le cou ?

— Je suis occupé. Faut que je finisse ce boulot. Dégagez, insista-t-il sans prendre la peine de se retourner et en ajustant son pistolet à peinture.

— Justement, quand est-ce que cette voiture est arrivée ? demanda-t-elle en se dirigeant vers l'arrière du véhicule et remarquant que les feux arrière correspondaient exactement à ceux de la voiture qui avait renversé Declan. Vous savez à qui elle appartient ?

Le pare-chocs et la grille avant manquaient, mais le pare-brise défoncé était clairement visible. Son cœur se mit à battre plus vite. C'était incontestablement l'auto qui avait heurté Declan.

Il baissa son pistolet à peinture et se dirigea vers elle. Il s'arrêta à seulement trente centimètres d'elle.

Elle recula involontairement, se sentant agressée par cette intrusion dans son espace personnel.

— Et qu'est-ce que ça peut vous faire ? dit-il en faisant tournoyer un cure-dent entre son pouce et son index.

— Je suis juste sur une affaire de délit de fuite.

La voiture n'avait pas de plaques d'immatriculation, ce qui était normal puisqu'elle allait être repeinte. En plus, les plaques R étaient juste posées temporairement, uniquement nécessaires pour conduire le véhicule sur les routes.

Il fronça les sourcils en retirant le cure-dent de sa bouche et la regarda des pieds à la tête.

— Vous êtes flic ?

La mauvaise haleine de café du gars chatouillait la gorge de Kat et elle se retint de tousser. Elle commençait à avoir un très mauvais pressentiment et avait parfaitement conscience de se trouver seule avec cet homme. Il n'y avait non seulement personne d'autre dans le magasin, mais personne ne pourrait l'entendre crier. Et personne ne savait même qu'elle était là.

Idiote.

— Pas exactement flic, répondit-elle en retenant son souffle et en tournant la tête. Une enquêteuse privée.

— Vraiment.

C'était plus une affirmation qu'une question. Si on peut dire qu'il l'avait accueillie, elle n'était vraiment plus la bienvenue.

— C'est vrai. Je travaille avec la police.

— Je vais compter jusqu'à dix, annonça-t-il avec un petit sourire en coin. Si vous êtes pas partie à dix, la police aura une autre enquête à faire. Vous m'avez bien compris ?

— Quel genre d'en...

Il sortit un cran d'arrêt de sa poche et le pointa vers sa gorge.

— Vous avez rien à foutre ici.

— Est-ce que je peux pas juste poser quelques petites questions ?

Il lui serra le bras et la poussa vers l'avant du magasin. La lame du couteau pressée durement et avec précision entre ses omoplates.

— Si vous êtes intelligente, vous irez voir ailleurs.

9

———————

Kat sortit à toute vitesse du parking sans regarder en arrière. Une fois dans sa voiture, elle pressa son dos contre le siège pour atténuer les picotements là où la lame l'avait éraflée. Elle était encore sous le choc que le gars ait sorti un couteau. Elle envisagea d'appeler la police, mais c'était sa parole contre la sienne. Son histoire ne semblait pas tenir debout et elle n'avait aucune preuve pour l'étayer. Elle réfléchit. Elle devrait bien sûr alerter la police, mais elle voulait d'abord montrer la photo du véhicule à Declan et à Jace.

Elle appela Jace avec sa connexion Bluetooth tout en conduisant vers l'hôpital. Elle lui fit le récit de sa rencontre à l'atelier de carrosserie et demanda à Jace d'alerter la police au sujet de la voiture suspecte.

Dix minutes plus tard, elle était en présence de Declan, assis dans son lit. Il s'était rétabli de façon quasi miraculeuse, certainement dans un bien meilleur état que le matin, quand son cœur avait cessé de battre.

— Vous avez l'air beaucoup mieux que ce matin, déclara Kat.

— Beaucoup mieux, en convint Declan. Le docteur a dit que j'avais fait une réaction aux médicaments dans le goutte-à-goutte de solution saline, probablement une réaction allergique. Mais je crois pas. Je me rappelle m'être senti comme ça aussi hier.

— J'ai des nouvelles, annonça Kat en s'asseyant dans le fauteuil. Je pense avoir trouvé la voiture qui vous a renversé, annonça-t-elle en lui montrant la photo sur son téléphone. Ils ont déjà réparé les dégâts, mais je l'ai reconnue. Et vous ?

— Je sais pas. C'est arrivé tellement vite. J'ai pas bien vu ni la voiture ni son chauffeur, répondit Declan, son regard s'assombrissant.

— Vous avez rien vu du tout ?

Declan commença à faire non de la tête, mais il s'arrêta quand son regard tomba sur le téléphone de Kat qu'il tenait à la main. Il fit une pause, comme s'il soupesait ses options.

— Je connais ce gars-là, fit-il en redonnant le téléphone à Kat. C'est Richard.

— Richard qui ?

— Richard Sandowski. On était en prison ensemble, mais je le connais pas vraiment. On faisait tous les deux partie du programme de jardinage de Fiona.

— J'ai vu une police d'assurance dans vos affaires. Vous l'avez désigné comme bénéficiaire, poursuivit Kat en déposant son téléphone sur ses genoux et en pressant la touche raccourci pour appeler Jace.

Elle mit le volume en sourdine : Jace pourrait entendre sa conversation avec Declan, mais Declan n'entendrait pas Jace à l'autre bout.

Declan se pencha pour ouvrir le tiroir de sa table de chevet.

Kat jeta un œil à son portable. Le voyant vert signalait que Jace avait décroché et était en ligne.

— Pas la peine, la police d'assurance est plus là. Fiona l'a prise. Qu'est-ce qui se passe, Declan ? Si vous connaissez à peine

Richard Sandowski, pourquoi est-ce que vous l'avez nommé bénéficiaire de l'assurance ? répéta-t-elle pour que Jace comprenne.

En espérant qu'il saisisse ce qui se passait et informe la police.

— C'était une idée de Fiona. Le plan était de simuler ma mort. Richard et Fiona devaient préparer l'accident. Mais ils étaient pas censés me renverser. Ils devaient trouver un sans-abri, le droguer et placer ma carte d'identité sur lui. Après, on se serait partagé le remboursement de l'assurance. Fiona et moi on aurait reçu chacun 45 % et Richard 10 % pour les réparations de l'auto et pour son nom sur le contrat d'assurance. Mais maintenant, je me rends compte que Fiona avait prévu tout du long de me renverser en fait.

Kat resta sans voix. Avec le recul, elle comprenait clairement pourquoi Fiona était dans un tel état après l'accident de Declan. Elle n'était pas allée se promener, c'était elle au volant de la voiture. Et probablement en fuite.

— Je crois qu'elle vient d'essayer de me tuer une deuxième fois, déclara Declan. Elle a mis quelque chose dans mon intraveineuse. Je me sentais pareil hier soir, avant l'accident. Comme si on m'avait drogué ou quelque chose comme ça. C'est pour ça que je suis sorti, je voulais m'enfuir et lui échapper. Où elle est ?

Une fois Declan hors jeu, l'affaire serait plus lucrative pour Fiona et Richard. Fiona pourrait empocher l'assurance en touchant la part de Declan. Ou Richard pourrait tout prendre en se débarrassant de Fiona.

— Je sais pas. Moi aussi j'essaie de la trouver.

Si Declan disait la vérité, sa voisine était une criminelle calculatrice, prête à tuer de sang-froid. Et si Declan était la victime, il était tout autant coupable. Il avait avoué seulement après avoir réalisé qu'on l'avait pris pour cible. Au moins, les instincts de Kat étaient justifiés pour l'un d'entre eux. Vu ce que Declan venait d'admettre, il risquait aussi de prendre la fuite.

— Vous avez besoin d'un avocat, Declan. En dehors du fait que Fiona essaie de vous tuer, vous avez des tas d'ennuis.

Pas étonnant que Fiona se soit emparée de ses papiers : c'était le lien entre Declan, Fiona et Richard et l'arme du crime, une Biscayne de 1959. Ils fournissaient aussi le motif. Suivre l'argent menait toujours aux criminels. Dans ce cas, un groupe improbable de personnes avec une connexion inhabituelle.

— Je lui ai fait confiance, déclara Declan. Je croyais même pas qu'on allait vraiment passer à l'action. On était encore en train de régler les détails. Du moins c'est ce que je pensais.

Kat sortit la carte de visite de *Craft Collision* de sa poche. Effectivement, Richard Sandowski y était mentionné comme le propriétaire. Elle repensa à l'atelier de carrosserie et réalisa que la seule rose dans le bac à fleurs était une rose lune bleue, d'une grande rareté. À ses yeux, cela prouvait la justesse des propos de Declan, étant donné la rareté de la rose et sa connexion à Fiona.

Le front de Declan luisait de sueur.

— Elle a dit que c'était infaillible, qu'elle se servait juste de mon nom et qu'elle allait liquider un sans-abri. J'avais juste à prendre la police d'assurance et elle identifierait le corps. Personne ne poserait de questions tant que ça ressemblerait à un accident.

Et une mort accidentelle payait double, se dit Kat. Quelles étaient les chances qu'une femme âgée à la retraite conspire avec deux ex-détenus pour une fraude d'un million de dollars ?

La probabilité était mince, surtout quand cela impliquait un meurtre.

Kat repensa soudain au mari défunt de Fiona. Celle-ci n'en était pas à son coup d'essai.

10
———

K at et Jace étaient détendus à leur table en bord de mer, jouissant enfin du dîner qu'ils avaient manqué deux soirs plus tôt. La vue depuis la terrasse était spectaculaire, n'ayant d'égal que le savoureux saumon qu'ils venaient juste de finir.

Une douce brise soufflait du Pacifique tandis que le soleil descendait lentement derrière les montagnes. Un coucher de soleil sur la côte ouest, un somptueux dîner de fruits de mer et un autre cas derrière elle. Pas un cas techniquement, puisque personne ne l'avait embauchée, mais réparer une injustice revenait à la même chose pour elle. Une journée parfaite en somme.

Kat avait tellement mangé qu'elle avait du mal à finir son dessert. Mais elle ne laisserait pas même une miette de cette délicieuse friandise.

— Est-ce que ce dîner valait la peine d'attendre, Jace ? demanda Kat en savourant sa dernière bouchée de gâteau au fromage aromatisé au citron. L'avoir attendu lui donne encore plus de goût, tu crois pas ?

— Ça, je sais pas, lui répondit Jace en riant. Mais je sais une chose : la prochaine fois, on pourrait laisser tomber le drame et simplement prendre la voiture pour aller au restaurant. On aurait même pas eu besoin d'attendre comme ça.

— Mais on aurait manqué l'accident de Declan.

— Je sais, fit Jace. Et Fiona aurait échappé à des poursuites pour meurtre. Je comprendrai jamais comment t'arrives à te retrouver entraînée dans ce genre d'affaires.

— À cause de ma nature curieuse ?

— Je dirais plutôt ta nature suspicieuse. Mais je me plains pas. J'aurais pu être sa prochaine victime une fois son argent épuisé, remarqua Jace en enfonçant une fourchette dans une fraise et en la mettant tout entière dans sa bouche.

— J'y peux rien, je remarque juste quand les gens font des trucs bizarres. Comme Fiona et ses rosiers lune bleue. Elle les déracinerait jamais et les laisserait pas mourir à moins de pouvoir se permettre de les remplacer par quelque chose d'encore mieux. Non seulement ça coûterait cher, mais ça m'a paru étrange après qu'elle m'ait confié ses problèmes d'argent il y a tout juste quelques semaines. Je me suis dit que ses finances s'étaient tout à coup améliorées, mais comment ? Elle a pas d'autres revenus que sa retraite. C'est ce qui a semé le doute dans mon esprit.

— Parce que l'argent est toujours le motif, conclut Jace en posant sa main sur la sienne.

Kat se pencha par-dessus la table pour l'embrasser.

— Pas toujours. Mais presque. Quand les finances des gens vont soudain beaucoup mieux sans raison apparente, y a toujours une explication. Mais je m'attendais pas à ce que ce soit un meurtre.

— Et elle a failli réussir son coup. Si t'avais pas insisté pour qu'on suive Declan, on n'aurait jamais fait la connexion entre Fiona et Richard Sandowski.

— C'était juste une intuition, reconnut Kat. Heureusement

que t'as enregistré la conversation avec Declan. J'aurais pas cru Fiona capable de ça moi-même sans les détails de Declan. La police y croyait pas non plus au début. Ça les a non seulement convaincus, mais ça a aussi fourni suffisamment de preuves pour les inculper tous les trois.

— Fiona m'a berné aussi, admit Jace. Elle pourra se faire encore plus d'amis en prison maintenant.

Les policiers avaient trouvé Fiona à *Craft Collision* en train de se disputer avec Richard Sandowski qui exigeait une plus grande part. Ils étaient maintenant tous les deux derrière les barreaux.

Fiona aurait besoin de toute l'aide possible, car Richard avait menacé de tout raconter : non seulement le complot pour assassiner Declan, mais aussi comment il avait aidé Fiona dans des meurtres précédents. Ils avaient d'abord tué son mari, puis son beau-frère.

— Pourquoi son beau-frère ? demanda Jace. Il y avait guère de chance qu'il nomme Fiona comme bénéficiaire. Il avait personne à charge, il avait donc même pas besoin d'assurance-vie.

— Exactement. Sauf que Fiona avait obtenu une assurance sur lui avec une signature contrefaite et en faisant passer Richard pour son beau-frère, à la fois à l'examen médical et à la rencontre avec la compagnie d'assurance. C'est drôle le fonctionnement des assurances, du moins en ce temps-là : ils insistaient pour avoir un examen médical, mais ils ne vérifiaient jamais l'identité de la personne assurée. C'était basé sur un code d'honneur. Une fois l'assurance en place, Richard a tué le beau-frère en échange d'une part de l'argent de l'assurance.

La police était en train de réexaminer la mort du mari et du beau-frère de Fiona. La cause officielle de la mort de son mari était une crise cardiaque, mais les enquêteurs soupçonnaient maintenant qu'il avait été empoisonné. Ils projetaient d'exhumer son corps.

— Après le paiement pour la mort de son mari, Fiona a réalisé que la mort accidentelle payait double. Quelques années plus tard, quand elle a comploté pour supprimer son beau-frère, elle s'est assurée que sa mort soit accidentelle. Il est tombé d'une falaise après que les freins de sa voiture aient lâché.

Les événements l'ont finalement rattrapée, se dit Kat. Declan coopérait à l'enquête. Même s'il était passible d'une longue peine de prison, il espérait que son témoignage la raccourcisse. Richard et Fiona étaient tous les deux inculpés pour la mort du beau-frère de Fiona, et Fiona serait probablement jugée aussi pour la mort de son mari.

Bien mérité pour une femme qui avait presque commis impunément un troisième meurtre.

MISE AU VERT

Katerina Carter, juricomptable, et son petit ami Jace Burton
partent passer un week-end dans un chalet de montagne luxueux
juste avant Noël.
Pendant qu'il écrit la biographie d'un écologiste milliardaire, elle
explore la nature enneigée.
Quand deux manifestants locaux meurent dans des circonstances
mystérieuses,
Kat et Jace entament une course contre la montre pour échapper à
une catastrophe
qui pourrait s'avérer encore plus mortelle.

1

Katerina Carter jeta un coup d'œil à Jace Burton, son petit ami. Il se passait distraitement la main dans ses cheveux noirs et bouclés. Il avait la tête baissée et se concentrait sur ses notes.

Dennis Batchelor avait envoyé son avion privé pour les amener de Vancouver. L'écologiste milliardaire avait trié les journalistes sur le volet et choisi Jace pour écrire sa biographie. Il avait insisté pour le rencontrer dans son chalet de montagne isolé dans les monts Selkirk, dans le sud-est de la Colombie-Britannique.

Ni Kat ni Jace ne s'étaient jamais trouvés à bord d'un avion privé auparavant. Kat ne pouvait détacher ses yeux de la vue, tandis que le bimoteur Cessna prenait de l'altitude et laissait derrière lui le paysage urbain de verre et de béton de Vancouver. Jace, quant à lui, ne faisait aucunement attention à leur environnement luxueux. Ils étaient les seuls passagers à bord.

Le vaste intérieur de l'avion était opulent comparé à celui d'un avion commercial. Kat allongea les jambes et fut surprise de remarquer qu'elles ne se retrouvaient pas contre le siège de devant. En fait, il n'y avait pas d'autre siège devant elle. Le mobilier somptueux ressemblait plus à celui d'un bureau de direction ou d'une salle de séjour qu'à l'intérieur typique d'un avion. La cabine comprenait une table rectangulaire en chêne et des chaises, comme dans une salle de conférence au style épuré. Il y avait aussi une demi-douzaine de fauteuils inclinables en cuir. C'est là que Kat et Jace étaient installés, une table entre eux. C'était pour sûr nettement mieux que de voyager en classe économique.

Kat se réjouissait à l'avance de cette escapade pour le week-end. Elle se trouvait entre deux cas dans son entreprise de juri-comptabilité, et les affaires étaient au ralenti à l'approche de Noël. Elle avait hâte de passer ses mini-vacances à la montagne. À seulement deux semaines de Noël, elle commençait à se laisser gagner par l'esprit de fête.

Dans moins de deux heures, ils arriveraient chez Batchelor, dans son chalet de montagne hivernal. À cette période de l'année et vu l'isolement de la propriété, l'avion était le seul moyen de transport possible. Elle accompagnait Jace pour l'aventure et le week-end.

La région avait une histoire intéressante et elle avait hâte de l'explorer. Ils devaient atterrir à Sinclair Junction, la seule ville à proximité du chalet de Batchelor. Fondée suite à la découverte d'un gisement d'or, elle avait prospéré quand le chemin de fer avait atteint l'ouest du pays. Mais elle était passée par un siècle de moments difficiles jusqu'à sa récente résurrection en tant que capitale informelle de la culture de cannabis au Canada. Lieu étrange pour le domicile d'un milliardaire.

Mais ce n'était peut-être pas aussi étrange que cela. L'écologiste et fondateur d'*Earthstream Technologies* avait bâti sa fortune en misant sur le vert.

Ils n'avaient pas prêté attention à tout cela jusqu'au jour où Batchelor avait appelé Jace à l'improviste pour lui demander d'écrire sa biographie. C'était une offre qu'il ne pouvait pas refuser. Non seulement à cause du salaire, des centaines de milliers de dollars, mais aussi de l'exposition médiatique en tant que biographe de Batchelor.

Écrire une biographie n'avait rien à voir avec son travail de journaliste indépendant au *Sentinel*. Mais c'était toujours écrire, et la diversification était une bonne chose compte tenu du déclin de l'industrie de la presse. Écrire la biographie d'un milliardaire était bien payé, et cela pourrait aider Jace à adapter ses talents d'écriture à une nouvelle carrière.

Vingt minutes seulement après leur décollage de Vancouver, la chaîne Côtière était déjà derrière eux. Le ciel était clair. Ils survolaient une vaste étendue de forêt seulement interrompue par un lac aux eaux bleues, brillant comme un joyau sous le soleil hivernal lumineux. Devant eux se dressaient les pics escarpés et enneigés des monts Selkirk et Purcell, et au-delà, les Rocheuses. À leur atterrissage à Sinclair Junction, un chauffeur les attendrait et les conduirait au chalet de Dennis Batchelor dans les montagnes.

Batchelor avait réussi à transformer son activisme écologique en entreprise valant des milliards de dollars. Il avait joint le geste à la parole dans les services de conseil en écologie ainsi que dans les entreprises d'énergie solaire et éolienne, et il avait d'une manière générale « misé sur le vert », pour reprendre sa formule.

— Comment est-ce que je vais occuper mon temps, Jace ? J'aurais dû apporter du travail.

Tout le week-end avec rien à faire, c'était un énorme changement par rapport à son rythme habituel de travail de 24 heures sur 24, 7 jours sur 7. Seule employée de son entreprise de juricomptabilité en plein essor, elle n'était pas habituée aux temps de repos.

Jace secoua la tête.

— C'est la parfaite occasion pour te détendre. Pendant que je travaillerai, tu pourras te relaxer et t'amuser pour changer.

— J'en ai bien l'intention, mais je suis pas sûre de pouvoir faire ça tout un week-end.

Elle tapota sur son sac de voyage comme pour se rassurer. À l'intérieur se trouvaient des guides et des cartes de la région. Elle pourrait faire une balade ou une randonnée en raquettes, selon l'épaisseur de la couche de neige. Elle avait également emporté une demi-douzaine de romans policiers, au cas où elle se retrouverait bloquée à l'intérieur à cause de la neige. Ne rien faire du tout était la seule chose qui lui posait problème.

— C'est pas si difficile que ça une fois qu'on est habitué. Dis-toi que c'est l'occasion de laisser de côté ton obsession pour le travail. Pour une fois, les rôles sont inversés. C'est moi qui vais travailler tout le week-end.

Jace devait rédiger une première ébauche à soumettre à Batchelor avant leur départ dimanche, puis terminer le livre une fois de retour à Vancouver.

Y a pas de mal à faire une pause, se dit Kat. C'est juste qu'elle n'y était pas habituée. En tout cas, elle avait apporté son ordinateur portable comme plan de secours, au cas où des problèmes se présenteraient au bureau.

Une violente tempête de neige avait sévi dans la région ces derniers jours, tant et si bien que leurs plans de voyage avaient été incertains jusqu'au matin du départ, où il y avait eu une éclaircie.

— J'espère qu'on va pas se retrouver bloqués par la neige, dit Kat. J'ai une réunion avec un client au bureau lundi matin de bonne heure.

— Je suis sûr que le temps va se maintenir, répondit Jace en levant les yeux de son bloc-notes.

Amoureux du grand air et bénévole en recherche et sauvetage, il idolâtrait pratiquement Batchelor pour ses travaux dans le domaine de l'écologie.

— J'arrive toujours pas à croire qu'il m'ait choisi pour écrire sa biographie. Il aurait pu embaucher n'importe qui, reprit-il.

— Il a pas choisi n'importe qui, rétorqua Kat en posant sa main sur la sienne. C'est toi qu'il a choisi.

— J'ai un peu le trac. Et si je fais tout foirer ? se dit-il à haute voix, sa confiance habituelle absente du fait de son admiration pour Batchelor.

— Sois pas ridicule, renchérit Kat, serrant sa main. Ça fait plus de dix ans que tu écris pour le *Sentinel*. Il t'a choisi parce que t'es un grand écrivain.

— J'ai jamais écrit un livre en entier, encore moins une autobiographie pour un milliardaire célèbre.

— Tu peux y arriver. Et ça pourrait t'ouvrir de nouvelles portes.

— Je sais, soupira Jace. C'est juste que je pensais pas que mon premier livre serait une biographie. Je croyais que ce serait un roman d'action ou quelque chose dans ce style.

— Ça n'a pas d'importance. Tu sais écrire et Batchelor a confiance en toi. Vous avez des points en commun grâce à ton expérience du plein air.

En plus d'être bénévole en recherche et sauvetage, Jace était un randonneur et un skieur passionné. Si on parlait de plein air, Jace était de la partie. Les deux hommes adoraient se trouver au sein de la nature et ils respectaient l'environnement.

— J'espère que tu vas pas t'ennuyer toute seule, parce que je serai occupé jour et nuit avec le gars. Il faut que je finisse une première ébauche d'ici la fin du week-end. Qu'est-ce que tu vas faire pendant ce temps-là ?

— Je trouverai bien quelque chose, répondit Kat en riant.

Même si c'était tentant de ne rien faire d'autre que se détendre pour changer, elle pourrait peut-être donner un coup de main. Jace l'aidait souvent dans ses enquêtes pour fraude. Ce serait l'occasion de lui rendre la pareille.

— Je suis sûre qu'on aura quelques moments à nous, ajouta-t-elle.

— Je peux rien promettre. Tu sais comment ils sont, ces

magnats. J'ai le pressentiment que je vais devoir passer chaque minute avec lui.

— Pas de problème. J'en profiterai pour visiter la ville. Y a rien qui soit hors limites dans sa biographie ? poursuivit-elle en regardant les notes de Jace. Je parie qu'il a quelques secrets à raconter.

— J'aurais pas accepté le boulot s'il y avait des choses hors limites, répondit Jace en étendant ses longues jambes. Ni mis mon nom dessus. Un peu de controverse ne fait pas de mal. C'est le genre de choses que les gens aiment lire.

— Ça donne de l'objectivité et de l'équilibre. Si c'est le cas, tu y arriveras sans problème.

Dennis Batchelor était vénéré pour son travail dans le domaine de l'écologie, mais il avait beaucoup d'ennemis avec son approche sans concessions. Certains l'accusaient de rechercher son propre intérêt, de mettre ses objectifs personnels avant la cause écologique avec des tactiques médiatiques. Mais c'était ce caractère impitoyable qui séparait les milliardaires des perdants.

Kat balaya du regard la somptueuse cabine. L'avion avait moitié moins de sièges qu'un avion commercial et l'ambiance était beaucoup plus informelle. Pas de contrôle de sécurité ni de queue à l'embarquement, pas de bagages entassés dans les comparti-ments au-dessus de leur tête et pas de passagers indisciplinés. C'était la première fois, et probablement la dernière, qu'elle prenait un avion privé.

Ils avaient grignoté du saumon fumé, de la bruschetta et des fromages exotiques, le tout arrosé d'eau minérale gazeuse. Elle pourrait certainement s'habituer à ce traitement de star du rock. Mais il ne valait mieux pas, car le vol ne durait qu'une heure. Elle avait parfaitement conscience que c'était probablement la seule fois où elle goûterait à un tel luxe. C'était tellement différent des vols en classe économique auxquels elle était habituée, où l'on est à l'étroit et où vous devez apporter votre propre nourriture.

Batchelor avait fondé *GreenThink*, le groupe de pression écologiste célèbre pour sa position contre les coupes à blanc, les fermes piscicoles et à peu près tout ce qui combinait grandes entreprises et nature. Depuis sa création, trente ans auparavant, il avait fait pression sur les gouvernements et inspiré la protection et la conservation de l'environnement.

Par une ironie du destin, le militant tenace de l'environnement était lui-même devenu le visage des grandes entreprises. *Earthstream Technologies*, sa propre compagnie issue de son travail écologiste et au succès phénoménal, avait donné naissance à un empire multimillionnaire. *Earthstream*, avec sa technologie de décontamination brevetée, assainissait des sites contaminés à une fraction du temps et du coût des produits concurrents.

La devise d'*Earthstream* était « *Le vert vous réussit* ». C'était vrai à plus d'un titre. L'entreprise de Batchelor se servait de technologies qui aidaient à améliorer ou à conserver l'environnement. En plus de l'assainissement environnemental, la société avait développé une technologie brevetée qui dissolvait les toxines sans produits chimiques durs. *Earthstream* était un exemple classique illustrant l'idée que faire le bien pouvait aussi être rentable.

Kat ressentit les secousses quand le Cessna entra dans une zone de turbulences. Elle regarda par le hublot. Le ciel auparavant lumineux et sans nuages était maintenant obscurci par des cumulus.

L'avion commença sa descente. Il sortit des nuages, révélant des montagnes escarpées aux sommets enneigés et le bleu turquoise éclatant d'un lac glaciaire niché dans une grande vallée en crevasse. L'appareil décrivit un cercle au-dessus de l'eau avant de se poser sur la piste d'atterrissage au bord du lac.

Ils descendirent de l'avion, accueillis par une lumière aveuglante et un vent froid qui soufflait du lac. Une fine couche de neige recouvrait les collines environnantes. Kat frissonna dans sa lourde veste en duvet en pensant à la deuxième partie de leur voyage pour rejoindre le chalet de Batchelor.

Un grand barbu, la trentaine, s'avança vers eux. Il leur tendit la main en souriant.

— Ranger. Je vais vous conduire au chalet.

Kat se demanda si c'était son prénom ou son nom de famille, mais elle n'eut pas l'occasion de lui poser la question : quelques secondes plus tard, lui et Jace étaient plongés dans une discussion animée sur le matériel de ski.

Elle observa le tarmac et remarqua qu'il y avait peu d'activité dans ce petit aéroport. Leur vol était le seul, même si une demi-douzaine d'autres avions étaient stationnés à l'intérieur ou à l'extérieur de leurs hangars. En dehors du Land Cruiser de Ranger, il n'y avait pas d'autres véhicules venus chercher des passagers.

Elle savait que la ville avait connu des temps difficiles, mais elle s'était attendue à plus de signes de vie. Elle balança son sac sur son épaule et suivit Ranger et Jace vers le pick-up.

Peu après, ils suivaient une route escarpée vers la partie principale de la ville. Elle eut un aperçu du centre-ville historique et tomba aussitôt amoureuse des bâtiments de la fin du XIXe siècle en pierre et en brique. La région avait connu un boom aurifère et argentifère cent ans auparavant, puis était devenue une plaque tournante du transport ferroviaire pendant quelques décennies. L'architecture des lieux reflétait cette prospérité de courte durée.

Après presque un siècle de lent déclin, la ville s'était réinventée comme la capitale officieuse du cannabis en Colombie-Britannique. Mais même ce commerce s'était tari. Les fortunes faites dans les collines avaient disparu avec les gens, et la ville paraissait maintenant miteuse et surannée.

Kat aurait aimé visiter la ville, mais leur destination finale était encore à une heure de route. Après quelques cafés fermés et des vitrines à l'air fatigué, la ville fit place à une autoroute à deux voies entourée d'une forêt dense. Seules quelques voitures passèrent en sens inverse pendant tout le voyage. Elle fut donc surprise lorsqu'ils s'arrêtèrent brusquement après trois quarts d'heure.

Une douzaine de véhicules, des camions et des 4x4 pour la plupart, étaient garés en désordre sur le bas-côté. Ranger emprunta la route de gravier juste devant les voitures. L'une des autos bloquait le passage.

Ils étaient en pleine campagne. D'où venaient ces voitures ?

Quelques dizaines d'hommes et de femmes se tenaient au milieu de la chaussée, à quinze mètres de l'entrée de l'autoroute. Ils brandissaient des pancartes en signe de protestation. Une femme âgée se détacha du groupe et s'avança vers eux. C'était un barrage.

Kat se tortilla sur son siège.

— Qui sont ces gens ?

— Juste une bande de radicaux. Y en a beaucoup par ici, répondit Ranger en ralentissant, presque au point mort.

— Qu'est-ce qu'ils veulent ? demanda Jace.

Les hommes et les femmes qui bloquaient la route portaient tous des pancartes. L'une disait : *Protégez notre eau potable.* Une autre : *Nous vivons ici. Pas d'eau toxique.*

Quelques mètres plus loin, d'autres s'étaient regroupés autour d'un feu de fortune allumé dans un bidon d'essence. Une structure temporaire en contreplaqué leur tenait lieu d'abri. Des chaises en plastique y étaient dispersées.

— Tout et n'importe quoi, dit Ranger. Ils sont entièrement contre toute forme de développement. Comme si leurs maisons et leurs fermes étaient pas de la même nature.

Kat lança un coup d'œil à Jace.

— Vous habitez dans le coin ?

Ranger fit oui de la tête.

— Je vis sur la propriété du chalet, dans une cabane séparée.

Cela signifiait qu'il ne possédait pas de terres dans la région, se dit Kat. Ce qui expliquait son attitude nonchalante envers le développement. Cela lui était égal, vu qu'il n'avait pas de propriété en jeu.

— Qu'est-ce qui va pas avec l'eau potable ? demanda Kat.

— Rien, vraiment. Ils réagissent de façon excessive et sèment le trouble avec leurs tentatives d'intimidation.

— Et pourquoi ils font ça ?

— Y a une vieille mine dans le coin. Elle a été fermée depuis deux ou trois ans, y a donc pas d'activité. Mais une petite section du bassin de résidus s'est effondrée. C'est là que les déchets de roche, d'eau et de solvant aboutissent. Alors ils croient que ça contamine l'eau.

— Et c'est pas le cas ? demanda Jace.

— Techniquement, oui, mais c'est pas grand-chose. C'est vrai que l'eau du bassin de résidus a débordé, mais elle a jamais atteint le ruisseau Prospector. L'eau souterraine a été testée positive aux contaminants, mais c'était y a trois ans. Le site a été entièrement nettoyé et rien a jamais atteint l'approvisionnement en eau ou la propriété de qui que ce soit. Mais ils voient pas les choses comme ça. Ils prétendent avoir subi des pertes, mais pour moi c'est juste un prétexte pour chercher la bagarre.

Ranger ralentit en approchant du groupe.

— Si ce coin est si isolé, qu'est-ce qu'ils font ici ? demanda Kat.

Ranger croisa son regard dans le rétroviseur.

— Qu'est-ce que vous voulez dire ? demanda-t-il en fronçant les sourcils.

— Ils peuvent rester ici pendant des jours sans qu'un autre véhicule passe.

— Ils m'ont vu partir. Ils savaient que j'allais revenir, alors ils ont rassemblé leurs troupes, expliqua-t-il.

— Mais la protestation a pas d'impact sur vous, non ? Est-ce que la manifestation est pour nous, vos invités ?

— Oui, en partie. Mais même si vous étiez pas là, ils auraient bloqué la route. Ils aiment nous harceler. Mais comme je vous ai dit, ç'a pas de sens. L'eau est pure, elle l'a toujours été, et on la teste régulièrement.

Ranger ralentit tandis qu'une femme mince, dans la soixantaine, s'approchait de son pick-up.

— Ç'a rien à voir avec Dennis de toute façon.

Ranger baissa sa vitre.

— Elke.

— Vous pouvez pas passer.

— Vous pouvez pas m'en empêcher. J'habite ici.

— C'est qui ? demanda Elke en regardant dans le véhicule.

— Ça vous regarde pas. Mais je vais vous le dire quand même. Ce sont des amis de Dennis. Maintenant, comportez-vous en bonne voisine et laissez-nous passer.

Elke fronça les sourcils, mais recula. Ranger roula lentement devant le groupe tandis qu'ils leur criaient des obscénités.

Après avoir passé la foule, Kat jeta un coup d'œil en arrière.

— Vous avez un beau comité d'accueil, fit-elle.

Les manifestants baissèrent leurs pancartes et retournèrent à leur abri de fortune en contreplaqué.

— Il fait horriblement froid pour rester planté là, poursuivit-elle.

— Les plus intelligents sont repartis y a longtemps, déclara Ranger. Mais y a toujours des irréductibles.

— Et Elke est l'une d'entre eux ?

— Oui. Elle et son mari veulent un règlement financier. C'est ridicule, vu qu'ils ont été lésés en rien. Ils disent que leur propriété a perdu de sa valeur, mais la valeur des propriétés a toujours été faible par ici. Ils cherchent juste une excuse pour se faire de l'argent.

— Pourquoi embêter Dennis ? Où sont les propriétaires de la mine ? demanda Jace.

— À l'étranger, répondit Ranger. Puisque les propriétaires de la mine sont pas là, ils s'imaginent attirer l'attention s'ils harcèlent Dennis. On essaie de les ignorer.

— Où est cette mine ?

Kat n'avait pas vu d'activité industrielle depuis qu'ils étaient sortis de Sinclair Junction.

— La mine d'or *Regal* est juste un peu plus loin sur la route. Elle borde la propriété de Dennis. Si un militant écologiste comme Dennis s'en inquiète pas, ils devraient pas non plus. Ils en font une montagne, juste pour chercher la bagarre.

— Qui exactement est le propriétaire de la mine ? demanda Jace.

— *Regal* appartient à une société chinoise qui aime faire profil bas. Le propriétaire absent est impossible à joindre. Les manifestants se sont plaints au gouvernement qui dit que ça relève pas non plus de leur responsabilité. Alors, ils s'imaginent que harceler Dennis est la meilleure chose à faire, puisqu'il est écologiste. Ils croient qu'ils peuvent l'obliger à agir en lui faisant honte, expliqua-t-il en secouant la tête. Ils ont tort. Il aime pas qu'on lui dise ce qu'il a à faire.

Kat se mit à rire.

— C'est ironique, vous croyez pas ? Dennis Batchelor pris pour cible par des manifestants ?

Ranger garda le silence. Cette fois, il ne chercha pas à croiser son regard dans le rétroviseur.

Elle pensait que c'était drôle, mais peut-être qu'elle aurait dû se taire.

Ils suivirent la route de gravier escarpée qui grimpait dans la montagne. Toutes les deux ou trois minutes, il y avait une ouverture entre les arbres et Kat pouvait voir une vallée en contrebas. C'était d'une beauté à couper le souffle. De très hautes montagnes entouraient un lac turquoise aux rives enneigées.

— C'est très beau ici, tellement pur et sauvage.

Elle comprenait pourquoi Batchelor avait choisi cette région pour sa maison. À un saut de Vancouver en avion, et pourtant isolée et pas facilement accessible aux médias et au grand public.

Quelques minutes plus tard, la route s'aplanit et ils arrivèrent sur un grand plateau au sommet de la montagne. Au bord, le chalet de Dennis Batchelor était visible à plus d'un kilomètre. L'imposant bâtiment en pierre et en bois était construit sur un affleurement rocheux qui faisait saillie sur le paysage autrement plat. Il ressemblait à une cabane en rondins sous stéroïdes très coûteux et était entouré de petits bâtiments et de la forêt des deux côtés. La façade principale était en verre et donnait sur la vallée.

Ils savourèrent un cappuccino chaud dans la grande salle en attendant qu'on prépare leur hébergement. C'était une cabane indépendante construite sur le bord de la falaise. Kat était de plus en plus contente.

La grande salle du chalet était plus spacieuse que leur maison. La baie vitrée était entrecoupée de poutres en bois massif et d'éléments en pierre lui donnant un air de grandeur désinvolte. Contre l'unique mur trônait un énorme âtre en pierre où un feu était allumé. La cheminée était flanquée de photos de Batchelor au fil des ans. Elles étaient disposées par ordre chronologique, comme une histoire visuelle de sa vie et du mouvement écologiste qu'il avait suscité.

La première photo était celle qui avait permis à Batchelor de conquérir un public international. Des manifestants bloquaient une route forestière. Parmi eux se trouvait un jeune rebelle d'une vingtaine d'années, Dennis Batchelor, le point focal de l'image. Il s'était enchaîné à une vieille épinette de Sitka. Il souriait à la caméra avec un air de défi. Une douzaine de bûcherons lui faisaient face, leur passage bloqué. Les policiers se tenaient derrière les bûcherons, réticents à passer à l'action de peur de provoquer une bagarre.

Cet instant figé sur une photo avait été le catalyseur pour influencer l'opinion publique sur le sort de la vallée de Carmanah et ses ours esprits légendaires. Les protestations avaient duré des années, mais ce jour-là fut le tournant. Les manifestants se mobilisèrent en masse pour participer à la lutte. Cela marqua le début de la croisade écologique de Batchelor.

Même si Batchelor était loin d'avoir été le premier des manifestants, son charisme et ses pitreries attirèrent l'attention du public et un nombre important de partisans. Ses cascades casse-cou donnaient lieu à de bonnes séquences vidéo, et il endossa un statut de super héros presque mythique. Beaucoup de ses acrobaties étaient vraiment dangereuses, mais il obtint l'attention qu'il recherchait. Il n'hésitait pas à sauter en parachute au milieu d'une exploitation forestière.

Son idéalisme joint à sa jeunesse et à sa belle allure lui valurent de nombreux adeptes, surtout des femmes. L'opinion publique contraignit le gouvernement à préserver et à protéger ce qui restait de la forêt ancienne.

Il avait tout juste une vingtaine d'années quand il avait fondé *GreenThink*, le mouvement écologiste populaire qui inspira toute une génération de jeunes. Quelques années plus tard, il combina sa passion pour l'environnement avec une série d'entreprises rentables. La plus récente, *Earthstream Technologies*, était une réussite d'un milliard de dollars. Kat se demandait si le hippie enchaîné à l'arbre avait jamais imaginé qu'il deviendrait un jour un milliardaire célèbre.

— Vous êtes là, bravo ! tonitrua une voix masculine profonde quelque part derrière eux.

Kat se retourna et vit Dennis Batchelor debout dans l'embrasure de la porte. Trente années et vingt kilos de plus que sur les photos. Son beau visage avait fait place à de grosses joues et à des cernes sous ses yeux. S'il ressemblait encore légèrement au jeune manifestant sur la photo, les milliards n'étaient pas venus sans prix.

Il portait une chemise de flanelle, un jean délavé et des bottes de cowboy usées.

Il remarqua son regard sur ses vêtements.

— Personne ne porte de costume ici. On vient comme on est.

— Ça se comprend, dit Kat en avalant une gorgée de cappuccino et en pointant du doigt la plus grande des photos.

On y voyait Batchelor défier un grumier au milieu d'une route forestière autrement déserte, flanquée d'épinettes de Sitka centenaires.

— Je me souviens avoir vu cette image quand j'étais gamine. J'avais jamais vraiment pensé à l'environnement avant de vous voir.

— Personne y pensait. C'est pour ça que je devais tenir bon, reprit Batchelor en riant. Mais j'avais peur qu'ils me roulent dessus. C'était assez extrême à l'époque.

— Ce jour-là, vous avez sauvé la forêt, dit Jace.

— Fallait bien que quelqu'un le fasse, poursuivit Batchelor. Pendant qu'il était encore temps. Cette route aurait conduit à toutes sortes de problèmes. Des gens, des véhicules, des entreprises polluantes. Une fois que l'habitat est détruit, c'est plutôt difficile de le restaurer.

— Vous avez inspiré toute une génération, y compris moi, déclara Jace. En disant la vérité, même si le sujet était controversé. C'est pour ça que je suis devenu journaliste.

— Vous me flattez, dit Batchelor en souriant. C'est aussi pour ça que je vous ai appelé pour écrire ma biographie. J'ai besoin de travailler avec quelqu'un qui me comprend.

Écrire la biographie de Dennis Batchelor était une énorme opportunité, la chance d'une vie qui pourrait faire ou défaire la carrière de Jace. De nombreuses rumeurs circulaient sur la difficulté notoire de travailler avec le magnat, mais cela ne sauta pas aux yeux de Kat. Du moins pas encore.

Batchelor se dirigea vers la cheminée.

— Vous appréciez la nature autant que moi, dit-il en faisant un signe de tête à Kat. Je pensais que vous aimeriez tous les deux passer un week-end ici. C'est à couper le souffle, n'est-ce pas ?

— La nature à l'état sauvage, cet endroit est superbe, acquiesça Jace.

— Ça m'a pris dix ans pour construire le chalet, déclara Dennis. Mais en fin de compte, je suis rarement là pour en profiter.

2

———

La soi-disant cabane de Kat et Jace représentait deux cent quatre-vingts mètres carrés de luxe. C'était une authentique cabane en rondins, avec un plafond de six mètres de haut et un étage en mezzanine. Le rez-de-chaussée était décloisonné, à l'exception de deux chambres et d'une salle de bain.

— J'arrive pas à croire que cet endroit est juste pour nous deux, lança Kat.

Jace acquiesça de la tête.

— Au moins, tu vas pouvoir en profiter. Je vais être occupé tout le week-end à travailler avec Dennis.

— Mais on va avoir un peu de temps ensemble, non ? demanda Kat en s'imaginant skier ou faire une randonnée en raquettes dans les environs spectaculaires. Peut-être en fin d'après-midi ?

— J'y compterais pas trop. On dirait que les gens comme Dennis travaillent vingt-quatre heures sur vingt-quatre. Ils sont toujours en train de chercher des moyens de se faire encore plus d'argent. Ce livre est aussi avant tout un moyen de tirer profit de son nom. Il veut avoir une ébauche d'ici dimanche.

— C'est de la folie, c'est trop tôt. Mais ça en vaudra probablement la peine en fin de compte. Travailler avec un milliardaire devrait t'aider à te faire un nom.

Un livre sur Dennis Batchelor était pratiquement assuré d'être un best-seller. Les gens idolâtraient cet écologiste renommé.

Kat ouvrit la fermeture éclair de son sac et en sortit son téléphone. Elle le brancha.

— Si ma tâche est de rien faire du tout, je pouvais pas trouver de meilleur endroit.

— Tout ce que t'as à faire, c'est de te détendre, admit Jace. Éteins ton téléphone et déconnecte-toi du monde.

Elle avait hâte de prendre un temps de repos, mais souhaitait d'abord écouter ses messages. Elle jura quand elle découvrit qu'elle n'avait pas de signal.

— Ç'a pas l'air de marcher ici. C'est trop isolé pour pouvoir se connecter à un réseau cellulaire, je suppose.

Il ne lui avait pas traversé l'esprit qu'il n'y aurait peut-être pas d'antenne-relais dans la montagne. Comment Batchelor s'en passait-il ?

Au lieu, elle se concentra sur son ordinateur.

— Oh oh, y a pas non plus d'Internet. J'ai pas de connexion.

Batchelor devait au moins avoir une liaison satellite. Elles étaient notoirement lentes et peu fiables.

— T'en as pas besoin.

C'était constamment un sujet de dispute entre eux. Jace laissait son travail au bureau, mais Kat brouillait les limites entre travail et maison. Ou, comme le disait Jace, elle n'avait pas de vie. Les rôles étaient inversés. Cette fois, Kat serait celle avec le plus de temps libre.

Jace avait déjà sorti la plupart des vêtements de sa valise. Il les avait rangés dans l'une des deux commodes sculptées à la main, assorties et placées de chaque côté du lit king-size dans la chambre principale. Les affaires de Kat étaient toujours dans son sac. Elle s'en occuperait plus tard, une fois son ordinateur en route.

— Je croyais que tu avais laissé ce truc à la maison, dit Jace en fronçant les sourcils. À quoi bon être ici si tu profites pas de la nature ?

— C'est trop dur, Jace. Je peux pas me détendre tant que je suis pas sûre que tout va bien chez nous. Je regarderai juste mes e-mails de temps en temps.

Son bonheur reposait en fait sur une connexion Wi-Fi. Elle savait que cela semblait stupide, mais au moins, elle était honnête avec elle-même.

— C'est moi qui suis là pour travailler, pas toi, rétorqua Jace en levant les yeux au ciel. J'aurais dû inspecter tes bagages avant de partir. T'es accro, t'as sérieusement besoin d'aide. Oublie juste le travail pour un week-end, d'accord ?

Jace avait probablement raison, mais en tant que journaliste d'investigation, il avait un salaire régulier au *Sentinel*. Quant à elle, elle travaillait à son compte. Si elle ne travaillait pas, elle n'avait pas de salaire. Mais il avait raison. À l'approche de Noël, ses affaires tournaient au ralenti de toute façon. Toutes ses enquêtes pour fraude étaient closes et elle était libre jusqu'au mois de janvier. La plupart des gens avaient déjà réduit leur travail en vue des vacances. Elle devrait faire de même. Techniquement, elle était en vacances, avec un week-end complètement libre dans une cabane de luxe en pleine nature, quoiqu'avec une connexion Internet minable. Sa seule tâche était de s'amuser. Ça ne pouvait pas être si compliqué.

Mais si quelqu'un avait besoin de son aide ? Un nouveau client ?

C'était peu probable à ce moment de l'année.

— Je suppose que t'as raison, dit-elle en refermant son ordinateur.

De toute façon, elle était coupée du monde extérieur pour le moment. Elle réessayerait une fois que Jace aurait commencé à travailler.

C'était un peu stupide de passer du temps devant un écran quand la nature sauvage l'entourait. Le seul inconvénient était que Jace serait occupé, mais elle pourrait quand même se divertir. Elle pourrait faire des balades, à pied ou en raquettes, ou tout simplement se prélasser dans cette merveilleuse cabane.

Elle s'allongea sur le lit king-size et s'enfonça dans la couette en duvet, douce et luxueuse. Elle roula sur le côté pour profiter du paysage à travers la baie vitrée. Des portes-fenêtres donnaient sur une grande terrasse avec une vue à 180 degrés sur la vallée en contrebas.

— Viens voir la vue. C'est incroyable.

Elle se redressa et s'appuya contre la demi-douzaine d'oreillers. Elle examina la pièce. Le mieux était que leur cabane était indépendante, avec une cuisine tout équipée comprenant une cave à vin réfrigérée bien approvisionnée.

— Juste une seconde, répondit Jace en apparaissant dans l'embrasure de la porte, un porte-documents à la main. Je regarderai plus tard, une fois que je me serai organisé.

— Attends pas trop longtemps.

Leur cabane était à quelques centaines de mètres du chalet principal et résidence privée de Batchelor, mais un petit groupe de conifères cachaient entièrement le chalet. Tous les services nécessaires étaient à portée de main, et pourtant ils étaient complètement isolés. Une seule fois avait-elle fait l'expérience de la solitude dans la nature sauvage, pendant une randonnée d'une semaine en Alaska. Ils avaient également pris l'avion pour cette aventure. Mais les ressemblances s'arrêtaient là. Même s'ils étaient aussi en pleine nature, cette expérience-ci était décidément plus haut de gamme.

La neige avait commencé à tomber peu après leur arrivée. Des flocons épais recouvraient déjà le sol d'une mince couche blanche. Elle suivit des yeux le vol d'un aigle royal, tandis qu'il tournoyait en cherchant à se poser sur le pin qui se dressait près de leur terrasse.

— Regarde, Jace. Y a un nid juste à l'extérieur, lui dit-elle en pointant du doigt le sommet de l'arbre où l'aigle était perché au bord d'un énorme nid.

Elle pouvait l'observer par la fenêtre, sans même sortir de son lit. Comment allait-elle pouvoir quitter cet endroit ?

Jace abandonna ce qu'il était en train de faire et vint la rejoindre sur le lit.

— T'as de la chance. Dommage que je doive aller travailler.

Kat fit la moue et se blottit contre lui.

— Mon pauvre chou.

L'aigle disparut dans son nid géant, ignorant leurs regards. Se mettant probablement à l'abri en attendant la fin de la chute de neige.

Leur cabane était construite dans la falaise. Toute la façade sud était en verre, offrant une vue imprenable sur la vallée à des centaines de mètres en contrebas. Le design de l'architecte suivait les contours de la falaise et se servait de la géographie naturelle pour s'abriter du vent. La terrasse faisait saillie, s'avançant sur une dizaine de mètres, offrant une vue panoramique sur le paysage.

Cela suffisait à vous couper le souffle.

Peu de gens venaient là, car la propriété de Batchelor était nichée dans un coin des monts Selkirk difficile d'accès. La petite route rurale qu'ils avaient empruntée pour venir était difficilement repérable. La seule autre possibilité était un accès en hélicoptère ou en motoneige.

Elle regarda le paysage. Comment Batchelor avait-il découvert un lieu aussi reculé ?

— Je pourrais facilement m'habituer à ça.

La forêt à l'est de la cabane était visible du coin de la fenêtre. Les arbres arboraient une légère couche de neige due aux averses qui avaient commencé une heure auparavant. C'était très différent du soleil brillant qui les avait accueillis à leur descente d'avion quelques heures plus tôt.

— Moi aussi, reconnut Jace en roulant vers Kat et en l'entourant de ses bras.

— Quand est-ce que tu dois rencontrer Batchelor ?

— Dans une heure, répondit Jace en se redressant.

Il tira une radio de sa poche. La voix de Dennis se mit à crépiter. Les hommes parlèrent quelques secondes.

— Changement de plans. Il veut commencer maintenant.

— Je suppose qu'on fait pas attendre un milliardaire, commenta Kat en souriant.

Mais elle était déçue. Jace était déjà enchaîné à Dennis par une radio. Tu parles d'un peu de temps ensemble avant de commencer à travailler !

— Tu ferais mieux d'y aller.

— Je serai vite de retour, dit Jace en l'embrassant. On va juste discuter du résumé que je lui ai envoyé plus tôt.

Jace l'avait envoyé la semaine dernière, après la signature du contrat.

— Je serai là, répondit Kat en soupirant. À rien faire, bien sûr.

Elle regarda par la fenêtre. Le soleil ne se coucherait pas avant plusieurs heures, mais le ciel était gris avec des nuages bas se rapprochant. C'était peut-être une bonne journée pour rester à l'intérieur et tout simplement profiter de la cabane.

Le feu de cheminée crépitait et réchauffait leur suite. On l'avait allumé avant leur arrivée, une délicate attention. L'ambiance était à la fois relaxante et chaleureuse. Jace avait raison. La détente était bonne pour l'âme. Malheureusement, la sienne était agitée.

Kat se leva et s'agenouilla devant l'âtre. Elle saisit une bûche du tas de bois à côté de la cheminée et l'ajouta. Elle attisa le feu, fascinée par les flammes. De qui se moquait-elle ? Elle n'était pas fascinée, elle s'ennuyait. Elle voulait rester assise à ne rien faire, mais elle n'y arrivait pas.

Néanmoins, sortir n'était pas une option pour le moment avec le feu en route. Autant faire des étirements. Elle prit une grande inspiration comme au yoga, puis se mit à tousser à cause de la fumée.

Laisse tomber.

Comment pouvait-elle adopter une attitude zen quand Jace travaillait comme un forcené à proximité ?

Elle éteignit le feu et décida d'aller faire un tour dans la propriété pendant qu'il faisait encore jour. L'air frais la revigorerait. En plus, elle aurait tout le temps de se détendre près du feu avec Jace plus tard.

Elle enfila ses bottes et sa veste et sortit. Elle suivit l'allée pavée menant au chalet, à quelques centaines de mètres. Elle avait remarqué plusieurs sentiers secondaires qui partaient de l'allée principale entre leur cabane et le chalet. C'était le moment ou jamais d'explorer les environs. Elle avait seulement parcouru trois mètres quand elle se retrouva nez à nez avec Jace.

Il avançait d'un pas lourd, le visage rouge et en colère. Il ne lui fit même pas signe.

— Ç'a été vite, remarqua-t-elle tandis que Jace passait près d'elle. T'as oublié quelque chose ?

— Juste mon bon sens.

Elle fit demi-tour et le suivit. Il avait été absent moins de trente minutes.

— Qu'est-ce qui se passe ?

— Je te le dirai à l'intérieur, répondit Jace en passant en trombe devant elle et en montant les marches de leur cabane.

Il s'essuya les pieds sur le paillasson avec plus de force que nécessaire pour enlever la neige durcie sous ses semelles. Il délaça ses bottes et les envoya promener.

— Je savais que l'offre de Batchelor était trop belle pour être vraie.

Kat ôta ses propres bottes et suivit Jace à l'intérieur. Elle ramassa leurs chaussures et les rentra tandis qu'une rafale de vent froid poussait des flocons dans l'entrée. Jace se mettait rarement en colère, surtout pour son travail.

Il retira sa veste et la lança sur la chaise de la salle à manger. Il se dirigea vers le placard d'un pas furieux, en sortit son sac et le jeta sur le lit.

— Batchelor m'a menti. Il veut pas un biographe. Il veut que je sois son nègre littéraire pour ses mémoires. C'est pas ce qui était sur le contrat que j'ai signé.

Exactement ce qu'elle avait craint. L'admiration mutuelle lui avait semblé exagérée, et ce revirement soudain avait gâté l'image que Jace se faisait de son idole d'enfance.

— C'est dommage. Mais il te paie beaucoup. Est-ce que c'est si important ?

— Bien sûr que c'est important ! On s'est mis d'accord sur une biographie par Jace Burton. Pas sur une autobiographie où je suis juste un écrivain anonyme.

Kat soupira. Elle ravalerait son orgueil pour cent mille dollars. Dans la limite du raisonnable, bien sûr.

— C'est différent de ce qu'il t'a dit, mais il te paie quand même cent mille dollars, reprit-elle.

— C'est peut-être beaucoup d'argent, mais ça représente aussi beaucoup de travail. Ce contrat m'aurait bien établi comme auteur. Mais en tant que nègre, je vais faire tout le travail en restant invisible.

— Et il te dit ça seulement maintenant, après qu'on ait fait tout ce trajet pour arriver jusqu'ici ?

Elle s'était dit que c'était trop beau pour être vrai, mais elle n'avait pas voulu lui ôter ses illusions la semaine dernière, quand Batchelor avait abordé le sujet. Et tout avait été réglé si vite, sans une minute pour réfléchir.

— Il a prémédité son coup. Il savait sans doute que je refuserais d'être un nègre.

— Tu crois qu'il t'a délibérément fait venir ici par la ruse ?

Même si elle avait soupçonné un piège derrière l'énorme rémunération promise, elle doutait que Batchelor ait délibérément trompé Jace. Il n'avait probablement pas lu les petits caractères.

— Ouais, soupira Jace. Comment est-ce que j'ai pu être aussi stupide ?

— C'est pas la fin du monde, Jace, rétorqua Kat en saisissant une bouteille de merlot sur le comptoir de la cuisine et en cherchant un tire-bouchon.

Il était évident que Jace n'allait pas retourner travailler aujourd'hui, et si quelqu'un avait besoin de se détendre et de se relaxer, c'était lui.

— C'est insultant. Tu sais ce que ça veut dire d'être un nègre littéraire ?

Kat se sentait coupable à l'idée de se divertir quand Jace n'allait clairement pas s'amuser. Elle commençait tout juste à se détendre et ne voulait pas que le week-end prenne fin si tôt.

— Je comprends que c'est pas ce à quoi tu t'attendais, mais je vois pas le problème s'il y a son nom sur la couverture au lieu du tien. Il tient manifestement ton écriture en très haute estime.

Ce n'était pas génial, mais elle n'hésiterait pas à faire cela pour cent mille dollars. Elle trouva deux verres dans le placard et les remplit. Elle en tendit un à Jace, qui le posa sur la table.

— C'est pas le plus gros problème, renchérit Jace en se dirigeant vers la commode.

Il attrapa quelques vêtements et les fourra dans son sac.

— Ça veut dire aussi que je dois écrire l'histoire comme il la dit. Que ce soit la vérité ou non. Aucune vérification indépendante. Pas de point de vue objectif. Je lui sers juste de scribe. C'est insultant.

— Laisse pas tes émotions te contrôler. Arrête et réfléchis.

Jace avait tendance à se laisser emporter quand on lui faisait du tort ou quand il était en colère. Cette tâche lui rapporterait beaucoup d'argent. De l'argent qui les aiderait à payer les rénovations interminables de leur maison victorienne, un véritable gouffre à dollars.

— Y a pas besoin de réfléchir. C'est fini.

— Mais tu connais déjà tellement de choses sur lui. Tu peux facilement écrire ce livre, même sans beaucoup parler avec lui, rétorqua Kat en sirotant son vin, moelleux et velouté. Le prends pas si personnellement.

— Comment est-ce que je pourrais faire autrement ? Je le ferai uniquement sous mes conditions, comme on s'était entendu au début, renchérit Jace en dépliant le contrat. Le contrat parle pas de nègre littéraire.

— Mais t'as déjà fait un plan. Ça devrait être facile à écrire. Je vois pas le problème si ton nom est pas sur la couverture. C'est peut-être mieux comme ça.

Kat se dirigea vers la fenêtre et admira la vue. Une légère couverture nuageuse cachait le soleil, projetant des ombres sinistres sur le paysage.

— Pourquoi pas tirer le meilleur parti de la situation ?

— C'est peut-être mieux dans quel sens ? Pour que je me compromette ?

Il approcha de la table et avala une gorgée de vin.

— Hmmm. Pas mauvais.

Elle ne dit pas qu'elle n'avait pas apporté le vin. Il sortait tout droit de la cave à vin réfrigérée bien approvisionnée, gracieusement mise à leur disposition par Batchelor.

— Fais-moi voir ça.

Jace lui tendit le contrat.

— Tu te compromets pas. Tu effectues une tâche, comme pour tout ce que tu fais au *Sentinel*. Est-ce que t'as le choix des sujets sur lesquels tu écris pour le journal ?

— Non, je suppose que non, répondit-il en soupirant.

— C'est la même chose. T'écris une œuvre de prestige pour faire plaisir à Batchelor et il te paie bien. T'as signé un contrat, mais il peut pas exactement te forcer à écrire ce que tu veux pas. Si ça arrive, tu pourras discuter des cas spécifiques sur le moment. J'imagine qu'il y en aura pas beaucoup, mises à part quelques exagérations.

Jace fronça les sourcils.

— En plus, ajouta-t-elle, on est coincés ici jusqu'à dimanche. On a aucune possibilité de partir par nos propres moyens.

— Ça faisait sûrement partie de son plan, marmonna Jace entre ses dents.

Mais il s'était calmé. Le vin faisait son effet.

Kat parcourut le contrat du regard. Il était clair que le nom de Jace n'apparaîtrait pas. Cependant, la clause était enfouie au bas de la page huit. Elle n'était donc pas très visible. Elle n'allait pas le souligner pour mettre Jace davantage en colère.

— T'as peut-être raison, avança Jace. Pour l'instant, je sais même pas s'il y a quelque chose qui me posera un problème. Je pourrai toujours refuser le moment venu. C'est un peu tôt pour supposer le pire. C'est juste que je me sens piégé par le langage du contrat, précisa-t-il après une pause.

— Je parie que ses avocats lui font tout le temps introduire des clauses comme ça. Il est milliardaire, après tout.

Elle omit le fait que Jace aurait pu éviter la confusion s'il avait lu attentivement le contrat avant le voyage.

— Je doute toujours qu'il soit objectif. Il va pas dire du mal de lui-même.

— Ç'a du bon d'être nègre littéraire. T'as plus besoin de t'inquiéter du contenu, puisque ton nom apparaîtra pas dans le livre. Je sais que c'est pas idéal, mais pourquoi pas tenter le coup ? Tu peux arrêter dès que tu te sens mal à l'aise ou lésé. Mais suppose pas le pire. Pas encore, du moins.

Que Jace coopère avec Batchelor ou non, leur avion affrété ne reviendrait pas avant dimanche après-midi. Et ils avaient besoin que quelqu'un les conduise de la montagne à l'aéroport de Sinclair Junction.

— Je suppose que t'as raison.

Jace posa son verre sur la cheminée et ajouta quelques bûches.

— Le fait que Batchelor t'ait choisi est un compliment en soi. Il a les moyens d'embaucher qui il veut.

Dommage qu'il ait brisé l'image que Jace s'était faite de son idole.

— J'imagine, fit Jace en la rejoignant à la fenêtre. Au moins, tu vas pouvoir t'amuser.

— Comment je pourrais pas ? Regarde ça !

Leur cabane de luxe coûterait des milliers de dollars la nuit dans une station de montagne. La spacieuse cabane en rondins et à poutres apparentes était plus grande que leur maison. Ses planchers chauffants en ardoise et ses tapis épais étaient beaucoup plus opulents. La vue spectaculaire sur la falaise lui coupait le souffle.

Kat ouvrit la porte coulissante et sortit sur la terrasse. En moins d'une heure, la neige avait recouvert les rochers et les avait transformés en grands monticules blancs. Des nuages bas recouvraient la vallée, lui donnant un air à la fois mystique et sinistre.

Tout était immobile et silencieux, les oiseaux maintenant blottis dans leurs nids tandis que la neige s'intensifiait.

Elle frissonna et rentra.

— On a encore quelques heures avant le dîner. Allons faire un tour dans la neige. Ça t'aidera à te défouler.

— Commençons par le commencement, dit Jace en attirant Kat sur le lit. On va se relaxer ici plutôt.

Ce n'était pas tout à fait ce qu'elle avait en tête, mais il faisait certainement beaucoup plus chaud à l'intérieur.

— N'est-ce pas paisible ? Je pourrais regarder la neige tomber pendant des heures.

Kat se blottit contre la poitrine de Jace. Le cadre contrastait agréablement avec les pluies de Vancouver. Le paysage hivernal la mettait dans l'ambiance de Noël. Et surtout, elle pouvait en profiter depuis leur confortable lit king-size. Les flocons de neige étaient plus gros maintenant et la vue sur la vallée s'obscurcit. Après tout, rester à l'intérieur n'était peut-être pas si mal.

Jace se redressa brusquement.

— Eh ! est-ce que c'est pas Ranger ? demanda-t-il en pointant du doigt la fenêtre de la cuisine. Qu'est-ce qu'il fait dehors ?

Leur cabane n'était peut-être pas aussi isolée qu'elle l'avait cru au premier abord. À dix mètres d'eux, juste derrière le rideau d'arbres, elle vit la grande silhouette de Ranger et celle d'un autre homme, plus petit. Ils se tenaient à côté d'une motoneige sur ce qui semblait être une route d'accès, probablement une partie de la voie par laquelle ils étaient arrivés.

— On dirait qu'ils sont en train de se disputer, dit Kat.

Le petit homme gesticula de colère en montant sur la motoneige.

Jace se dirigea vers la fenêtre pour mieux voir. Kat le suivit. De leur point de vue, ils pouvaient observer la scène sans se faire voir. Ils ne pouvaient pas entendre la conversation, mais il était évident que Ranger ordonnait à l'étranger de faire quelque chose. Mais cela ne lui plaisait pas. L'homme sauta de la motoneige et s'avança vers Ranger. Il gesticulait frénétiquement et criait après Ranger.

Ranger saisit les bras de l'homme et les baissa brutalement. Il poussa l'homme.

L'étranger chancela avant de faire un pas en avant pour retrouver son équilibre. Ranger le poussa de nouveau. L'homme tomba à la renverse dans la neige à côté de la motoneige.

Une petite remorque était attachée à la motoneige. De nombreux cartons y étaient empilés. Quelque chose était écrit dessus en grandes lettres rouges, mais ils étaient trop loin pour pouvoir le lire.

L'homme se releva, un bras sur les cartons. Il dit quelque chose à Ranger, mais il semblait plus calme cette fois.

Ranger leva les mains en l'air et partit en trombe vers le chalet. Il réapparut quelques minutes plus tard sur une seconde motoneige. Les deux hommes disparurent à toute vitesse, Ranger en tête. Ils laissèrent une trainée de neige dans leur sillage.

Kat hésitait maintenant à faire une excursion en motoneige avec Ranger. Ses sautes d'humeur n'étaient pas vraiment garantes d'une bonne compagnie.

— Jace ?

— Hmm ?

— Tu trouves pas ironique que notre ami écologiste ait un énorme chalet qui consomme des tonnes d'électricité ? Et tous ces véhicules ? Combien de militants écologistes ont leur propre avion privé ?

— T'as raison.

— Tu devrais lui poser la question.

— Je peux pas faire ça, ronchonna Jace.

— Pourquoi pas ? Être un nègre littéraire veut pas dire que tu dois la fermer. Pourquoi pas l'affronter directement ?

Jace ne semblait pas convaincu.

— Il doit en parler dans son livre, sinon d'autres le feront à sa place. C'est comme ça que tu peux le convaincre de dire la véritable histoire. Même si ton nom figure pas sur la couverture, tu peux quand même être fier de la façon dont il est écrit.

— Je suppose que je pourrais lui demander. Le pire qu'il puisse faire serait de me virer. Et pour faire ça, il faudrait qu'il nous remette dans l'avion de retour, ajouta-t-il en souriant. Et c'est exactement ce que je veux de toute façon.

— Demande juste gentiment, dit-elle en l'embrassant. Je veux profiter un peu de ce lieu avant qu'on devienne indésirables.

— Je vais essayer, mais je te garantis rien si ça m'oblige à compromettre mes valeurs. Tu ferais mieux de t'amuser maintenant, avant qu'il soit trop tard.

Et c'était exactement ce qu'elle avait l'intention de faire.

3

Le samedi s'annonça clair et lumineux. L'estomac de Kat gargouillait, mais elle appréhendait le petit-déjeuner au chalet avec Batchelor. Jace avait ruminé toute la nuit sur la supercherie du contrat proposé par Batchelor et elle était un peu inquiète à l'idée qu'il puisse perdre son sang-froid.

Il lui suffisait de coopérer avec Batchelor pendant un week-end pour gagner une belle somme d'une centaine de milliers de dollars pour ses efforts. Bien sûr, ce n'était pas tout à fait aussi simple que cela. Les deux hommes complèteraient la première ébauche ce week-end, et Jace la réviserait et la peaufinerait pour achever le manuscrit dans les mois suivants. Il devait juste maîtriser son tempérament pendant le week-end.

Jace avait compté non seulement sur ce que le projet allait lui rapporter, mais aussi sur la notoriété et la publicité avec son nom comme auteur. C'était la pierre d'achoppement. S'il n'était que nègre littéraire, seul le nom de Batchelor apparaîtrait sur la couverture du livre. La contribution de Jace serait anonyme.

Même si Kat ne blâmait pas Jace pour s'être trompé sur la biographie, c'était un fait accompli. Il n'avait malheureusement pas lu les petits caractères. Un contrat était un contrat et il devait honorer son engagement. Il lui fallait supporter Batchelor pendant une journée avant leur retour le lendemain soir à Vancouver.

Batchelor était déjà assis dans la salle à manger quand Kat et Jace arrivèrent pour le petit-déjeuner au chalet. Il acquiesçait de la tête tout en parlant dans un casque-micro. Comme la plupart des magnats, il travaillait en permanence. Kat n'avait pas besoin d'appréhender la gêne. Batchelor, lui au moins, ne manifestait aucune animosité.

Kat jeta un coup d'œil en direction de Jace. Il regardait dans le vide. Il maîtrisait tout juste ses émotions. L'attitude calme qu'il avait adoptée quelques instants auparavant avait disparu et il n'était pas loin d'éclater. Était-ce parce qu'elle le connaissait si bien ou Batchelor pourrait-il le sentir lui aussi ? Combien de temps avant que Jace ne s'emporte ? Il aurait du mal à maintenir son sang-froid en travaillant toute la journée avec Dennis.

Dennis Batchelor avait soit déjà mangé, soit décidé de ne rien prendre. Devant lui se trouvaient un verre d'eau glacée et une pile de dossiers. Il mit fin à son appel et vida son verre avant de se tourner vers eux. Il évita soigneusement de croiser le regard de Jace, mais sourit à Kat.

— Bonjour.

— Bonjour, répondit-elle.

La tension sous-jacente était pour le moins gênante. Apparemment, Dennis avait décelé l'humeur de Jace après tout. Luxe ou non, cela promettait d'être un long week-end.

Elle s'assit face à Jace. Le silence se faisait de plus en plus inconfortable. Dennis se leva et se dirigea vers le frigo. Ses talons claquaient sur le sol en marbre, accentuant l'absence de conversation. Il plaça son verre sous le distributeur de glaçons qui tintèrent en tombant dans son verre. Il retourna s'asseoir et dévissa une bouteille d'eau, toujours sans dire un mot.

Le silence était insupportable. Kat parcourut la pièce du regard pour essayer de trouver un sujet de conversation.

Elle fut surprise de trouver de l'eau en bouteille à chaque place.

— Vous n'avez pas d'eau du robinet ?

— Pas depuis que la conduite d'eau a éclaté hier. À cause du froid qu'on a eu ces derniers temps. C'est une solution temporaire jusqu'à ce que ce soit réparé.

Kat ouvrit une bouteille et remplit son verre. De l'eau en bouteille semblait honteux quand ils étaient entourés de glaciers et de neige. Elle regarda par la fenêtre les congères d'un mètre de haut autour du chalet. Cela représentait beaucoup d'eau fraîche. Faire fondre de la neige était peu rentable, mais faire venir de l'eau en bouteille par camion, ou par avion, devait l'être encore moins.

Batchelor dut deviner ses pensées.

— Notre eau du robinet vient d'un lac alimenté par un glacier. Dommage que vous puissiez pas y goûter.

— J'y goûterai en ville.

— Vous pourrez pas, dit-il en secouant la tête. La conduite qui a éclaté est au réservoir, pas ici au chalet. Je suis désolé, mais vous trouverez de l'eau nulle part en ce moment.

— Je suppose qu'on peut pas réparer en hiver.

Il faisait trop froid, et avec l'autoroute fermée, ce serait probablement difficile de trouver un entrepreneur prêt à venir dans cette région isolée au cœur de l'hiver.

Batchelor ne réagit pas.

Le cuisinier leur prépara des œufs à la commande pendant qu'ils remplirent leurs assiettes au somptueux buffet. Il y avait un assortiment de fromages, de pains et même du saumon frais. Il y avait tellement de nourriture que Kat se demandait s'il y avait d'autres invités. Elle aurait bien aimé, vu que ses compagnons de table n'étaient pas vraiment bavards.

Kat changea de sujet.

— Je crois que je vais aller faire une randonnée aujourd'hui. Est-ce qu'il y a de bons sentiers à proximité ?

Pendant que Jace et Dennis travailleraient, elle profiterait au maximum de sa visite. Une fois que les deux hommes seraient seuls, ils seraient bien obligés de se parler.

— Pas vraiment. Y a pas grand-chose à faire dans le coin, mais Ranger peut vous emmener au village si vous voulez.

— Ce serait formidable.

Kat se ragaillardit à l'idée de retourner dans la petite ville, avec ses boutiques et ses cafés pittoresques le long de la rue principale. Elle trouverait peut-être même une boutique d'équipements de plein air. Elle ferait du lèche-vitrine pendant une heure ou deux et finirait par une balade ou une randonnée en périphérie de la ville. Le terme de village employé par Batchelor la surprit, car Sinclair Junction semblait avoir au moins plusieurs milliers d'habitants.

— Ranger devra vous emmener en motoneige, maintenant que la route est fermée à cause de la neige d'hier soir.

Encore mieux. Elle n'avait jamais fait de motoneige.

Ranger apparut comme par enchantement dans l'embrasure. Il avait sans doute écouté leur conversation, ce qui l'énerva. Elle était partagée à son sujet après avoir été témoin de son altercation avec l'étranger la veille.

— Je savais pas qu'il y avait une autre voie pour venir ici.

— C'est juste une piste. On peut pas compter sur l'autoroute, surtout en hiver vu qu'elle est souvent fermée à cause des avalanches et des éboulements, des fois pendant des jours, voire des semaines. Quand la route est ouverte en hiver, elle est traître au mieux avec la neige et la glace. C'est pour ça qu'on vous a fait venir par avion. Même en été, le trajet en voiture dure au moins neuf heures.

— Je croyais que Sinclair Junction était plus grand que ça. Ça ressemble plus à une ville.

— Je parle pas de Sinclair Junction. Il y a un village voisin qui s'appelle Les Hauts du Paradis. C'est là que la piste aboutit.

— J'ai pas vu de village en arrivant ici.

Kat n'avait vu aucun signe d'habitants. À part les manifestants, bien sûr.

— Le village est dans la direction opposée de la route que vous avez prise. C'est pas une grande destination, mais il y a un petit magasin général. C'est juste à quelques kilomètres d'ici.

Son cœur se serra quand elle réalisa qu'en fin de compte, elle ne pourrait pas découvrir la ville historique. Ni faire de shopping.

— Si proche ? Je pourrais peut-être y aller à pied alors.

Elle avait hâte de respirer l'air pur de la montagne et de faire un peu d'exercice.

— Vous pouvez pas marcher. Y a pas de route et la neige est trop profonde. Vous devrez emprunter la petite piste de moto-neige. Et vous pourrez jamais la trouver toute seule.

— Très bien, Dennis. J'accepte votre offre alors.

Elle lança un regard en direction de Jace. Il faisait semblant d'être absorbé dans un magazine tout en mangeant. Elle restait flexible, même si ce n'était pas tout à fait ce qu'elle avait envisagé.

— Je pense que vous aimerez le village. Le magasin général existe depuis la fin des années 1800, reprit Dennis. Vous y trou-verez tout ce que vous pouvez imaginer, de la quincaillerie au matériel de chasse en passant par le miel. Les gens viennent de plusieurs kilomètres à la ronde.

— Ça semble tellement isolé ici, comme s'il y avait presque personne dans les alentours. Où est-ce qu'ils se cachent tous ?

Elle espérait que le village comprenait plus d'habitants que juste les manifestants.

— C'est trompeur. Il y a des centaines de personnes sur un

rayon de quelques kilomètres, mais ils sont dispersés parmi les ranchs et les fermes. Invisibles, mais néanmoins à proximité.

Kat se demandait comment tous les gens cachés gagnaient leur vie. D'après les rumeurs, les collines abritaient un certain nombre de cultures illégales de cannabis. Elle n'avait pas entendu parler d'autres industries à proximité. L'exploitation minière avait été importante, mais elle s'était écroulée au milieu du siècle dernier. Peut-être que la drogue l'avait remplacée. Elle décida de ne pas poser de questions sur les rumeurs de production de marijuana et opta plutôt pour les banalités :

— Je comprends pourquoi vous aimez le coin. C'est tellement calme et paisible.

— On aime ça, acquiesça Dennis. La plupart des gens viennent ici pour échapper au stress quotidien.

— Vous êtes prête ? demanda Ranger à Kat avec le sourire.

— Je vais aller prendre ma veste et mes affaires, répondit-elle joyeusement.

— D'accord, je vous retrouve dehors dans dix minutes.

Kat dit au revoir aux hommes, heureuse d'échapper au silence gêné.

Quelques minutes plus tard, Kat était assise derrière Ranger sur la motoneige. Ils glissèrent à travers la poudreuse fraîche, le soleil faisant étinceler la neige dans leur sillage. Le moteur bruyant empêchait toute conversation, ce qui convenait parfaitement à Kat. Elle admirait le paysage hivernal, tandis qu'ils avançaient sur le terrain vallonné.

La piste les conduisit à travers un plateau ouvert qui semblait s'étendre sur des kilomètres. Des arbres recouverts de neige se dressaient le long du plateau d'un côté, tandis que de l'autre, à environ un kilomètre, des falaises rocheuses tombaient à pic. Ils suivirent la lisière de la forêt qui les entoura peu à peu. On ne voyait plus le bord de la falaise.

Une heure plus tard, ils s'arrêtèrent brusquement. Des arbres tombés sur la piste à quelques mètres d'eux bloquaient le passage. Ranger coupa le moteur et se tourna vers elle.

— J'ai failli pas les voir à temps. Ils ont remis ça.

Il sauta de la motoneige et se dirigea vers les arbres tombés. Il essaya en vain d'en bouger un tout en jurant dans sa barbe.

— C'est qui « ils » ? demanda Kat.

— Les militants aiment pas que les gens viennent par ici. Mais ils peuvent rien dire : ces terres appartiennent au gouvernement et ils ont pas le droit de bloquer les voies publiques.

— Contre quoi est-ce qu'ils protestent ? La même chose que les autres ?

Ranger ignora sa question.

— Je vais devoir vous remmener. On ira en ville avec le pick-up.

— Vous avez vraiment beaucoup de gens en colère par ici ! Il y a quelque chose dans l'air ?

Les explications de Ranger détruisaient l'image qu'elle s'était faite de hippies décontractés qui faisaient pousser de l'herbe.

— On pourrait dire ça.

Il tourna la motoneige en sens inverse et ils rentrèrent au chalet. Ils atteignirent bientôt la clôture de la propriété de Batchelor. Ranger descendit de la motoneige et ouvrit la barrière.

Kat fut momentanément tentée d'aller voir comment les choses se passaient entre Jace et Dennis, mais elle se ravisa. En plus, elle appréciait l'air frais du matin hivernal, et cela aurait été dommage de ne pas jeter un coup d'œil à la ronde.

— Je vais peut-être juste explorer par ici et prendre un peu d'air frais.

— Comme vous voulez. Simplement, sortez pas de la propriété, précisa-t-il en pointant du doigt une pente douce qui s'éloignait des montagnes et tournait en direction des manifestants. Vous voyez le bord de cette clairière ?

Kat fit oui de la tête. Les arbres étaient plus clairsemés et la lumière était visible à travers eux.

— Y a une piste là-bas. Suivez-la et vous arriverez à la route. Au lieu de prendre cette route, traversez-la et continuez sur le sentier. Il fait une boucle et vous vous retrouverez à la clairière en le suivant. Y a un joli petit lac au bout.

— D'accord.

Pourquoi est-ce que Ranger ou Dennis n'avait pas mentionné la piste avant ? Après tout, sa première idée était d'aller faire une promenade.

— On se retrouvera ici et je vous reconduirai, expliqua Ranger en regardant derrière elle, tandis que des motoneiges approchaient. Pour l'instant, j'ai quelques affaires à régler.

— D'accord. Je serai de retour ici dans...

— Disons dans une heure.

Ranger tourna brusquement et mit le moteur en route. Il fonça en direction des autres véhicules sans un mot.

Le son des motoneiges diminua et Kat se mit en route. La neige reflétait le soleil lumineux. En dehors du bruit de ses pas, tout était silencieux. La neige était fraîche, légère et moelleuse après la chute de neige de la veille. Ses traces étaient les seules marques dans l'étendue blanche.

Elle arriva à la piste dix minutes plus tard. La canopée protégeait le chemin de la neige, ce qui rendait la marche plus facile. Elle aperçut la route à travers les arbres cinq minutes plus tard et atteignit le lac peu après. Très décevant. Ranger avait manifestement sous-estimé sa forme physique ou surestimé la longueur du sentier.

Que faire maintenant ? Il lui restait encore quarante-cinq minutes avant le retour de Ranger. Beaucoup de temps à tuer. Elle revint en arrière et reprit la piste, remarquant les congères profondes qui s'amoncelaient autour des arbres. Elle pouvait voir des empreintes de lapins et autres petits animaux parallèles au sentier. Qui dit petit gibier dit aussi prédateurs. Quels genres habitaient un haut plateau de montagne ? Des loups, des lynx peut-être ? L'observaient-ils maintenant ?

Elle frissonna en réalisant que les prédateurs étaient silencieux de nature. Leur existence dépendait de leur silence. Mais si des prédateurs se cachaient à proximité, ils restaient invisibles.

Kat était maintenant très consciente du silence. Il n'y avait aucun chant d'oiseau, car il faisait trop froid pour que la plupart des oiseaux soient encore dans la région en hiver. Elle ne vit pas non plus de faucons ni d'autres oiseaux. Elle se détendit un peu en pensant que tous les rapaces avaient dû migrer vers le sud. Les plus robustes se rassemblaient à basse altitude où il faisait plus chaud. La neige épaisse diminuait considérablement les sources de nourriture pour les prédateurs et leurs proies. Les animaux de la région hibernaient ou passaient la plupart de leur temps enfouis profondément dans leurs tanières.

Sa réflexion ne rendait pas le silence moins inquiétant. Elle revint sur ses pas et arpenta la piste plusieurs fois. Le seul spectacle intéressant était le lac, même s'il n'y avait pas grand-chose à voir dessus en hiver. Il était complètement gelé et entouré de collines enneigées. Aucun oiseau ni fleurs sauvages, juste une forêt hivernale plongée dans le silence. Elle revint à son point de départ. L'heure était presque écoulée. Toujours pas de signe de Ranger.

Elle n'entendait pas non plus sa motoneige approcher. Malgré le silence, elle avait le sentiment étrange que quelque chose, ou quelqu'un, l'observait. Elle se rappela la remarque de Dennis, que des centaines de personnes vivaient à proximité. Où se cachaient-ils tous ?

Elle sursauta quand quelque chose craqua dans les broussailles. Juste un cerf, probablement.

Elle était peut-être simplement paranoïaque. Ranger ne lui aurait pas dit d'aller là si c'était dangereux. Il n'y avait pas de mal à explorer davantage en l'attendant, tant qu'elle gardait son sens de l'orientation. Il lui restait encore dix minutes avant leur rendez-vous au point de rencontre.

Elle repéra le début d'un autre sentier sur une pente à proximité et regretta de ne pas l'avoir remarqué plus tôt. Ranger avait supposé qu'elle n'était pas à la hauteur, et cela l'agaçait. La pente raide était exactement ce dont elle avait besoin : un peu d'exercice de cardio et la probabilité d'atteindre un belvédère.

Elle grimpa péniblement, remarquant que le sentier avait au moins dix degrés d'inclinaison. Elle y voyait cependant un avantage : l'élévation lui offrirait certainement une vue panoramique sur leur point de rencontre. Elle pourrait rapidement redescendre une fois qu'elle apercevrait Ranger.

Ses chaussures de randonnée n'étaient pas adaptées à la neige et à la glace. Elle glissa plusieurs fois en s'efforçant de prendre appui sur la colline recouverte de glace. La neige pénétra dans ses bottes et elle regretta de ne pas avoir apporté de jambières pour garder ses chevilles au sec. Elle n'avait pas vraiment réfléchi en s'habillant pour sa balade. Mais à vrai dire, elle avait envisagé d'explorer une ville, pas d'escalader une montagne. En fait, cela n'avait pas d'importance, il n'y avait aucun risque qu'elle gèle. Dans moins d'une heure, elle serait de retour au chalet à se réchauffer près du feu.

Elle monta péniblement la dernière section de la pente, transpirant dans sa lourde veste. Ranger était fou de penser qu'il lui fallait une heure sur l'autre piste.

Elle quitta le sentier et arriva sur le plateau quand un coup de feu retentit. Elle se figea de peur. Ranger n'avait pas mentionné de chasseurs à proximité et elle n'avait vu aucun signe de chevreuil ou autre gibier. Pourquoi donc des coups de feu en pleine nature ?

Ranger ne l'aurait pas déposée au beau milieu d'un terrain de chasse. Mais elle n'avait pas suivi ses instructions. Elle était presque à un kilomètre de leur point de rencontre. Elle n'aurait pas dû prendre ce sentier. Sa veste se confondait avec le cadre. Et si le chasseur l'avait prise pour du gibier ?

Elle se figea, ne sachant que faire. Son instinct lui dit de revenir à la piste pour se mettre à l'abri, mais elle n'était pas sûre dans quelle direction elle avait entendu le coup de feu. Elle devait s'éloigner du tireur, mais des mouvements brusques pourraient le faire appuyer sur la gâchette.

Devait-elle oublier Ranger et simplement rentrer toute seule au chalet ? Elle décida d'attendre un peu plus longtemps, en espérant que Ranger avait entendu le coup de feu et qu'il reviendrait vite. Où diable était-il de toute façon ? D'après sa montre, il était maintenant dix minutes en retard.

Une branche craqua derrière elle.

— Bougez pas ou je tire, lança une voix de femme en pressant son fusil dans le dos de Kat.

4

La voix de la femme était douce mais ferme :

— Les mains en l'air, que je les voie !

Un hold-up à main armée était la dernière chose à laquelle Kat s'attendait en pleine campagne.

Kat leva lentement les bras.

— Tirez pas. Je vais m'en aller.

— Vous allez faire ce que je vous dis. Retournez-vous maintenant. Doucement.

Kat obtempéra et se retrouva face au canon de fusil, à quelques centimètres de sa poitrine. Elle leva les yeux de l'arme et découvrit une femme athlétique aux cheveux gris, aux yeux bleus et au regard d'acier. Elle faisait environ quinze centimètres de moins qu'elle, mais vu le fusil, Kat n'allait pas prendre le risque de lui résister.

La femme bougea sur ses skis de fond et regarda Kat.

Elle reconnut Elke, la femme qu'ils avaient rencontrée au barrage routier.

— Je voulais pas...

— C'est moi qui cause, l'interrompit-elle, son fusil toujours braqué sur Kat. Dites-moi qui vous êtes et pourquoi vous êtes là.

— Je suis une invitée de Dennis Batchelor. Je crois qu'on s'est vues à votre barrage...

— J'ai dit : les mains en l'air !

Kat obéit.

— Je pense que je suis toujours sur ses terres.

Elle n'avait pas passé de clôture ni autre barrière visible lui faisant croire le contraire. Il n'y avait peut-être pas de bornes pour délimiter les propriétés. En tout cas, agir avec confiance pourrait désamorcer la situation. Où diable était Ranger quand elle avait besoin de lui ?

— Ça se discute.

Le fusil d'Elke était disproportionné par rapport à sa petite taille. Ainsi que son énorme sac à dos. Une pelle pliable y était accrochée par des cordes élastiques et une paire de bâtons de ski était posée sur la neige à ses pieds. Elle semblait prête à toute éventualité.

— D'accord, je me suis trompée.

Ranger n'avait pas indiqué exactement la limite de la propriété du chalet. Elle regrettait d'avoir dévié de son itinéraire initial.

— Là, vous avez raison. Maintenant, retournez-vous et fichez le camp, poursuivit-elle en montrant de la tête la direction du chalet.

— Baissez d'abord votre arme.

Si le lourd sac d'Elke lui faisait perdre l'équilibre, elle risquait d'appuyer accidentellement sur la gâchette.

— Et pourquoi ça ? grogna-t-elle.

— Écoutez, je suis désolée si je vous ai surprise. J'ai rien à voir avec vos disputes avec Dennis Batchelor et je voudrais qu'on en reste là. Je m'en irai dès que vous aurez baissé votre fusil. Je vais pas tourner le dos avec ce truc pointé sur moi.

Elle ne voulait pas énerver davantage Elke, mais son doigt sur la gâchette lui faisait peur.

Elke ne bougea pas.

— Vous êtes dans le coup aussi ? Nous obliger à partir pour que Batchelor tire profit de la situation ?

— Je sais absolument pas de quoi vous parlez. Je suis juste ici pour le week-end pendant que mon petit ami travaille sur un projet avec Dennis.

Elle aurait dû partir quand elle en avait l'occasion. Elle reprit :

— Faut que j'y aille maintenant.

— Une minute ! Quel genre de travail ? demanda Elke en fronçant les sourcils.

— Il est journaliste, expliqua-t-elle. Il écrit la biographie de Dennis.

Fusil ou non, cela ne regardait pas Elke. Elle regretta d'avoir donné ces détails.

— Pleine de mensonges, j'en suis sûre. Si c'est vraiment ce que fait votre petit ami, reprit-elle en baissant légèrement son arme, pointée désormais vers les pieds de Kat.

— Bien sûr que c'est ce qu'il fait, rétorqua Kat, son cœur s'emballant.

Elle prit le risque de fâcher davantage Elke, car ne rien dire pourrait être pire. Les choses pouvaient se détériorer très rapidement avec une cinglée brandissant une arme en pleine nature.

— Sinon, pourquoi est-ce qu'on serait là ?

— Me racontez pas des balivernes. Vous êtes aussi mauvaise que Batchelor, lança-t-elle en transférant son poids d'un pied sur l'autre. Pour les gens comme vous, c'est toujours une histoire d'argent.

— Quels gens ? reprit Kat, mécontente d'être mise dans le même sac que Batchelor.

Elle recentra son attention sur le fusil. Avait-elle mis le cran de sûreté en place ? Est-ce qu'un coup pourrait partir ?

— Pour la dernière fois, pouvez-vous s'il vous plaît détourner votre arme de moi ? répéta Kat.

Elke obéit cette fois et laissa tomber le fusil à côté d'elle.

— Comment est-ce que Batchelor peut se dire écologiste ? Il les a laissés contaminer notre eau potable, tout ça pour se faire des bénéfices.

— Comment peut-il être responsable d'une conduite d'eau cassée ?

Pourquoi Elke le blâmait-il pour le problème du réservoir ?

— C'est ce qu'il vous a dit ? demanda-t-elle en secouant la tête. J'espère que vous la buvez pas.

— Je bois de l'eau en bouteille. Du moins pour le moment, jusqu'à ce que le problème soit réglé.

— Ça va pas arriver de sitôt ! Ça fait trois ans que l'eau est pas bonne, depuis que le bassin de résidus a débordé et a contaminé notre eau. La mine veut rien arranger. En fait, ils feront rien maintenant qu'elle est fermée. Ils disent qu'elle est « pas rentable », continua-t-elle, mimant des guillemets avec ses doigts.

L'accusation d'Elke différait considérablement de la version de Batchelor. Trois ans sans eau du robinet, c'était long.

— Dennis m'a parlé de la mine, mais il a dit que le bassin de résidus avait été assaini.

— C'est ce qu'il dit bien sûr, renchérit Elke sur un air moqueur. L'entreprise a fait des réparations foireuses pour combler la brèche dans la paroi. Techniquement, ils l'ont réparé, mais pas à temps pour empêcher la nappe phréatique d'être contaminée.

— On peut pas remédier au problème ?

Les cours d'eau et les sols environnants devaient être assainis et remis en état après un accident environnemental. C'était la loi.

— Ça prend des années, expliqua Elke en secouant la tête. La nature doit suivre son cours. Au fil du temps, les contaminants se dissolvent. Entre-temps, on peut pas boire l'eau ni cultiver la terre.

Les cultures qui pourraient inclure le cannabis. Ce qui expliquait l'arme d'Elke.

— Je me souviens maintenant de l'accident. C'était dans tous les journaux quand c'est arrivé. J'ai oublié l'affaire quand les médias ont arrêté d'en parler.

— Comme tout le monde. Les politiciens ont fait des promesses et l'entreprise a accepté de faire des réparations tant que les caméras étaient braquées sur eux. En attendant, notre bétail a été empoisonné et nos récoltes sont mortes. Les gens sont tombés malades.

— Mais ça fait déjà plusieurs années. Vous êtes sûre que c'est à cause de l'eau ?

Le Canada n'était pas exactement un pays en voie de développement. Il y avait des lois en place pour que les entreprises assument leurs responsabilités.

— La mine peut pas fonctionner à moins de réparer le bassin de résidus.

— Ah ! vous pigez vite ! fit Elke en plissant les yeux. La mine fonctionne pas. Ils disent que le prix de l'or est trop bas et qu'ils sont fauchés. La vérité c'est qu'ils ont conclu un accord avec le gouvernement pour obtenir un certificat de bonne conduite, du moment qu'ils touchent plus à la mine. Il leur suffit de laisser tomber la mine pour pas être poursuivis. Et ça nous mène où ?

— Vous pouvez pas poursuivre l'entreprise en justice ?

L'extraction minière se servait de nombreux produits chimiques, dont le cyanure. Le but des bassins de résidus était de retenir les contaminants. Si l'entreprise n'avait pas réparé le bassin, elle était passible de dommages-intérêts.

— *Regal* appartient à une entreprise chinoise, reprit Elke en secouant la tête. Légalement, ils sont intouchables. C'est une des raisons pour lesquelles ils ont abandonné la mine. L'autre raison est la baisse des prix. Il faudrait que le prix de l'or double par rapport au prix actuel pour que la mine s'y retrouve. Les propriétaires ont pas de motivation à la faire fonctionner, encore moins à dépenser de l'argent pour faire des réparations. Ils préfèrent s'en aller et abandonner leur investissement.

— Je vois.

Cela n'avait absolument rien à voir avec Batchelor.

— Vous voyez, vraiment ? Est-ce que Batchelor vous a parlé de ses plans pour nous faire tous partir ? Il croit qu'il peut rester là plus longtemps que nous en contaminant notre eau et en s'emparant de nos emplois.

Et c'était reparti sur Batchelor. Elke fulminait et blâmait tout le monde.

— Attendez une seconde, déclara Kat. C'est pas Batchelor qui a contaminé l'eau. Il a pas non plus d'eau potable.

— Il a les moyens de faire venir de l'eau potable par camion. Pas nous.

— Le problème de l'eau est aussi un énorme inconvénient pour lui. Même si ce que vous dites est vrai, c'est pas lui qui fait fonctionner la mine. C'est la mine qu'il faut blâmer dans tout ça.

— Il est dans le coup.

— Pourquoi est-ce qu'il serait dans le coup ? Vous en avez la preuve ?

Batchelor n'avait aucune raison de mentir au sujet de l'eau.

— Pas directement, admit Elke. Il sait brouiller les pistes. Je sais de quoi je parle.

Kat doutait sérieusement de cela.

— Vous avez contacté le gouvernement ? Ils ont des règlements pour s'assurer que les entreprises respectent les règles.

— Ils sont tous impliqués. Ils se protègent les uns les autres.

Elke transféra son poids d'un pied sur l'autre. Son fusil, appuyé contre sa jambe, tomba par terre.

Kat sursauta.

Elke se pencha et ramassa son arme.

— C'est toujours nous, les gens ordinaires, qui nous faisons rouler.

— Bon, je devrais probablement rentrer au chalet.

Laisse tomber Ranger, où qu'il soit. Elle se mettrait à courir dès qu'elle serait hors de portée de cette cinglée de conspirationniste.

— À votre place, je resterais à l'écart de ce gars. Vous savez ce qu'on dit, coupable par association.

Kat acquiesça de la tête.

— Mais de quoi est-ce que Batchelor est coupable dans tout ça ? Il est autant affecté que vous.

— Il se dit écologiste, mais il dit rien sur l'eau contaminée tout près de chez lui. Il lui suffisait d'alerter les médias que le problème avait jamais été réparé correctement. Il aurait pu attirer l'attention des gens bien placés et obtenir que tout soit arrangé. Pourquoi est-ce qu'il a rien fait ?

Kat haussa les épaules. Elke avait raison. Batchelor avait construit son chalet plusieurs années auparavant, avant l'accident. Son oasis était maintenant compromise à cause de l'eau imbuvable.

— Vous croyez qu'il est en quelque sorte impliqué dans la mine ?

— Tout ce que je sais, c'est qu'il a le pouvoir de faire quelque chose, mais qu'il veut pas. Ça me paraît suspect pour un militant écologiste, si vous voulez mon avis.

Kat parcourut l'horizon des yeux. Aucun signe de Ranger ni de la motoneige. Elle avait mieux à faire qu'à discuter avec une inconnue armée. Elle retint sa langue, même si elle trouvait que c'était exagéré de blâmer Batchelor. C'était un problème local, pas le sien, se rappela-t-elle.

— Faut vraiment que j'y aille.

— Ils peuvent faire taire les médias et le gouvernement aussi, reprit Elke en lui bloquant le passage.

— Pas le gouvernement.

Kat n'était pas sûre à qui le « ils » faisait référence.

— Il y a des règlements pour ce genre de choses. Personne est au-dessus de la loi.

— Vous êtes naïve.

— Non. C'est facile de mesurer la contamination. Les résultats des tests peuvent pas mentir, et si on les a, quelqu'un doit les signaler.

La femme était cinglée. Et armée.

— On peut les manipuler. Batchelor la ferme parce que c'est dans son intérêt.

Il la ferme parce qu'il y a pas de problème. Kat n'osa pas le dire à haute voix.

— J'imagine que c'est possible.

Elke lui lança un regard noir.

Kat essaya de relancer la discussion :

— Pourquoi est-ce que vous les signalez pas vous-même ? Qu'est-ce qui vous empêche d'aller trouver la presse ? Si ce que vous venez de me dire est vrai, vous pourriez exposer un énorme complot impliquant une grande entreprise et le gouvernement.

— C'est ce qu'on pourrait croire, mais ça finit toujours mal, répondit-elle, tandis que son visage s'assombrit.

Kat jeta un coup d'œil à sa montre. Elle avait déjà perdu vingt minutes sur un différend qui ne la regardait pas.

— Je dois vraiment y aller.

Si elle revenait sur ses pas, elle espérait rencontrer Ranger.

Elke était dingue, mais certaines de ses revendications semblaient justes. Les riches comme Batchelor toléraient rarement des inconvénients majeurs pendant des jours, encore moins pendant des années. Combien d'écologistes faisaient venir de l'eau en bouteille par camion ou par avion pendant des années ?

Les écologistes avaient également tendance à ne pas construire leur refuge près d'exploitations minières. La mine d'or *Regal* était active bien avant que Batchelor ne bâtisse son chalet. Elle repensa aux bulletins d'information concernant l'accident trois ans auparavant. Elle ne se souvenait pas que le nom de Batchelor ait été mentionné. Bizarre, vu son penchant pour la publicité.

Elke avait raison : habituellement, les écologistes réagissaient contre les catastrophes environnementales qui se déroulaient près de chez eux. Kat regarda par-dessus l'épaule de la femme. Ranger était maintenant en retard de plus d'une heure et elle n'avait aucun moyen de le contacter, lui ou qui que ce soit, sans signal réseau.

— Demandez à Batchelor ce qu'il pense de la mine d'or *Regal*, lança Elke. Je parie qu'il vous répondra pas directement.

— Vous croyez vraiment qu'il est en quelque sorte impliqué dans la mine ?

L'histoire ne s'arrêtait peut-être pas là. Si c'était le cas, Jace aurait sans doute glaner quelques renseignements dans le cadre de la biographie.

— Bien sûr que oui. Il vous a menti en vous disant que le bassin était assaini, sinon il boirait pas d'eau en bouteille.

— Mais c'est une canalisation qui a éclaté.

— C'est purement et simplement un mensonge. D'abord le bassin de résidus, et puis la mine a fermé pour éviter de payer les amendes écologiques et les coûts d'assainissement. L'entreprise l'a juste abandonnée parce que ça revenait trop cher de réparer le bassin de résidus. Les gens ont perdu leur emploi et sont partis. Le peu d'entre nous à être restés avons le droit d'avoir de l'eau potable. La seule chose qui ait explosé, c'est nos rêves.

Elles sursautèrent toutes les deux en entendant soudain des bottes crisser dans la neige. Les espoirs de Kat s'évanouirent quand elle réalisa qu'il ne s'agissait pas de Ranger.

— Elke ? Je me demandais où t'étais passée.

L'homme s'approcha et se présenta :

— Fritz, dit-il avec un fort accent en lui tendant la main.

Kat supposa qu'ils étaient mari et femme.

— Katerina Carter. Appelez-moi Kat, répondit-elle en lui serrant la main.

Fritz avait l'air bien plus sympa qu'Elke. Il avait aussi un effet calmant sur sa femme. Elle lui en était reconnaissante.

— On parlait juste de la mine d'or *Regal*.

— Ah ! fit-il en souriant. C'est son sujet de prédilection. Elle vous a parlé de l'eau potable contaminée ?

Kat acquiesça de la tête.

— C'est pas seulement notre eau potable. L'eau s'infiltre dans l'herbe où nos animaux paissent et elle entre dans notre lait et notre viande. Les propriétaires étrangers s'en fichent.

— C'est terrible, reconnut Kat.

C'était aussi une honte que Dennis Batchelor ne puisse ou ne veuille pas se servir de son influence pour arranger les choses. Elle décida de lui poser directement la question quand elle serait de retour au chalet.

— Mais l'eau et la mine sont pas votre problème. Veuillez excuser Elke. Elle est très passionnée sur le sujet, expliqua-t-il en soupirant. Moi, j'ai tourné la page. Je peux rien faire contre des gens aussi puissants. Et qu'est-ce qui vous amène ici ?

— J'accompagne juste mon petit ami qui travaille pour Batchelor.

— Ah oui ? fit-il, son visage s'assombrissant.

Kat regretta immédiatement ses mots qui semblaient faire de Jace un employé de Batchelor.

— Il écrit la biographie de Batchelor.

Techniquement, une autobiographie par un nègre littéraire, mais le couple n'avait pas besoin de connaître ce détail.

— Batchelor a dit que sa mission était de protéger cette nature sauvage, reprit-elle.

— Il a probablement pas mentionné la route qu'il est en train de construire.

— Quelle route ? demanda Kat en repensant aux photos accrochées au mur de Batchelor.

Si ce que Fritz prétendait était vrai, qu'était-il arrivé au défenseur de l'environnement qui s'était enchaîné à un arbre ? Les paroles de Fritz faisaient écho à celles d'Elke. Mais Batchelor n'avait pas mentionné de route. En fait, il semblait farouchement opposé à tout genre de développement.

— Ça suffit, Fritz. Allons-y.

Elke saisit son mari par le bras et l'écarta de la piste au moment où rugit un moteur de motoneige.

Ranger apparut.

Kat poussa un soupir de soulagement en voyant la motoneige approcher. Elle se retourna pour dire au revoir au couple, mais ils étaient déjà à plusieurs mètres d'elle, s'éloignant à skis dans la direction opposée.

Elle se dirigea vers la motoneige, repensant à la mine et aux paroles du couple. Elle était tout juste à mi-chemin de l'engin quand une forte détonation l'arrêta net.

5

Il était impossible de ne pas remarquer la fissure de là où se tenait Kat. Un énorme pan de neige s'était séparé de la montagne juste au-dessus d'eux. Le rebord de neige qui les surplombait formait un V au centre duquel la neige s'effondrait. Il resta suspendu un bref moment avant que la gravité ne l'emporte, comme dans un film au ralenti.

Puis ce fut l'enfer.

Un côté s'écroula et dévala la pente, comme une flèche à la poursuite de sa cible dont le centre se trouvait à seulement quelques mètres de là où elle et les Kimmel s'étaient tenus moins d'une minute auparavant.

La fraction de seconde de silence sembla s'éterniser tandis que les visages et les lieux, les souvenirs et son avenir défilèrent dans l'esprit de Kat. Elle savait parfaitement ce qui allait se passer, mais elle était impuissante à l'arrêter.

Une autre forte explosion retentit lorsque le deuxième pan se détacha de la montagne. Le sol trembla, presque au point de la faire tomber. La vibration fut accompagnée d'un grondement sourd. Il monta en crescendo, sans toutefois parvenir à couvrir les cris des Kimmel. C'était comme si tout le sommet de la montagne avait été tailladé avant de tomber. Il grossissait et s'élargissait tandis qu'il amassait de plus en plus de neige en dégringolant la pente.

Kat se tourna brusquement dans la direction d'Elke et de Fritz. L'éboulement s'étendait sur une largeur d'une centaine de mètres tout en continuant de dévaler la montagne. Il était à moins de quinze mètres au-dessus d'elle, mais elle restait immobile, paralysée par la peur. Elle ne pourrait jamais éviter une avalanche.

Elle suivit la trajectoire des yeux et aperçut Elke et Fritz au beau milieu du couloir de neige. Fritz trébucha et tomba alors qu'ils essayaient frénétiquement de faire marche arrière.

— Au secours ! s'écria Elke en tirant Fritz par le bras, essayant de le relever.

Trop tard.

L'énorme boule de neige gagna de la vitesse et continua à dévaler la pente. Elle grossit. Elle n'était plus qu'à six mètres du couple. L'image se figea dans l'esprit de Kat, le couple microscopique contre la vague massive de neige juste au-dessus d'eux.

Puis elle les engloutit.

Et elle ne pouvait rien faire.

Rien du tout.

Et l'avalanche allait l'emporter elle aussi. Elle cria et courut dans la direction opposée.

Les arbres.

Seuls leurs troncs épais pourraient l'empêcher d'être enterrée dans une tombe glacée. Ils pourraient peut-être résister au poids de plusieurs tonnes de neige. Ou peut-être pas. Ils se dressaient en périphérie de la zone de glissement, déserte par ailleurs, preuve évidente de la dévastation engendrée par les avalanches précédentes.

Les arbres étaient son dernier espoir. Si elle les atteignait à temps.

Le groupe d'arbres le plus proche était à seulement dix mètres d'elle, mais elle avait du mal à avancer dans la neige profonde. Marcher n'avait pas été un problème, mais courir demandait un effort herculéen. À chaque pas, elle s'enfonçait dans la neige comme dans des sables mouvants.

Le grondement s'intensifia. Le ciel s'obscurcit. La neige la menaçait comme une vague de surf à Hawaï.

Elle devait courir, ou mourir.

Le bosquet de sapins n'était plus qu'à trois mètres maintenant, minuscule par rapport à l'avalanche. Les arbres eux-mêmes pourraient s'effondrer sous le déluge. Mais c'était sa seule chance de survie.

La vibration la secoua tout entière. Son cœur sembla sur le point d'exploser alors qu'elle essayait d'accélérer. Un pas, deux pas...

Allait-elle y arriver ?

Elle se concentra sur la cime des arbres qui oscillaient sous la première vague de neige.

Elle ressentit des picotements sur les joues alors que la neige fonçait sur elle.

Elle atteignit les arbres et s'effondra dans un trou entre eux, épuisée. Elle appuya son dos contre un tronc et se prépara à ce qui allait arriver.

Une microseconde plus tard, le mur de neige frappa de toute sa force. La neige l'encercla. Les arbres disparurent. Elle ne vit plus que du blanc tandis que des flocons de glace brûlaient son visage exposé. Elle leva instinctivement les bras et les agita pour repousser la neige. La montagne reflétait la lumière. Elle lutta pour rester debout.

L'avalanche disparut tout aussi vite.

Et tout le reste avec.

Elle gisait sur le sol dans un trou de soixante centimètres à la base d'un sapin. Elle se releva avec difficulté, contusionnée et meurtrie.

Elle brossa la neige de sa veste et observa les alentours. Même ici, en périphérie de l'avalanche, la destruction était énorme. Seuls deux arbres étaient restés debout, dont le sien. La douzaine d'autres étaient réduits en morceaux, cassés comme des brindilles. Par chance, elle avait choisi un arbre assez fort pour résister à la force de l'avalanche.

Il s'en était fallu de peu.

De trop peu.

Elle leva les yeux vers le sommet de la montagne. Au moins un tiers avait disparu. L'avalanche avait été encore plus importante que ce qu'elle pensait. Elle suivit des yeux la trajectoire du couloir de neige. Tout avait disparu sur son passage. Le paysage était complètement transformé.

Le bosquet qu'Elke et Fritz avaient traversé avant d'atteindre la pente n'existait plus. La plupart des autres arbres le long de la pente étaient également invisibles, enterrés sous un épais manteau neigeux de neuf mètres ou plus. L'endroit où elle s'était tenue quelques minutes plus tôt avait été directement touché. Si elle n'avait pas couru, elle aurait été ensevelie.

Les arbres au-dessus d'elle auraient aussi été touchés s'ils ne s'étaient pas trouvés à quelques mètres du couloir direct de l'avalanche. Le nuage de neige qui l'avait enveloppée résultait simplement d'éclaboussures, pas de la coulée de neige elle-même.

Elle avait eu de la chance. Au bon endroit à un moment déterminant.

Son cri resta coincé dans sa gorge quand un mouvement attira son regard. Une paire de bâtons de ski glissa quatre mètres plus bas avant de se retrouver accrochée à une petite branche qui émergeait de la neige. Cinq minutes plus tôt, cette branche était à la cime d'un sapin de douze mètres de haut.

À part ces bâtons, la neige immaculée ne révélait rien. Pas d'empreintes, de piste ou de sentier. Aucun mouvement.

Toute trace de vie humaine avait été effacée.

À l'exception des bâtons.

Quand le couple l'avait quittée quelques minutes plus tôt, Elke tenait le fusil d'une main et ses bâtons de l'autre. Ils se retrouvaient sur la neige simplement parce qu'elle ne s'était pas servie des dragonnes. Elke avait disparu.

Fritz marchait trois mètres devant sa femme, mais il n'y avait aucun signe de lui non plus.

Elle leur avait parlé moins de cinq minutes auparavant. En un éclair, ils s'étaient retrouvés enfermés dans une prison de glace.

Kat se précipita vers l'endroit où elle les avait vus pour la dernière fois. Elle devait les dégager de la neige avant qu'ils n'étouffent. C'était presque impossible sans pelle ni détecteur pour les localiser sous la neige. En fait, elle n'avait aucun matériel de sauvetage. Sans signal réseau, elle ne pouvait même pas appeler à l'aide.

Elle pouvait juste creuser dans la neige avec ses mains.

Elle cria, espérant une réponse.

Silence.

Elle enfonça ses mains dans la neige, s'attendant à trouver de la poudreuse fraîche et douce comme celle dans laquelle elle avait marché. Mais cette neige était dure et glacée, avec d'anciennes couches de gel et de fonte résultant des variations climatiques. C'était comme du ciment. Ses gants furent vite trempés et ses mains à vif à cause de la glace.

En cinq minutes, elle avait creusé moins de trente centimètres.

Ils pouvaient être morts maintenant. Il n'y avait eu aucune réponse du couple, aucune indication non plus qu'ils étaient là où elle les avait vus pour la dernière fois.

Elle se rendit compte avec horreur qu' ils n'étaient peut-être même pas enterrés là. La neige avait pu les emporter trois voire trente mètres plus loin avant de les ensevelir. Ils pouvaient être n'importe où.

Ils n'étaient peut-être même pas ensemble, selon l'angle et la vitesse à laquelle la neige avait frappé l'un et l'autre. Portaient-ils un émetteur ? Cela serait utile seulement s'il y avait quelqu'un avec un récepteur.

— Hé ! Venez ici, tout de suite.

C'était Ranger, lui faisant signe depuis sa motoneige. Il s'arrêta à côté des deux sapins restants.

— Non. Vous, venez ici ! Y a des gens ensevelis. Allez chercher de l'aide.

Kat se remit à creuser.

— Je viens juste de le faire par radio, cria Ranger. Sortez de là ! Maintenant, avant une autre avalanche. Cette pente est extrêmement instable.

— Faut que je les dégage. Vous avez une pelle ?

Chaque minute comptait. Elle ne pouvait pas s'arrêter maintenant, sinon il serait trop tard.

— On peut rien faire sans risquer de se faire tuer nous-mêmes. Venez vite ici.

Ranger parla dans sa radio et fit signe à Kat.

Quelques secondes plus tard, une voix masculine crépita. Il y avait tellement de parasites qu'elle n'arrivait pas à comprendre ce qu'il disait. Elle s'en fichait d'ailleurs. Son seul objectif était de trouver les Kimmel.

— On doit les sauver.

C'était la première fois qu'elle faisait l'expérience d'une avalanche, mais elle savait que personne ne s'en sortait sans aide. Les victimes étaient enfouies dans de la neige dure comme du béton, incapables de bouger bras et jambes. Même à quelques centimètres sous la surface, elles étaient invisibles et indétectables par les sauveteurs potentiels.

Les rares personnes qui s'en sortaient vivantes portaient généralement un émetteur et avaient un sauveteur qui réagissait vite à proximité. Même si on se servait immédiatement de pelles et de sondes, elles n'étaient pas toujours efficaces. Le temps n'était pas du côté des victimes. Une personne non localisée et dégagée en quelques minutes suffoquait.

Elke et Fritz gisaient piégés quelque part sous la neige. Entendaient-ils sa voix, tout en étant incapables de répondre ? Était-ce déjà trop tard ?

— J'ai entendu l'avalanche, lança Ranger en levant les yeux de sa radio. J'ai appelé les services de sauvetage, mais je peux vous dire que c'est déjà trop tard pour eux. Vous pouvez encore vous en tirer vous-même, mais vous devez décamper tout de suite.

Elle resta immobile.

— Kat, ça fait presque trente minutes. Personne peut durer aussi longtemps.

Trente minutes ? Elle pensait que moins de dix minutes s'étaient écoulées, mais avec tout ce qui était arrivé, elle avait probablement sous-estimé le temps. Ranger avait raison, mais cela ne facilitait pas les choses. Kat se leva et se dirigea péniblement vers Ranger et la motoneige, épuisée et triste.

— Qu'est-ce qui a déclenché l'avalanche ? demanda Kat en parcourant le paysage des yeux, à la recherche de traces de skieurs ou de motoneiges au-dessus d'eux.

Mais il n'y avait aucun signe d'activité humaine.

Les avalanches étaient rares en décembre. Elles étaient plus fréquentes au printemps, quand la température était plus susceptible de fluctuer et créait un cycle de gel et de dégel. Elle avait appris cela lors du travail bénévole de Jace en recherche et sauvetage. Le temps ici était peut-être différent de celui des montagnes côtières près de Vancouver, mais toutes les avalanches suivaient les mêmes principes.

— J'sais pas. Des fois, c'est les skieurs eux-mêmes. Ils sont tentés par les grandes étendues ouvertes et skient à travers. C'est là que c'est le plus dangereux. C'est aussi là qu'on trouve la meilleure poudreuse.

Mais le couple était à peine sorti du bosquet d'arbres quand l'avalanche s'était déclenchée. Et la coulée avait commencé bien au-dessus d'eux. Ça ne pouvait pas être de leur faute.

— Les services de sauvetage devraient pas être là maintenant ?

Les remarques de Ranger l'inquiétaient. Fritz et Elke étaient du pays et ils avaient beaucoup d'expérience, ils devaient donc connaître le terrain. Quelque chose clochait.

— L'aide devrait arriver par hélicoptère. Je pensais qu'ils seraient déjà là, dit Ranger en levant les yeux vers le ciel.

Kat avait encore un peu d'espoir pour le couple, mais chaque minute comptait.

— Est-ce qu'on peut pas se rapprocher ? Juste pour avoir une idée de l'endroit où on pourrait commencer à chercher. Ça pourrait prendre un certain temps. On pourrait au moins aider les sauveteurs en leur montrant où ils ont disparu.

— Peut-être un peu, acquiesça Ranger. Tant qu'on reste à proximité des arbres et à l'écart du couloir de l'avalanche.

Elle le suivit tandis qu'il décrivait un large cercle autour du point où elle s'était tenue quelques instants plus tôt. Ils avancèrent lentement le long des broussailles et des arbres, à la recherche de tout signe du couple ou de leur équipement. À part leurs bâtons de ski, il n'y avait aucune indication de l'endroit où la montagne les avait engloutis.

Les avalanches, comme les tornades, projetaient souvent les victimes loin de leur emplacement d'origine. Ils pouvaient être n'importe où, là où ils s'étaient tenus ou plus bas, et plusieurs centimètres sous la neige. Il y avait peu de chances de pouvoir les secourir.

— C'est quoi ça ? lança Kat en pointant du doigt vers un objet sombre à une trentaine de mètres en contrebas.

Elle sut la réponse avant que Ranger ne parle. C'était le fusil d'Elke. Mais la femme était toujours invisible.

— Ça veut pas dire qu'elle est proche. Il est resté par-dessus la neige parce qu'il est plus léger.

Ils se tenaient à la même altitude que le couple, juste quelques mètres plus loin. Elle parcourut des yeux l'étendue blanche, mais ne vit aucune des traces laissées par le couple dans la neige avant qu'ils disparaissent. Ils s'étaient trouvés directement dans la trajectoire de l'avalanche. L'impact avait pu les tuer sur le coup ou au moins leur faire perdre connaissance.

Elle était sur le point de se retourner quand elle remarqua les traces.

— Vous voyez ça ? demanda-t-elle en désignant les traces d'une motoneige, dix mètres plus haut qu'eux.

Bizarre, car elle n'avait pas entendu d'autre motoneige. Et Ranger venait de la direction opposée.

— Vous croyez que c'est ça qui l'a déclenchée ?

— Cette paroi s'est fendue hier, c'est sûrement ce qui a provoqué l'avalanche d'aujourd'hui, rétorqua Ranger en secouant la tête. Ces skieurs auraient dû le savoir.

Drôle de réflexion.

Kat repensa à la remarque précédente de Ranger. Il avait fait référence à la personne portant le fusil en disant « elle ». Et il était arrivé après l'avalanche. Comment avait-il pu savoir que l'un des skieurs était une femme et que c'était elle qui portait le fusil ?

— Hier ?

— Comme je vous ai dit, c'est dangereux de rester ici, reprit Ranger en scrutant le ciel. Aucune idée pourquoi l'hélicoptère est pas encore là. Plus on reste, plus on risque notre vie. Qui que ça puisse être, y a pas d'espoir qu'ils survivent.

— J'ai reconnu Elke, qu'on a vu au barrage hier. Elle était avec son mari. J'ai même parlé avec eux quelques minutes juste avant la... tragédie, expliqua Kat, la gorge serrée par l'émotion.

— Une tragédie, répéta Ranger d'un ton insensible.

Kat rapporta leur discussion sur la mine :

— Ils ont mentionné une route que Batchelor voudrait construire. Vous êtes au courant ?

— Ils en veulent pas, même si c'est dans l'intérêt de tous. Ils se disent écologistes, mais c'est pas vrai. Ils font pousser de l'herbe, et une route augmenterait la possibilité de se faire attraper. J'imagine que ça arrivera pas maintenant, commenta-t-il en jetant un coup d'œil à l'avalanche.

Kat frissonna. Toujours aucun signe des sauveteurs.

— Vous pouvez pas rappeler par radio ? Où est-ce qu'ils sont ?

Même dans le cas peu probable où Elke et Fritz avaient eu la clairvoyance d'agiter les bras devant leur visage pour créer une poche d'air, leurs chances de survie étaient désormais inexistantes. Ils étaient condamnés dès le départ. Incapable de les sauver, elle se sentit responsable.

Ranger parla de nouveau dans sa radio, puis se tourna vers elle :

— Ils sont encore à dix minutes d'ici, sur un autre sauvetage.

Le cœur de Kat se serra. Elle fut frappée par l'ironie de la route :

— Je suppose qu'une route les aurait aidés dans ce cas. Ils savaient pas.

— On peut pas bloquer le progrès, fit Ranger en hochant la tête.

Ce n'était pas vraiment ce que Kat avait voulu dire, mais d'une certaine manière, Ranger avait raison.

6

———

Kat s'assit en face de la cheminée dans la salle principale du chalet, ses mains tremblantes réchauffées par une tasse de café fraîchement moulu. Encore secouée par l'avalanche, elle se laissa tomber dans un fauteuil bien rembourré.

C'était par pure chance qu'elle ne s'était pas retrouvée ensevelie sous deux tonnes de neige.

Mais le sort d'Elke et Fritz avait été bien pire. Auraient-ils survécu si l'aide était arrivée à temps ? Elle ne le saurait jamais et cela la rendait malade. Les services de sauvetage avaient fini par arriver, mais plus d'une heure après l'avalanche.

— T'aurais pas dû explorer toute seule, dit Jace, assis sur le rebord du fauteuil de Kat, le bras sur son épaule. T'as de la chance que l'avalanche t'ait ratée.

Elle ne se sentait pas chanceuse.

Ranger se tenait debout près de la cheminée, des filets d'eau descendant de son pantalon imperméable. Une petite flaque se forma à ses pieds sur l'ardoise noire. Dennis leva les yeux de la table. Il était entouré de cahiers, de papiers et de deux ordinateurs portables. Les deux hommes avaient arrêté de travailler depuis le retour de Kat et de Ranger.

Dennis et Ranger échangèrent un regard. Puis ils retournèrent leur attention sur Kat.

— Ç'aurait vraiment pu mal tourner, renchérit-elle en frissonnant.

Elle se demandait pourquoi Ranger ne l'avait pas avertie que la neige était instable. D'accord, elle s'était éloignée de quelques centaines de mètres de l'itinéraire recommandé. Mais quand même...

— Quelques pas de plus et vous seriez pas là pour en parler, dit Ranger avant de se tourner vers Dennis. C'est peut-être pas une si bonne idée qu'elle sorte à cette époque de l'année.

Ranger et Kat étaient rentrés au chalet après que l'équipe ait mis fin à leur tentative de sauvetage sur les lieux de l'avalanche. Ils n'avaient pas fait grand-chose, sinon noter la trajectoire des bâtons de ski et du fusil d'Elke. Ils s'étaient aussi interrogés sur les traces de la motoneige, mais ni Ranger ni elle n'avaient pu les expliquer.

L'opération était maintenant classée comme effort de recouvrement des corps plutôt que recherche active, puisqu'il était évident qu'ils n'avaient pas pu survivre. Les sauveteurs avaient noté le temps écoulé depuis l'avalanche et évalué les risques pour l'équipe.

Dennis acquiesça de la tête :

— Avec plusieurs avalanches, c'est probablement préférable que vous restiez dans les parages du chalet.

Finie l'idée d'aller se promener au grand air. Ils étaient là juste pour le week-end de toute façon.

Dans la sécurité du chalet, Kat eut enfin le temps de repenser à l'accident. Et si elle avait rencontré Elke quelques centaines de mètres plus loin sur la piste ? Elle aurait été ensevelie avec eux. Elle frissonna à cette pensée.

— C'est vraiment dommage qu'ils aient traversé la pente comme ça, reprit Dennis en secouant la tête. C'est vraiment imprudent, surtout avec la condition neigeuse par ici. Ils auraient dû savoir.

Ranger fit oui de la tête.

— Les risques d'avalanche sont assez élevés en ce moment. À quoi est-ce qu'ils pensaient ?

Kat revit l'accident. Elle s'était trouvée en périphérie de la coulée de neige, mais même là l'éboulement l'avait frappée de plein fouet.

— Elke et Fritz n'avaient aucune chance de s'en sortir.

— Très souvent, y a pas d'avertissement, acquiesça Dennis. Même les gens du pays comme les Kimmel font des erreurs.

Kat se tourna vers Ranger :

— Vous aviez jamais parlé de danger.

Si Ranger était si inquiet, pourquoi n'avait-il pas mentionné le risque d'avalanche avant de la déposer là-bas ? Même s'il lui avait dit d'aller dans la direction opposée, elle aurait très bien pu traverser la même pente qu'Elke et Fritz et connaître le même sort.

— Vous êtes pas restée là où je vous avais dit d'aller. En plus, y avait pas de danger avant maintenant, répondit Ranger en se grattant le menton. Deux avalanches en une seule journée, je m'y attendais pas.

Trois avalanches, se dit Kat. Certes, celle de la veille aurait dû être un indice. Le temps instable était probablement un facteur. La tempête de neige de la nuit avait augmenté le risque en ajoutant une autre épaisse couche de neige fraîche.

L'avalanche d'aujourd'hui avait tué deux personnes. C'était arrivé exactement au même endroit que la veille. Ranger fit semblant d'être surpris, mais son absence d'émotion contredisait ses paroles. Il réagissait comme si l'accident était un événement quotidien. Avec l'avalanche de la veille, il aurait au moins dû l'avertir quand il l'avait déposée.

Les questions se bousculaient dans son esprit, des questions sans réponses satisfaisantes. Le comportement de Ranger était très bizarre.

— Est-ce que la police va nous questionner ?

Ranger la regarda fixement, comme si elle était folle.

— C'était un accident.

— Mais deux personnes sont mortes.

Cela justifiait sûrement une enquête, même dans un endroit aussi isolé.

— Je m'en suis déjà occupé, déclara Ranger. J'ai informé la police de l'accident, les services de sauvetage l'ont fait aussi. De toute façon, ils peuvent pas retrouver les corps avant la fonte des neiges au printemps. C'est trop dangereux.

Mises à part quelques minutes après leur retour au chalet, Ranger avait toujours été en sa présence. Elle ne l'avait pas vu téléphoner.

— Et la scène de l'accident ? Ils devraient sûrement venir l'observer.

— C'est trop dangereux pour le moment. Ça pourrait déclencher une autre avalanche. Ils ont déjà notre rapport et ça va pas ramener les victimes.

— Notre rapport ?

Elle était un témoin de première ligne alors que Ranger était trop loin pour voir ce qui se passait, juste le résultat.

— Est-ce qu'ils devraient pas me parler en personne ?

— Je leur ai répété vos détails.

Ranger fit une pause avant d'ajouter :

— Ils vous contacteront plus tard.

— Mais je veux leur parler maintenant, tant que les choses sont encore fraîches dans mon esprit.

Pas d'enquête alors que les preuves étaient encore présentes ? Danger ou non, cela ne s'apparentait pas à de bonnes pratiques d'investigation.

Elle jeta un coup d'œil à Dennis pour évaluer sa réaction, mais il avait de nouveau la tête enfouie dans ses notes. Elle se rendit compte que la tragédie avait des retombées positives pour lui, puisqu'elle avait fait disparaître la protestataire la plus ardente. Coïncidence ou plus que cela ?

— Ils habitaient par ici ? demanda Jace en fronçant les sourcils. Je suis étonné qu'ils aient été surpris par l'avalanche. En dix ans de recherche et de sauvetage, j'ai jamais vu ça. D'habitude, ce sont des touristes et des randonneurs inexpérimentés, des gens qui connaissent pas la région.

— Les Kimmel commençaient à se faire vieux, répliqua Dennis. Ils ont pris une mauvaise décision. Ils se méfiaient pas assez ou ils ont peut-être juste oublié combien la montagne peut être dangereuse.

Le couple avait la soixantaine bien avancée, mais ils étaient plus en forme que certains avec vingt ans de moins qu'eux. Kat pensait qu'Elke était en meilleure condition physique qu'elle. L'âge ne semblait pas être un problème pour eux, physiquement ou mentalement.

— Ils m'ont paru sains de corps et d'esprit.

— Ils ont toujours vécu dans la région ? demanda Jace.

Dennis fit oui de la tête.

— Les Kimmel ont immigré d'Allemagne il y a quarante ans et ils étaient ici depuis. Fritz a travaillé à la mine locale jusqu'à sa retraite il y a quelques années.

— La mine d'or *Regal* ?

Fritz n'avait pas mentionné qu'il avait travaillé à la mine, encore moins qu'il était à la retraite. Mais pourquoi en aurait-il parlé ? Ils ne se connaissaient pas et avaient juste discuté pendant cinq minutes.

— C'est ça, reprit Dennis. Laissez-moi deviner. Il vous a parlé d'un complot visant à empoisonner la population locale.

Kat hésita avant de répondre :

— Pas tout à fait, mais il a accusé la mine de négligence. Il pensait aussi que vous devriez jouer un rôle plus actif.

Une ombre passa rapidement sur le visage de Dennis. Une seconde plus tard, elle avait disparu. Il se tourna vers Ranger :

— Vois si on peut aider la famille pour les obsèques.

— Vous êtes absolument sûrs que les services de recherche peuvent rien faire ? Pour au moins récupérer les corps ?

Kat ne pouvait pas imaginer ce que leur famille ressentirait.

Ranger secoua la tête :

— C'est trop risqué.

— Ils vont juste les laisser pour morts ?

Kat était au courant des risques impliqués dans les tentatives de sauvetage, de par le travail bénévole de Jace, mais la rapidité de l'évaluation la surprenait.

— Je veux y retourner. Quelqu'un devrait y aller.

Dennis secoua la tête.

— Ça fera aucune différence. Ils ont disparu et on peut plus rien faire pour eux. Vous faites l'expérience de la culpabilité du survivant. Laissez tomber.

— Comment est-ce que je pourrais ? On peut pas juste les laisser là-bas.

— Non, une fois qu'il fera de nouveau plus froid et que les couches de neige seront stabilisées, on ira à leur recherche, expliqua Dennis. Ça peut prendre quelques jours ou quelques semaines.

Ou plus, se dit Kat. Il voulait juste la faire taire.

— Ça peut sembler dur, Kat, mais c'est trop dangereux pour les sauveteurs, confirma Jace en se levant et en se dirigeant vers la table. S'ils sont pas dégagés en quelques minutes, c'est plus une question de sauvetage. Y a pas d'espoir de survie. Et c'est trop dangereux de risquer la vie d'autres personnes pour ça.

— Jace a raison, reprit Ranger. On risquerait de déclencher une autre avalanche.

— Je comprends, mais c'est tout de même horrible. Vous les connaissiez bien ? demanda-t-elle en se tournant vers Ranger.

— Assez bien, je suppose. Ça veut pas dire que je les appréciais beaucoup. C'est vraiment une tragédie, mais je dois dire que c'étaient des fauteurs de troubles.

— Pourquoi vous dites ça ?

Ils lui avaient paru sympas. Sauf bien sûr le fait qu'Elke l'avait tenue en joue.

— Je suis d'accord avec Ranger. Ils voulaient pas céder d'un pouce, renchérit Dennis. Leur propriété jouxte la mienne et on a eu beaucoup de démêlés avec eux dans le passé. Ils avaient tendance à agir d'abord et à poser des questions après. Je suis quand même navré qu'ils aient été pris dans une avalanche. Je le souhaite à personne.

— Quel genre de démêlés ?

Kat voulait en savoir plus.

— Juste des disputes entre voisins. Mais ça n'a plus d'importance. Il est temps de nous remettre au travail, poursuivit Dennis en se tournant vers Jace. On a une histoire à écrire.

Le feu dansait dans la cheminée, mais Kat sentit un frisson dans l'air.

7

Une heure plus tard, de retour dans leur cabane, Kat ôta ses vêtements mouillés et alla prendre une douche. Sous l'eau chaude, elle arrêta de frissonner de froid, mais cela ne suffisait pas pour lui faire oublier la tragédie. Les Kimmel avaient perdu la vie en moins d'une minute. Leurs protestations se trouvèrent instantanément réduites au silence. On ne les entendrait plus parler. Elle frissonna à cette pensée.

Elke et Fritz étaient pratiquement des étrangers. Pourtant, elle se sentait liée à eux après avoir été témoin de leur mort tragique. Elle retint ses larmes, tout en se trouvant absurde d'être bouleversée pour des gens qu'elle ne connaissait même pas. Sa réaction venait probablement du fait qu'elle l'avait elle-même échappé belle. L'accident n'avait pas beaucoup affecté Dennis ou Ranger. Les deux l'avaient attribué à une force de la nature, puis étaient passés à autre chose. Même s'il était évident qu'ils n'aimaient pas le couple, Kat s'était attendue à plus d'émotion pour des voisins qu'ils connaissaient depuis des dizaines d'années. S'ils s'étaient trouvés dans les parages, ils auraient aussi pu être des victimes.

Comment pouvaient-ils être aussi insensibles ?

Elle sortit de la douche. Sous ses pieds, le sol en pierre chauffé était réconfortant. Elle s'essuya, tout en se demandant comment Dennis et Jace pouvaient continuer de travailler comme si de rien n'était. Bien sûr, Jace n'avait rien vu, il ne connaissait pas le couple, et il n'avait pas d'autre choix que de faire comme Dennis. Quant à ce dernier, c'était une autre histoire. Que cela lui plaise ou non, les Kimmel étaient ses voisins et l'accident avait eu lieu à proximité. Sa nonchalance la contrariait.

Kat enfila un jean et un sweat-shirt et se mit à allumer un feu avec les bûches empilées à côté de la cheminée. Sa réaction était probablement exagérée, elle devait être traumatisée d'avoir échappé de justesse à l'avalanche. Après tout, elle connaissait à peine le couple. Mais quelque chose semblait clocher. Même si elle ne pouvait pas mettre le doigt dessus, elle ne pouvait pas se débarrasser du sentiment que quelque chose d'important lui échappait.

Ses soupçons augmentèrent alors qu'elle préparait le feu. L'accident mortel des Kimmel semblait être une solution inespérée pour leurs ennemis. À en juger par les remarques de Dennis et de Ranger, les Kimmel étaient le moteur des protestations de la mine, et Elke, le leader de fait. Ce n'était peut-être pas du tout un accident.

Et si ce n'était pas un accident, qui voulait la mort du couple ?

Les propriétaires de la mine bénéficiaient certainement de leur mort. Cependant, puisqu'ils étaient absents, ils n'étaient pas dans le voisinage. Pourraient-ils être indirectement impliqués ?

L'aversion de Dennis pour le couple était évidente, même s'il ne l'avait pas exprimée explicitement. Cela semblait étrange aux yeux de Kat : vu qu'ils aimaient aussi la nature sauvage et étaient militants, ils auraient dû avoir beaucoup de points en commun. Cela aurait au moins dû susciter un peu de sympathie. Le comportement de Ranger était étrange lui aussi, en particulier son insistance sur la nécessité de restreindre les recherches.

Était-elle en train d'imaginer un complot là où il n'y en avait pas ? Peut-être, mais les théories de complot contenaient souvent des éléments de vérité. C'était peut-être le cas ici.

Sa dernière théorie lui était venue sous la douche. Plus elle y pensait, plus elle était convaincue que l'avalanche d'aujourd'hui était quelque chose de plus sinistre qu'un simple accident. Ranger avait les moyens, le mobile et l'occasion. Il détestait profondément les Kimmel, et elle ne savait pas au juste où il était ni ce qu'il faisait immédiatement avant l'accident. Il avait une motoneige, qui avait pu laisser les traces plus haut sur la pente de la montagne.

Cela pouvait également expliquer pourquoi il n'avait pas eu très envie de répondre à ses questions.

Au diable Ranger, les équipes de recherche et la police ! S'ils n'étaient pas prêts à intervenir et à mener une enquête, elle le ferait à leur place. Il ne s'agissait pas d'un de ses cas habituels de fraude, mais les éléments de base étaient les mêmes : les moyens, le mobile et l'occasion.

Si c'était bien un meurtre. Mais compte tenu de toutes les incohérences, cela pouvait-il être autre chose ?

Elle se rejoua la scène. Par où commencer ? Elle fouilla dans son sac et en sortit un bloc-notes et un crayon à papier. Puisqu'elle était coincée dans la cabane avec rien de mieux à faire, elle pouvait tout aussi bien prendre quelques notes pendant que les détails étaient encore frais dans son esprit. Ils seraient utiles si et quand la police se déciderait finalement à lui parler.

Elle commença par écrire les premières remarques de Dennis et sa réaction à la nouvelle de l'accident. Elle ajouta un point d'interrogation à côté de sa relation avec les Kimmel. Elle étudierait cela en détail plus tard.

Certes, Ranger et Dennis n'avaient pas beaucoup d'affection pour eux. Y en avait-il d'autres ? Les autres manifestants seraient une bonne source d'information. Il lui fallait les contacter sans que Ranger ou Dennis ne le sachent.

Elle se recentra sur les traces de la motoneige, puisque c'est ce qui avait probablement déclenché l'avalanche en déstabilisant les couches de neige plus fragiles. Les conditions météorologiques instables des dernières semaines étaient un facteur. Le gel et dégel constant de la neige et la pluie verglaçante jointe aux températures plus chaudes de ces derniers jours avaient affaibli le manteau neigeux.

Même elle savait cela de par son expérience de randonneuse en raquettes. C'était le b.a.-ba des avalanches.

Les couches s'accumulaient à chaque chute de neige, certaines étaient plus lourdes que d'autres. L'épaisseur et la densité dépendaient de l'humidité et de la durée de la chute. Les changements de température déclenchaient un cycle de réchauffement et de refroidissement, de fonte et de regel. Les jours où il faisait plus chaud comme aujourd'hui, certaines couches fondaient plus que d'autres. Plus ou moins selon l'endroit et l'orientation, en plein soleil ou non. Une journée chaude et le dégel suffisaient souvent à affaiblir l'adhésion des couches entre elles et à déclencher une avalanche. Les couches plus récentes qui n'avaient pas encore eu le temps d'adhérer aux couches plus anciennes étaient particulièrement sujettes à des éboulements.

En regardant la colline, c'était évident qu'elle était encline aux avalanches, compte tenu de ses angles aigus, sous les deux sommets qui formaient comme une cuvette naturelle au centre de la pente. Des avalanches antérieures avaient détruit les arbres sur cette partie de la montagne. Cette cicatrice révélatrice était maintenant la voie de moindre résistance pour de futures avalanches.

Les équipes de sauvetage, Ranger et Dennis connaissaient les impacts climatiques et l'histoire des avalanches dans le coin. Les Kimmel et tous les autres habitants de la région aussi vraisemblablement. Mais si le risque était de notoriété publique, seule Mère

Nature connaissait l'heure et le lieu exacts d'une future avalanche. On pouvait prédire où elle arriverait, mais jamais le moment exact.

Tout cela donnait à penser à un accident tragique, pas à un crime sinistre.

Sauf que l'avalanche avait eu lieu le matin, avant que le soleil ne réchauffe la pente. La neige n'avait pas fondu puisqu'il faisait encore froid et que la pente était encore dans l'ombre. Les avalanches arrivaient presque toujours l'après-midi, une fois que le soleil avait réchauffé la neige instable.

Quelqu'un avait peut-être un peu aidé Mère Nature.

Elle repensa aux traces de motoneige qu'elle avait remarquées juste avant l'avalanche. Une motoneige avait-elle déchaîné les forces de la nature ? Connaissant l'instabilité de la couche de neige, quelqu'un avait-il pu volontairement provoquer l'avalanche ?

Elle écrivit « motoneige » et se dit de vérifier qui d'autre en avait une. Dans une région si peu peuplée, il n'y en avait probablement que quelques-unes. Cependant, tous les riverains y avaient sans doute accès, que la motoneige soit à eux ou qu'ils l'empruntent. Cela réduisait à peine la liste des suspects.

Toutefois, tout le monde n'avait pas eu l'occasion de déclencher l'avalanche. Seulement ceux qui se trouvaient déjà sur la montagne et dans les parages. Qui d'autre était à proximité, sur la montagne ?

Ranger, pour commencer.

Mais elle n'avait pas vu ni entendu de motoneige avant l'avalanche. Elle aurait certainement entendu le moteur s'il avait conduit sur la pente au-dessus d'elle.

À moins que les traces ne datent de plus tôt. Elle se rappela la remarque de Ranger concernant l'avalanche de la veille. Les traces avaient pu être laissées à ce moment-là. Même si elles étaient facilement repérables du bas, le danger après l'éboulement d'aujourd'hui signifiait que personne ne les avait inspectées de près. Elles n'étaient peut-être pas fraîches.

La motoneige avait pu déclencher la première avalanche de la veille, plus petite. Le manteau neigeux désormais affaibli était mûr pour une seconde avalanche. L'idée qu'une réaction en chaîne ait été déclenchée vingt-quatre heures auparavant pouvait sembler farfelue, mais cela arrivait tout le temps.

Les changements de température et le cycle de gel et dégel créaient des couches de neige instables. Une couche de glace fondue était beaucoup plus lourde qu'une couche de poudreuse. Trop lourde pour avoir le temps, la nuit, d'adhérer à la couche en dessous. Ajoutez-y un versant instable en raison d'une avalanche, et c'est la catastrophe assurée.

Sauf qu'il avait fait très froid ces derniers temps et on annonçait même une autre tempête de neige dans la soirée.

L'un des autres manifestants avait peut-être un motif pour nuire aux Kimmel. Elle pourrait facilement le découvrir en se rendant au barrage et en les interrogeant. La plupart auraient des alibis, ils pourraient se porter garants de leur présence mutuelle au barrage.

Un membre du groupe saurait peut-être pourquoi Elke et Fritz s'étaient trouvés sur la pente en premier lieu. D'après Ranger, ils passaient habituellement leurs journées au barrage. Mais aujourd'hui cela avait été différent. Ils rentraient chez eux alors que la matinée ne s'était pas encore écoulée. C'était bien trop tôt pour qu'ils arrêtent de protester. Était-ce une coïncidence malheureuse ou quelqu'un, ou quelque chose, les avait-il fait dévier de leur routine habituelle ?

Cela soulevait une autre question. Les Kimmel connaissaient le terrain. Pourquoi avaient-ils donc choisi cette piste en premier lieu ? Pourquoi n'avaient-ils pas emprunté la route ou un sentier plus sûr ?

D'autre part, si l'avalanche avait été volontairement provoquée par quelqu'un, il était presque impossible de la minuter exactement pour qu'elle corresponde au moment où les Kimmel se trouveraient sur la pente. Le coupable devait se trouver présent au moment précis de la catastrophe.

La plupart des avalanches étaient déclenchées par quelque chose ou quelqu'un. Les Kimmel avaient été trop bas dans la montagne pour la provoquer eux-mêmes. Elle avait commencé loin au-dessus d'eux, au sommet. Pourtant, Kat n'avait remarqué personne d'autre à proximité ni vu de traces. Cela ne voulait pas dire qu'il n'y en avait pas, car elle n'avait pas parcouru tout ce coin. Il y avait probablement d'autres sentiers qu'elle ignorait, menant à la crête. Elle griffonna une note pour vérifier tous les points d'accès.

Quoi qu'il en soit, quelqu'un était là. Qui ne pouvait pas éviter de laisser des traces dans la neige, de motoneige ou de pas. La neige préserverait ces traces, au moins temporairement, jusqu'à la prochaine chute de neige. C'était impératif d'aller vérifier maintenant.

Elle n'était pas du tout d'accord avec Ranger quand il disait que c'était trop dangereux de retourner sur la scène de la tragédie. Un tiers de la pente s'était effondré. Il n'y avait tout simplement pas assez de neige restante pour former une nouvelle avalanche. C'était en fait le moment idéal, avant que la prochaine chute de neige n'efface les traces.

Elle repensa aux manifestants que Ranger avait accusés de bloquer le sentier avec des troncs d'arbres. Qui étaient-ils ? Que voulaient-ils exactement ? Il avait été vague à leur sujet.

La seule façon de le découvrir était de les trouver et de leur parler. Mais elle n'était pas censée quitter la propriété à cause de la zone d'avalanche. Ne sachant ni leurs noms ni comment les joindre, elle n'avait qu'une façon de les contacter. Une autre raison de sortir et de se lancer dans une mission exploratoire.

Une chose était certaine : elle ne pouvait pas attendre plus longtemps. Une chute de neige fraîche effacerait les preuves. Dennis et Ranger pouvaient lui recommander de ne pas retourner sur la colline, mais ils ne pouvaient pas lui dire quoi faire. Ils ne pouvaient pas non plus interférer si elle agissait en secret.

Dennis et Jace étaient en train d'écrire, et si Ranger la questionnait, elle lui dirait qu'elle était juste sortie faire le tour de la propriété. C'était l'occasion parfaite de vérifier les choses par elle-même. Tant qu'elle était très prudente, tout irait bien.

Elle regarda sa montre. Quatorze heures. Au moins encore deux heures avant la tombée du jour, largement assez de temps pour atteindre la pente si elle partait maintenant. Elle mit l'appareil photo dans son sac et enfila ses bottes. Peut-être que personne d'autre ne jugeait qu'un suivi s'imposait, mais elle le pensait. En fait, elle avait le droit d'exiger une enquête, puisqu'elle avait failli y passer elle-même. Ranger et Dennis estimaient clairement l'affaire close. Et si elle en croyait Ranger, les sauveteurs aussi. Elle ne savait pas si ou quand la police ferait une enquête, mais elle avait le pressentiment que cela n'arriverait jamais. La seule façon de ne pas laisser les choses au hasard était de faire un suivi elle-même.

Si personne d'autre ne voulait mener d'enquête, elle s'en chargerait.

8

———————

Kat avança rapidement sur le sentier menant au chalet, mais elle contourna le bâtiment en traversant l'allée pour éviter d'être vue par quelqu'un de l'intérieur. Elle se trouvait directement dans la ligne de mire de la fenêtre du bureau de Dennis. Tant que personne ne regardait par la fenêtre la minute suivante, personne ne la verrait. Elle poussa un soupir de soulagement quand elle se retrouva de l'autre côté de l'allée.

Le Land Cruiser de Ranger n'était pas garé à sa place habituelle près de l'entrée principale. Un coup de chance inattendu. Au cas où quelqu'un l'apercevait, ce qui était peu probable, elle prétendrait être sortie faire un tour le long de la clôture de la propriété. C'était vrai, elle était bien sortie faire un tour, mais hors de la propriété en fait, sur les lieux de l'avalanche.

On ne pouvait plus la voir maintenant du bureau de Dennis, mais toujours des autres fenêtres du chalet, si quelqu'un se trouvait à regarder dehors. Plus qu'une trentaine de mètres et la différence d'altitude la rendrait invisible des fenêtres du rez-de-chaussée. Tant que Ranger ne revenait pas avant qu'elle ne soit à coup sûr hors de vue, personne ne la verrait sortir de la propriété.

Cette pensée la fit hésiter. Elle ne devrait probablement pas retourner seule sur les lieux de l'avalanche sans au moins le dire à quelqu'un, Jace en particulier. D'un autre côté, elle ne pouvait pas l'interrompre juste parce qu'elle avait décidé d'aller faire un tour. Si elle le lui disait, Dennis ou Ranger seraient aussi au courant de sa mission d'investigation. Ce qui serait pour le moins gênant. Sans signal réseau, elle ne pouvait même pas l'appeler. Même leur cabane n'avait pas le téléphone.

Et même si elle parlait à Jace en privé, il insisterait pour qu'elle reste dans la propriété pour des raisons de sécurité. Ça ne marcherait pas, car elle en était certaine : l'avalanche n'avait pas été le fruit du hasard. Le problème était qu'elle n'avait aucune preuve. Et pour trouver des preuves, elle n'avait pas d'autre moyen que de retourner sur les lieux.

Elle envisagea de laisser une note, mais décida finalement qu'il était préférable de ne pas le faire. Jace s'inquiéterait pour rien. Elle était bien capable de se débrouiller toute seule. Elle lui dirait plus tard, une fois qu'elle serait de retour dans la cabane, en toute sécurité, et munie des preuves qu'elle allait découvrir.

Jace s'était fié à l'évaluation de Dennis et de Ranger sur les conditions du terrain. Personnellement, elle la trouvait exagérée. Elle seule avait une connaissance directe de la situation, elle était là. Dennis n'avait rien vu, et Ranger s'était pointé seulement après les faits. Elle était parfaitement capable d'évaluer les zones de risque et de rester hors de danger. C'est ce qu'elle avait déjà fait aujourd'hui.

Elle envisageait de photographier la pente et les traces de motoneige, pour conserver les preuves avant qu'elles ne disparaissent pour toujours. Les sauveteurs, Ranger et les autres considéraient la mort des Kimmel comme un tragique accident. Elle voyait les choses autrement. Leur manque de motivation à enquêter davantage lui paraissait au mieux étrange, au pire suspect. Connaître la cause empêcherait de futures tragédies, alors pourquoi ne pas faire de suivi ? Soit ils étaient paresseux et négligents, soit ils avaient d'autres raisons de ne pas poursuivre davantage les recherches. Elle penchait pour le dernier cas de figure. En tout cas, elle n'était toujours pas convaincue que c'était un accident fortuit. Cela voulait dire qu'elle devait préserver les preuves avant que la chute de neige prévue dans la soirée ne les efface.

Les traces de motoneige ne suffisaient pas à identifier le chauffeur, mais elles limitaient certainement la liste. Elles pourraient même lui fournir la marque et le modèle. Elle ne connaissait pas assez les motoneiges pour en être sûre, mais les experts pourraient les identifier à partir d'une photo. Il y avait probablement d'autres preuves sur les lieux, visibles seulement du haut de la pente. Elle aurait préféré laisser cette mission à quelqu'un d'autre, mais quelqu'un devait s'en charger. Il était trop tard pour aider les Kimmel, mais pas pour déterminer ce qui était arrivé et empêcher une nouvelle tragédie.

Elle leva les yeux vers le ciel. Le soleil avait disparu derrière des nuages sombres qui venaient du nord. Ils étaient bas et proches, des nimbostratus qui apportaient la neige. La tempête pourrait commencer plus tôt que prévu.

La météo annonçait de fortes chutes de neige, jusqu'à trente centimètres en basse altitude. L'accumulation pourrait être le double de cela à cette altitude en montagne. C'était sa dernière chance de voir les traces avant qu'elles ne soient complètement effacées par la neige fraîche.

Il lui restait probablement une heure ou deux avant le début de la chute de neige, comme par hasard le même intervalle dont elle avait besoin pour atteindre le sommet. Rejoindre la crête à pied lui prendrait moins de temps que la balade en motoneige avec Ranger. Elle se demandait pourquoi il ne l'avait pas conduite à cet endroit. En plus du fait que le sommet était plus sûr, la vue y était probablement sensationnelle. Elle savait maintenant se repérer, pour s'être écartée de la piste ce matin et grâce à son itinéraire actuel. À proximité, plusieurs sentiers partaient dans la même direction. Elle choisit celui le plus proche de la route par laquelle ils étaient arrivés la veille.

Elle tapota son appareil photo, déterminée à prendre autant de clichés que possible des traces. Elle comptait aussi photographier la crête et la pente en dessous. Puis elle enverrait les photos à des experts en avalanches, impartiaux et pas de la région, pour un deuxième avis. Jace, avec son expérience de sauveteur, pourrait même avoir des idées. Ils connaissaient tous les deux beaucoup de monde à Vancouver et ailleurs qu'ils pourraient consulter.

En tout cas, elle n'avait pas de temps à perdre. Elle regarda sa montre. Déjà quatorze heures passées. Un aller-retour à pied, et elle rentrerait dangereusement près de la tombée de la nuit. Elle espérait que la neige attendrait jusque-là. Elle accéléra et avança d'un pas rapide tout en restant près des arbres pour éviter d'être vue.

Elle regrettait maintenant de ne pas avoir laissé de note pour Jace, mais c'était trop tard. Non seulement cela la retarderait de revenir sur ses pas, mais elle risquerait aussi d'être vue. Si Ranger ou Dennis prenait connaissance de sa quête, ils l'empêcheraient d'y aller, sans aucun doute. Chaque minute était comptée si elle voulait rentrer avant la tempête de neige.

Elle atteignit la limite du domaine, un poteau en bois et une barrière en barbelés qui longeait la propriété. Elle se pencha et se glissa entre deux fils de fer, faisant attention à ne pas déchirer ses vêtements. Elle hésita un instant de l'autre côté, toujours incertaine sur le fait de devoir s'aventurer seule. Elle ne connaissait pas la région et était encore secouée par l'avalanche. Et si un nouvel éboulement la surprenait alors qu'elle était seule ? Personne ne saurait qu'elle était là.

Si c'était un accident, il n'y avait rien à voir et aucune raison d'y retourner. Les chances d'une avalanche déclenchée intentionnellement étaient infimes et ne valaient pas la peine de risquer sa vie.

Mais quand même.

Si l'avalanche avait été préméditée, elle avait fourni un moyen presque infaillible de commettre un meurtre impunément. Elle rejoua l'accident dans sa tête. Les Kimmel avaient été des membres de la communauté qui faisaient clairement entendre leurs critiques, mais tout le monde semblait déjà être passé à autre chose. Pas tout le monde, réalisa-t-elle. Elle avait juste parlé à Dennis, à Ranger et à quelques habitants faisant partie de l'équipe de sauvetage. Personne du groupe de protestants. C'étaient exactement ceux à qui elle devait parler. Ils connaissaient les Kimmel et étaient également mieux équipés pour conserver les preuves.

Elle continua de réfléchir aux deux possibilités, accident ou non, tout en avançant péniblement dans la neige. La route était à quelques mètres de la piste, près de la jonction où les manifestants avaient installé leur barrage routier. Ils avaient peut-être déjà inspecté le site de l'avalanche eux-mêmes. Si c'était le cas, c'était inutile de s'y rendre. Elle était lasse de tant hésiter. Ce serait mieux de commencer par un entretien avec les manifestants.

Le barrage se trouvait dans la direction générale de la pente, mais beaucoup plus près, à une vingtaine de minutes à pied tout au plus. Elle pourrait être de retour à la cabane dans une heure au lieu de deux, pendant qu'il faisait encore jour et avant que Jace n'ait fini de travailler avec Dennis. Ce serait beaucoup plus facile de lui raconter son aventure après coup. Comme ça, il ne s'inquiéterait pas pour sa sécurité.

Les manifestants partageaient peut-être ses soupçons. Leurs points de vue différaient sans aucun doute de ceux de Dennis et de Ranger, deux hommes vraiment peu représentatifs de la population locale. Ils pourraient lui donner des informations sur les Kimmel ainsi que sur les précédentes avalanches sur cette pente.

Les amis du couple apprécieraient probablement son compte-rendu personnel en tant que témoin et survivante. Parler aux manifestants lui fournirait des informations tout en l'aidant à tourner la page.

Elle atteignit une voie adjacente. Quelques minutes plus tard, elle trouva le passage barré par des arbres tombés. Elle reconnut que c'était le même chemin qu'elle avait pris avec Ranger plus tôt dans la journée. Elle s'arrêta pour regarder de plus près l'obstacle que Ranger avait attribué à un groupe de manifestants qui habitaient dans une autre ville. La pile d'au moins deux douzaines de troncs faisait environ un mètre cinquante de haut. La piste descendait fortement après. Elle était entourée d'une forêt dense. Celui qui avait placé les troncs d'arbres là avait eu besoin de machines pour couper les arbres. Chacun faisait presque un mètre de diamètre et portait des marques récentes de tronçonneuse. Les manifestants semblaient bien équipés.

Elle revint sur ses pas à la première piste. Les Kimmel avaient été contraints de traverser le couloir de l'avalanche à cause de cet obstacle. Leur seul autre choix possible était de faire le détour par la piste et la route, trajet au moins deux fois plus long.

Selon Ranger, les Kimmel étaient présents au barrage presque tous les jours et ils rentraient chez eux à la même heure chaque après-midi. Celui qui voulait leur mort devait juste les attendre à l'heure dite.

Elle s'arrêta brusquement. Elle avait rencontré les Kimmel en milieu de matinée, plutôt qu'à l'heure où ils quittaient habituellement le barrage. Pourquoi avaient-ils dévié de leur emploi du temps coutumier ? Ils seraient toujours en vie s'ils étaient rentrés chez eux à leur heure habituelle. Les autres manifestants connaissaient peut-être la raison de leur départ soudain.

Kat suivit la piste. Vingt minutes plus tard, elle arriva à la route, à moins de vingt mètres du barrage. Des flammes sortaient d'un bidon d'essence, mais il n'y avait pas de manifestants en vue.

Son cœur se serra. Il ne lui était pas venu à l'esprit qu'ils puissent se séparer plus tôt après avoir entendu parler de l'accident.

En approchant, elle remarqua une douzaine de signes de protestation soigneusement appuyés contre une camionnette. Quelqu'un était là, après tout.

Un septuagénaire barbu et grisonnant vint à sa rencontre. Il portait une veste de ski vieillotte avec le logo de la mine d'or *Regal* et un insigne qui disait « Ed ».

— Vous êtes du chalet.

Kat fit oui de la tête. Dans un endroit si petit, tout le monde savait sans doute qu'elle était l'hôte de Dennis, même si elle ne connaissait pas ces gens. Elle se présenta quand même :

— Je m'appelle Kat. Est-ce que je peux vous parler des Kimmel ? J'étais présente quand c'est arrivé.

— Vous avez l'air de vous en être bien sortie, renchérit-il en plissant le front.

Elle nota avec soulagement qu'il n'était pas armé.

— J'ai juste eu de la chance. Mais je me sens pas très chanceuse. Je suis ici et pas eux, pourtant. Ça me semble plus que juste un accident, ajouta-t-elle la gorge serrée. J'ai remarqué des traces de motoneige au sommet de la pente.

L'homme ne dit rien.

— Pourquoi est-ce que les Kimmel ont quitté le barrage en milieu de matinée ? Ils restent toute la journée d'habitude, non ?

— Vous semblez savoir beaucoup de choses sur eux. Ranger vous a rien dit ?

— Non, répondit-elle en secouant la tête. En fait, il refuse même de me parler à leur sujet. Je devine qu'ils ne sont pas exactement en bons termes.

— Vous avez raison. À votre place, je rentrerais au chalet, dit-il en jetant un coup d'œil au bidon. Y a une tempête qui se prépare. Vous voudriez pas être coincée dedans.

Ed était poli, mais il était évident qu'il se méfiait d'elle.

— À propos de ces traces de motoneige. Je suis sûre que c'est ce qui a déclenché l'avalanche. Ç'a peut-être été fait exprès pour tuer Elke et Fritz. Est-ce qu'ils avaient des ennemis, des gens qui leur en voulaient ?

— Vous feriez mieux de vous occuper de vos oignons. Ça vous regarde pas.

— Et ça regarde qui au juste ? Personne semble s'en soucier.

La mort du couple était pratiquement un non-événement pour Dennis et Ranger, mais elle devait sûrement être importante aux yeux d'Ed et des autres manifestants. Ils pourraient être les prochaines cibles.

— Et vous vous en souciez ?

— Je les ai vus juste avant que l'avalanche les ensevelisse. J'aurais pu y passer aussi. Il faut arrêter celui qui a fait ça.

— Vous leur avez parlé ?

Elle était enfin arrivée à toucher une corde sensible.

— Elke et Fritz m'ont parlé de l'autre groupe de manifestants.

Elle parla du sentier bloqué.

— Je peux pas m'empêcher de penser que quelqu'un les a forcés à prendre cette piste-là. Ils étaient là parce que leur trajet habituel était bloqué.

— Je crois aux manifestations pacifiques. Elke et Fritz y croyaient aussi. L'autre groupe est pas d'accord, ils disent que les choses avancent pas assez vite. Ils ont beaucoup d'argent, ils ont le support des médias, c'est des manifestants professionnels qui vendent leurs histoires au journal de dix-huit heures. Ils attirent les foules en s'occupant des sujets brûlants du moment. Ils habitent pas ici. Ils nous causent même pas. Ils ont même rebaptisé certains de nos endroits.

— Ils peuvent pas faire ça.

— Mais ils le font quand même, avec des noms qu'ils inventent pour le marketing, dans leurs brochures de luxe. Ils donnent des nouveaux noms à la montagne, comme le Sommet de l'Esprit du

Corbeau ou la Forêt du Grand Ours. Les gens entendent ces noms plus souvent que les vrais maintenant. Ils nous en inondent, jusqu'à ce que tout le monde oublie les noms réels, notre histoire réelle.

— Ils veulent aussi nous chasser. Moi, j'ai passé toute ma vie ici. Mon grand-père avait une ferme ici. On a dégagé la vallée, on a fondé Les Hauts du Paradis. Et maintenant, ils disent qu'on ruine la nature. On fait rien de différent de ce qu'on a toujours fait. Nous, on vit ici et on est arrivés les premiers. C'est eux le problème, ils font de la publicité qu'on veut pas et ils attirent tous ces utopistes du genre bouteille d'eau et barre de céréales bio à la main, avec des vêtements en chanvre et des voitures hybrides.

Kat acquiesçait de la tête et le laissait parler.

— On peut rien y faire. On est plus beaucoup et on en a marre de se battre depuis des années. Certains d'entre nous sont partis chercher un emploi ailleurs après la fermeture de la mine, et tout le monde en a assez de la mauvaise qualité de l'eau.

Ed et les manifestants étaient les victimes, pas les intimidateurs.

— Et pourtant, ils veulent construire une nouvelle route ?

— Ouais. Dennis a dit qu'il paierait la facture, parce qu'une nouvelle route assurera plus de sécurité. Il dit que la seule façon de financer le nettoyage de ce gâchis est d'avoir des revenus touristiques, de faire comme un eldorado sauvage. Eh bien nous, on est pas d'accord. On va pas se laisser intimider et accepter cette foutue route en bitume quand un chemin de terre suffit. On veut pas voir davantage de bien-pensants qui veulent « sauver la forêt ». On veut juste vivre ici en paix.

Pas étonnant qu'ils méprisent Batchelor. Il avait une sorte d'accord avec ces manifestants étrangers à la ville pour arriver à ses propres fins. C'était une brute qui essayait de leur imposer le commerce de force. « À prendre ou à laisser », c'était sa méthode.

Elle avait marché pour la plupart. Il avait chassé presque tout le monde, sauf quelques retraités tenaces.

— Est-ce que vous accepteriez de partir ?

Ed fit non de la tête.

— Ils devront m'expulser de force. La plupart d'entre nous, on a grandi ici, on a élevé nos familles et pris notre retraite ici. Elke et Fritz pensaient comme moi.

Quelqu'un savait qu'ils n'accepteraient de partir que dans un cercueil, pas avec un camion de déménagement. Et il était arrivé à ses fins.

— Cette route, où est-ce qu'elle va aller ?

— De la base de la montagne jusqu'au sommet.

— Par le sommet, vous voulez dire le plateau, là où se trouve le chalet de Dennis Batchelor ?

Il acquiesça.

Qu'est-ce qu'une mine abandonnée, une eau de mauvaise qualité et des avalanches mortelles avaient en commun ? C'étaient toutes des façons de se débarrasser des gens. Une nouvelle route amènerait plus de monde, mais des gens différents des résidents actuels. Elle comprenait la frustration des manifestants : leurs seules options étaient de tout supporter ou de partir. Qui pouvait vivre sans eau potable ?

Batchelor était très certainement impliqué et elle avait bien l'intention de découvrir exactement comment.

— Vous m'avez toujours pas dit pourquoi les Kimmel ont quitté la manifestation de ce matin.

— Une situation d'urgence pour leur fille. Elle vit avec eux.

— Quel genre d'urgence ? demanda Kat en transférant son poids d'un pied sur l'autre.

— Ils ont pas dit. Ils sont vite partis, répondit Ed. C'est Ranger qui leur a donné le message. On a pas de téléphones portables par ici.

Cela semblait peu probable que Ranger ait reçu un message

d'urgence. Il était avec elle sur la motoneige jusqu'à une heure avant l'accident. Pendant ce temps-là, il n'avait pas eu de communications radio. Les manifestants avaient également des radios pour communiquer, alors pourquoi n'avaient-ils pas été informés eux-mêmes au lieu de Ranger ? Un message légitime leur aurait sûrement été transmis directement. Le choix de Ranger pour relayer un message personnel à des gens qui le méprisaient semblait incongru.

Ranger connaissait la raison du trajet des Kimmel, mais il ne l'avait pas mentionnée sur les lieux de l'accident ni après. Plus important encore, le message qu'il leur avait donné était la seule raison pour laquelle le couple s'était trouvé sur la pente à ce moment-là. C'était une omission qui en disait long. Kat soupçonnait qu'il était impliqué, d'une façon ou d'une autre. La tragédie ressemblait de moins en moins à un accident.

9
___

Ed Lavine avait vécu cinquante-sept ans aux Hauts du Paradis. Il ne se souvenait pas d'une avalanche de la taille et de l'ampleur décrites par Kat. Ni de tant d'avalanches dans un intervalle aussi court.

— On a eu des avalanches plus petites sur cette pente, mais rien qui ressemble à ça, expliqua-t-il en fronçant les sourcils. D'habitude, Elke et Fritz traversaient jamais cette pente. Mais avec le sentier bloqué et l'urgence pour leur fille, ils avaient pas le choix.

Cela prouvait que Kat avait raison. Enfin quelqu'un convenait avec elle que les circonstances du décès des Kimmel étaient louches. En fin de compte, cela avait valu la peine de se rendre au barrage routier.

— Quand est-ce que Ranger leur a donné le message au sujet de leur fille ?

Ed fronça les sourcils avant de répondre :

— Peut-être en milieu de matinée, entre dix et onze heures ? Je regarde jamais ma montre. Maintenant que j'y pense, il aurait pu emmener Elke et Fritz puisqu'il allait dans leur direction, ajouta-t-il en plaçant un couvercle en métal sur le bidon pour l'éteindre. Au lieu, il est parti en trombe comme s'il y avait le feu.

— On s'attendrait à ce que quelqu'un vous emmène en cas d'urgence.

Ranger l'avait déposée vers dix heures. Si la mémoire d'Ed était exacte, il se serait donc rendu au barrage presque immédiatement après l'avoir déposée. Il était probablement arrivé dix minutes plus tard. Cela lui avait laissé un très court intervalle pour à la fois recevoir un message urgent et le transmettre aux Kimmel.

Le fait que les Kimmel s'étaient trouvés devant elle sur la piste la tourmentait. Certes, elle avait fait le tour du lac plusieurs fois, mais cela représentait peut-être vingt minutes, au plus. Le barrage était au moins à une demi-heure à pied du site de l'avalanche. Quelque chose semblait clocher dans le déroulement des événements.

— Quel genre d'urgence ?

— Une altercation dans les bois, à la limite de la propriété des Kimmel. Quelqu'un a tiré sur leur fille, Hélène.

— Vous voulez dire exprès ?

Des tireurs isolés en plus des avalanches ? Les Hauts du Paradis étaient beaucoup plus dangereux que leur nom le suggérait.

Ed acquiesça de la tête :

— Ranger pensait au début que c'était un chasseur imprudent, mais Hélène lui a dit que c'étaient deux gars de l'autre groupe de protestataires. Ils se dirigeaient vers sa maison, l'arme au poing.

— Vous avez parlé de ça à Hélène ?

— Pas moi, mais des amis d'Elke sont avec elle maintenant. Leur propriété est assez isolée, on peut y accéder seulement à pied. Ranger a dû l'entendre à la radio.

Pas étonnant que les Kimmel aient pris le raccourci. Cela expliquait également pourquoi Elke avait braqué son fusil.

— Vous avez pas de radio ici ?

— La plupart d'entre nous en avons une, mais personne a rien entendu.

Ni les coups de feu ni la nouvelle à la radio.

— Mais Ranger a entendu les deux. Y a pour sûr beaucoup d'armes par ici.

— On est isolés. On peut jamais être trop prudents. Heureusement qu'Hélène était armée, poursuivit-il en plissant les yeux. Elle a riposté.

— Et pourtant vous avez pas entendu de coups de feu ?

Le barrage routier, la propriété des Kimmel et la pente où s'était déroulé l'accident étaient tous dans un rayon de quelques kilomètres carrés. C'était silencieux, avec rien d'autre que des arbres pour bloquer le son des coups de feu. Pourquoi ne les avait-il pas entendus ?

— Vous avez raison. J'aurais dû les entendre. Ici, le son se propage sur des kilomètres.

— Y a une chose que je comprends toujours pas. Vous et l'autre groupe, vous protestez contre le bassin de résidus, et pourtant vous êtes ennemis. Est-ce que c'est pas des écologistes comme vous ?

Ed secoua la tête.

— C'est un mot de la ville.

— Hein ?

— Ce que vous, vous appelez des écologistes. Pour nous, protéger le paysage est naturel. On a pas besoin d'un mot spécial pour ça. Quand les citadins sont venus et lui ont donné un nom, on savait qu'on était dans le pétrin. Ils parlent de la protection de l'environnement tout en conduisant leurs 4x4 qui bouffent plein d'essence et mènent un genre de vie où tout est jetable.

— Nous, on habite ici. Pas eux, pour commencer. On veut juste régler le problème de notre eau potable. Ils prétendent sauver l'environnement, mais ils se servent juste de nous pour faire des photos pour les dons et la publicité. Ils ont même rebaptisé les lieux. La Forêt du Grand Ours sort tout droit de leurs trucs de marketing. Ils vont pas tarder à changer les cartes de la région aussi.

Ed souleva le couvercle du baril. Le feu était complètement éteint.

— Ils étaient souvent par ici l'été dernier, mais pas tellement maintenant. Ils font des trucs la nuit, mais on les voit pas.

— Comme bloquer le sentier ?

Ce qui lui avait bloqué le passage quand elle était avec Ranger plus tôt dans la journée avait également empêché les Kimmel de prendre leur chemin habituel pour rentrer chez eux. Leur seul choix avait été de traverser la pente.

Ed fit oui de la tête.

— La situation devient incontrôlable.

— Qu'est-ce qui est arrivé à Hélène ?

— Hein ? Oh ! rien. Les hommes ont disparu dès qu'elle a riposté.

Ed sortit les clés de sa poche et se dirigea vers sa camionnette. Kat remarqua alors la motoneige à l'arrière de la camionnette.

— Je crois que je vais aller au sommet pour jeter un coup d'œil moi-même, lança Ed.

— Vous pouvez prendre des photos ?

Il avait l'air perplexe.

— On peut demander à des experts de reconstituer l'avalanche et de comprendre ce qui l'a déclenchée.

Elle sortit une carte de visite de sa poche et la lui tendit.

— Prenez beaucoup de photos et envoyez-les-moi.

C'était un coup de chance, même si elle n'était pas tout à fait sûre d'avoir gagné sa confiance.

Il se dirigea vers son pick-up et ouvrit la porte arrière.

— Attendez : comment est-ce que je peux aller à la mine ?

De gros flocons de neige tombaient et recouvraient ses

épaules. Elle les brossa d'un coup de main en attendant les instructions d'Ed.

— Pourquoi est-ce que vous voulez aller là-bas ? lui demanda-t-il en fronçant les sourcils. Elle est fermée.

— Je veux la voir de mes yeux, en particulier le bassin de résidus.

Puisque Ed allait inspecter la pente et les traces de motoneige, elle avait plus de temps. Même en faisant un détour par le site de la mine d'or *Regal*, elle serait de retour à la cabane bien avant Jace. La mine était quelque part à proximité. Elle ne savait pas où exactement.

— Par où est-ce que je dois passer ?

— Continuez tout droit sur environ un kilomètre jusqu'à la bifurcation, dit-il en pointant le doigt en direction du chalet. Au lieu de tourner à gauche pour aller chez Batchelor, tournez à droite. Je suis surpris que vous l'ayez pas vue. Elle est juste à côté de ses terres. C'est juste un petit détour sur votre chemin de retour.

De toute évidence, Dennis n'avait pas voulu qu'elle la voie. Cela expliquait la balade en motoneige d'une heure avec Ranger, quand elle aurait pu y aller à pied. C'était une façon détournée de l'empêcher de voir la mine. Sinon, elle aurait pu vouloir y regarder de plus près. Cette prise de conscience augmenta son désir d'explorer le site. Elle avait maintenant une occasion parfaite d'inspecter la mine sans que personne ne la dérange.

Elle remercia Ed et se mit en route. La lumière de l'après-midi s'était transformée en un gris terne. Les arbres qui bordaient la route projetaient des ombres sinistres sur la surface enneigée. Elle frissonna, se demandant où pouvaient être les autres manifestants.

Dix minutes plus tard, elle atteignit la bifurcation, marquée par la clôture délimitant la propriété de Batchelor.

Le désir de Batchelor de construire une route venait presque certainement d'autre chose que de la bonne volonté. Et cela voulait dire qu'il avait l'intention de rester là. Mais ça ne le gênait pas de boire indéfiniment de l'eau en bouteille ? Les milliardaires n'étaient pas exactement du style à accepter des compromis et Batchelor n'était pas différent. Quelque chose clochait dans cette histoire.

10

———————

Kat avança péniblement sur la route tandis que la neige tourbillonnait autour d'elle. Les flocons recouvraient la route comme un glaçage sur un gâteau. La cime des arbres semblait saupoudrée de sucre glace. Elle était entourée d'un paysage hivernal féérique. Il semblait impossible que cette scène coexiste avec une mine toxique à quelques minutes de là. Noël n'avait jamais ressemblé à cela à Vancouver.

Elle poursuivit son ascension. La route tourna autour de la montagne. Les nuages bas obscurcissaient le plateau, limitant sa visibilité tandis que la route montait en spirale. Elle s'arrêta pour enlever la neige humide accumulée sous ses semelles. Elle tapa des pieds et réalisa à ce moment-là que Ranger ne lui avait pas expliqué pourquoi les manifestants tenaient Batchelor pour responsable de la catastrophe minière. Elke avait également été avare de détails. Batchelor ne pouvait certainement pas être tenu pour responsable simplement à cause de qui il était. Il devait y avoir autre chose là-dessous et la route qu'il proposait de construire avait probablement quelque chose à voir avec cela.

Fritz avait mentionné la route. Ranger avait insinué que les Kimmel cultivaient du cannabis et qu'ils étaient inquiets qu'elle n'interfère avec leurs activités criminelles. Cette idée semblait ridicule : certes, tout le monde pouvait faire pousser de l'herbe, mais elle doutait fortement que ce couple âgé soit impliqué dans une affaire de drogue. C'était typiquement pour les jeunes.

Elle recentra son attention sur la mine en arrivant à la bifurcation. Elle prit à droite comme Ed le lui avait indiqué. Le sentier suivait un cours d'eau. Probablement le ruisseau Prospector, la source locale d'eau potable et le malheureux destinataire de la contamination venant de la brèche du bassin de résidus.

C'était plus une rivière qu'un ruisseau. Comme tout dans cette région accidentée, il était très grand, trop pour geler. Même en hiver, son cours était rapide et infranchissable, y compris pour les intrus les plus déterminés.

Une clôture bordait le ruisseau sur la rive opposée. Pas vraiment nécessaire, puisque le ruisseau lui-même formait une limite naturelle. La clôture de Batchelor, réalisa-t-elle. Elle continua d'escalader la pente en longeant la berge du ruisseau, mais aucun signe de la mine. La densité du couvert forestier la protégeait et le sol enneigé fit place à de la terre et à des racines. Pas de risque d'avalanche ici.

L'obscurité de la forêt l'obligeait à avancer lentement. Le paysage féérique s'était soudain transformé en cadre tout droit sorti d'un conte de Grimm. Il lui donna la chair de poule. Elle imaginait des yeux invisibles l'observant. C'était ridicule. C'est juste qu'elle n'était pas habituée à tant de calme et de solitude pour pouvoir apprécier la beauté naturelle autour d'elle. Une triste situation venant du fait qu'elle vivait dans un monde toujours connecté où il fallait toujours faire mille choses à la fois. Il avait fallu une catastrophe écologique pour qu'elle en prenne conscience.

Elle poursuivit sa marche pendant une trentaine de minutes et était sur le point de revenir sur ses pas quand elle l'aperçut. Une autre barrière traversait perpendiculairement la rivière. Elle lut un petit panneau, à moitié effacé, cloué à la clôture : Défense d'entrer. C'était la limite inférieure de la propriété de la mine.

Kat escalada la clôture et suivit le ruisseau. Quelques minutes plus tard, elle émergea de la forêt et se retrouva sur un vaste terrain ouvert. À environ quatre mètres se dressait un bâtiment en bois délabré et à côté de lui se trouvait un parking. Un vieux pick-up blanc, un Ford F150, y était garé. Elle examina le site et repéra l'entrée du puits de la mine, de l'autre côté de la propriété. Un écriteau placé au-dessus de l'entrée du bâtiment disait : Mines d'or *Regal*. Des traces fraîches de pneus dans la neige indiquaient que le véhicule était arrivé récemment.

À part le véhicule Ford, aucun signe d'activité sur le site. Cela confirmait ce qu'avait dit Fritz : la mine était fermée. Le pick-up appartenait probablement à un agent de sécurité.

Dans la lumière tombante, il était impossible de voir s'il y avait quelqu'un dans la camionnette. Elle resta donc près de la forêt à guetter tout signe de vie. Une fois sûre que personne n'était proche, elle se dirigea tout doucement vers l'arrière du bâtiment, hors de vue du parking.

Elle garda les yeux fixés sur la zone de stationnement quelques minutes supplémentaires avant de s'approcher de l'édifice, impatiente de regarder de plus près. Le bassin de résidus devait être quelque part à proximité. Elle avança lentement vers le bâtiment quand un deuxième véhicule arriva sur le parking. Elle se cacha derrière la bâtisse.

Quelqu'un ouvrit la porte du second véhicule et la ferma en la faisant claquer. Elle ne pouvait rien voir de sa cachette. Elle pouvait juste se fier à ses oreilles. Elle entendit des pas crisser dans la neige. Quelqu'un approchait.

— On a résolu le problème.

Kat reconnut la voix de Ranger. Elle retint sa respiration.

— Apparemment, répondit l'autre homme. Tu l'as bien fait comprendre. Ils parlent tous de ça.

Qui étaient-ils ? L'avalanche était-elle le « problème » ? Elle n'avait pas connaissance d'un autre problème pour les gens du pays. Elle s'avança tout doucement et regarda au coin du bâtiment pour essayer d'identifier le second homme. Mais elle ne le vit que de dos et il disparut à l'intérieur de l'édifice. Il devait être dans le pick-up garé. L'avait-il aperçue ? Probablement pas, sinon il l'aurait dit à Ranger.

Le bâtiment ressemblait à un grand hangar ou à un atelier, sans doute là où ils entreposaient l'équipement. Soit une dépendance, soit le site était globalement assez petit. Elle s'était attendue à quelque chose de plus important.

Elle n'avait vu l'inconnu de dos que l'espace d'une seconde. Pas assez longtemps pour jauger sa hauteur, vu que le portail faisait presque cinq mètres de haut. Sa grosse veste d'hiver rendait également difficile l'évaluation de sa taille. En bref, elle ne pourrait pas l'identifier à moins de mieux le voir. Ranger était probablement déjà à l'intérieur, car elle ne le voyait nulle part.

Zut.

Elle ne pouvait pas entendre un mot. Elle hésita à se faufiler à l'intérieur ou au moins à essayer de s'approcher pour entendre leur conversation. Non, ce serait trop risqué. Que faisait-elle ici de toute façon ? Mieux, que faisait Ranger ici ?

D'un autre côté, ce dont ils parlaient ne la regardait pas.

À moins que.

Fritz et Elke avaient exprimé leur inquiétude au sujet de la mine juste avant leur mort prématurée, la blâmant pour leur eau potable contaminée.

Batchelor avait mentionné une conduite d'eau éclatée pour expliquer l'eau en bouteille au chalet. L'approvisionnement en eau de Batchelor provenait sûrement de la même source contaminée que pour les Kimmel. Si oui, Batchelor avait menti. Mais mentir sur la raison pour laquelle l'eau n'était pas potable ne le rendait pas responsable pour autant. Elle pouvait comprendre qu'il ne veuille pas dire à ses clients que l'eau locale était toxique. L'image n'était pas bonne pour un écologiste célèbre et elle invitait à toutes sortes de questions. Des questions qu'il préférait tout simplement éviter.

Elle s'avança légèrement en longeant le bâtiment. Elle resta cachée, mais pouvait maintenant voir le parking. Elle verrait les hommes de dos quand ils sortiraient. S'ils retournaient à leurs véhicules garés de l'autre côté.

En supposant que la mine était le problème, pourquoi les Kimmel avaient-ils reporté leur colère sur Batchelor en plus de la mine *Regal* ? Savaient-ils quelque chose qu'elle ignorait ?

Kat sursauta quand des coups de feu retentirent. Ils venaient de quelque part à l'ouest, vers l'extrémité opposée de la propriété. Son cœur s'emballa. Elle n'aurait jamais dû venir ici.

Elle retourna vite se cacher derrière le bâtiment et retint son souffle, s'attendant à ce que les deux hommes sortent précipitamment du bâtiment.

Mais ils ne bougèrent pas. Soit les coups de feu étaient courants, soit ils s'y étaient attendus. Il y avait probablement des chasseurs dans le coin. Ranger et son compagnon ne semblaient pas s'inquiéter, cela confirmait cette théorie. Quoi qu'il en soit, elle n'avait rien à faire ici et elle devrait probablement s'éloigner tant qu'elle le pouvait.

Elle se retourna pour partir quand les hommes se mirent à parler plus fort. Elle resta dans sa cachette et prit une profonde inspiration.

La porte s'ouvrit brusquement et cogna contre le mur. Elle entendit leurs pas crisser dans la neige tandis qu'ils traversaient le parking. Ils se disputaient à propos de quelque chose, mais ils étaient trop loin maintenant pour qu'elle puisse entendre de quoi. Elle avança sur la pointe des pieds, prenant garde à ne pas faire de bruit. Juste un bout de conversation pourrait l'aider à comprendre ce qu'ils faisaient.

Leurs voix s'élevèrent.

— Les faire taire est temporaire, Burt. Tu dois résoudre le problème une fois pour toutes. Si le Patron a vent de ça, il aura ma peau.

Ranger se dirigea en trombe vers son Land Cruiser.

Faire taire qui ? Ed et les autres manifestants ? Quel problème à résoudre ? C'était un mystère.

Ranger ouvrit la porte de son SUV, puis se tourna vers Burt, l'inconnu :

— Règle le foutu problème de l'eau, sinon ce sera ton tour.

C'était vraiment à propos de l'eau. Le mystérieux Burt avait-il quelque chose à voir avec la mort des Kimmel ? Si c'était au tour de Burt après, comme le laissait entendre Ranger, qui étaient les premiers ? Les Kimmel ?

— Je vais voir ce que je peux faire.

Elle parvint finalement à voir l'homme dénommé Burt.

Il avait la quarantaine. Petit, mais trapu, rougeaud et une barbe rousse en bataille. Il portait un chapeau de fourrure. Il tenait une cigarette dans une main et un fusil dans l'autre. Qu'est-ce que ces gens avaient à toujours porter une arme à feu ?

C'était le même homme qu'elle avait vu se disputer avec Ranger plus tôt.

Les deux hommes finirent par partir. Kat s'attarda dix minutes de plus, après que le bruit de leurs véhicules ait fait place au silence. Une fois sûre qu'il n'y avait plus personne, elle se hasarda dans la cour.

La mine était clairement abandonnée. Des mauvaises herbes, maintenant mortes à cause du gel, avaient poussé entre les machines. En supposant que les mauvaises herbes aient poussé en été, leur présence indiquait plusieurs mois d'inactivité. Elle pourrait le vérifier plus tard au chalet. Pour l'instant, elle se concentra sur l'exploration de la propriété. Ce serait peut-être sa seule chance d'être seule et pas dérangée.

La porte du garage avait un verrou, mais le cadenas n'était pas fermé. Elle l'enleva et ouvrit la porte. Elle entra dans le bâtiment. Il n'y avait pas grand-chose à voir à part du matériel de transport rouillé. Cela la surprit que la mine ait fonctionné jusqu'à récemment, car l'équipement semblait dater d'une époque révolue. Il était vieux, délabré et rouillé.

Et pourtant, les mines d'or *Regal* avaient été en opération jusqu'à la brèche dans le bassin de résidus deux années auparavant. Pas surprenant que l'entreprise qui avait pollué l'eau potable et refusé de la décontaminer n'investisse pas dans du matériel décent. L'argent économisé sur les dépenses passait directement en bénéfices pour l'entreprise.

Rien à voir ici.

Au moment de se retourner pour partir, elle s'arrêta brusquement. Des dizaines de caisses en bois étaient empilées sur des palettes contre le mur près de la porte d'entrée. Elle était passée près d'elles sans même les remarquer.

Les caisses semblaient récentes, elles étaient propres et pas recouvertes de poussière. Elle s'approcha et lut, écrit en rouge : *Powershot Explosives, fournisseur en matériel de qualité pour exploitations minières, carrières et constructions, depuis 1959.*

De la dynamite.

On se servait certes de dynamite pour les opérations minières, mais celle-ci était en veille depuis plusieurs années. Pourtant, l'emballage semblait neuf. Les caisses portaient le poids et la date de fabrication. La plupart dataient de moins d'un an, étrange pour une mine délaissée avec du matériel rouillé et à l'arrêt. Soit le hangar servait d'entrepôt, soit quelqu'un avait de nouveaux plans pour la mine. Pour une raison ou une autre, elle doutait que ce soit la seconde possibilité. La dynamite et autres marchandises feraient sûrement partie des dernières choses à acheter avant de redémarrer la mine désaffectée.

Comme on ne manquait pas d'espace pour entreposer des choses dans une zone rurale comme celle-ci, quelqu'un avait intentionnellement caché ces caisses ici. Isolé ou non, stocker des centaines de kilos de dynamite dans un bâtiment déverrouillé s'apparentait clairement à de la négligence. Une allumette ou un mégot jeté par mégarde pourraient faire sauter l'endroit en quelques minutes. Des jeunes, des ados ou n'importe qui pourraient entrer dans le hangar ouvert. Elle frémit à cette pensée tout en prenant quelques photos.

Kat sortit du bâtiment et se dirigea vers la limite du parking à la recherche du bassin de résidus. Elle vit bien vite la source du problème. Étant donné le nom, elle s'était attendue à ce que le bassin de résidus soit un réel bassin. C'était plus exactement un petit lac, d'au moins un kilomètre de diamètre. Un talus artificiel et élevé l'entourait, mais une grande partie était effondrée. Ce n'était pas difficile de voir pourquoi, vu la hauteur et le volume de l'eau qui menaçait d'emporter ce qui restait du talus de soutènement.

La propriété des Kimmel était située directement en contrebas du site de la mine. Elle subirait directement les conséquences si tout s'effondrait. Le ruisseau Prospector pourrait facilement déborder s'il recevait tout ce volume d'eau d'un coup. La propriété de Batchelor était aussi en danger, mais à un degré moindre.

Les bassins de résidus contenaient des matières contaminées provenant du processus d'extraction. Entre autres, les produits chimiques utilisés et le minerai restant après que l'or et le cuivre aient été extraits. Bien conçu, le bassin pouvait retenir des résidus des années après la fermeture de la mine, à moins d'être physiquement détérioré. Celui-ci était un échec lamentable.

Il avait fallu des années de fonctionnement pour que les résidus atteignent le niveau actuel. Cela laissait beaucoup de temps à la direction pour augmenter la taille du bassin ou en construire un autre avant que celui-ci n'atteigne sa capacité maximale. Pourtant, ils avaient décidé de limiter les coûts et de maximiser les bénéfices à la place. S'ils s'étaient occupés du niveau d'eau de l'étang, la catastrophe écologique aurait été complètement évitée.

Un filet d'eau à moitié gelé débordait par-dessus le mur de soutènement. Il formait comme une cicatrice noire et descendait en méandre dans le ruisseau Prospector. Elle se dirigea vers lui pour y voir de plus près. Des poissons morts à moitié pourris étaient empilés sur la rive, conservés à l'état congelé. Elle eut un haut-le-cœur et se détourna.

Même avec un assainissement coûteux, cela prendrait des années avant que l'eau soit de nouveau potable. Et le nettoyage n'avait même pas encore commencé. Y avait-il une autre raison pour laquelle ils ne s'étaient pas occupés du problème ? Frustrez les gens assez longtemps, ils vendront leur propriété et partiront. Quelle que soit la raison, c'était difficile de vivre si longtemps sans eau potable.

Cela ressemblait à une cause sur commande pour l'écologiste vieillissant. C'était près de chez lui, cela concernait l'eau et l'environnement dans un cadre naturel sauvage. Pourquoi Batchelor n'avait-il pas sonné l'alarme ? Il aurait au moins dû s'allier aux Kimmel. Et il leur était au contraire opposé. Cela n'avait pas de sens.

Kat sortit son appareil et pris des photos pour les montrer à Jace.

— Haut les mains, lança une voix d'homme douce, mais ferme.

Elle entendit des brindilles craquer sous ses pas tandis qu'il sortait des broussailles.

— Rangez ça, reprit-il. Vous avez pas le droit de prendre des photos ici.

Kat se retourna brusquement et découvrit un homme âgé, aux yeux bleu clair fixés sur elle. Son fusil aussi.

Il portait une casquette de baseball délavée avec un logo de trèfle à quatre feuilles sur le devant. Sa veste de ski bleue, vieille de plusieurs décennies, pendait sur son corps maigre. Les manches usées étaient trop courtes. Il était vieux, au moins soixante-dix ans. Le bras tremblant, il pointait le canon de son fusil directement sur elle. Le moindre mouvement pouvait déclencher l'arme.

Elle leva lentement les bras.

— Tirez pas. Je suis juste une touriste, je regarde, c'est tout, expliqua-t-elle, le cœur battant.

À part Ed, un inconnu vraiment, personne ne savait qu'elle était là.

— C'est pas vrai. On a pas de touristes par ici. Qui êtes-vous vraiment ?

Kat lui donna son nom.

— Je séjourne au chalet de Dennis Batchelor.

D'où était-il venu ? Les seuls véhicules dans la clairière avaient été ceux de Ranger et Burt, et ils étaient tous les deux partis. Elle était seule avec l'homme qui brandissait son fusil.

— Ah oui ? renchérit-il en la regardant avec méfiance.

Kat le regarda droit dans les yeux. Ce n'était pas ses oignons. Si elle tenait bon, il la laisserait sûrement partir. Pour quelle raison en serait-il autrement ?

Il n'abaissa pas son arme. Ils se regardaient droit dans les yeux, se défiant mutuellement.

Kat s'impatienta. Les gens du coin n'étaient pas très accueillants.

— Oui, c'est vrai. Appelez-le, il va le confirmer. Est-ce que vous pouvez baisser ce truc, s'il vous plaît ?

— Si vous effacez les photos que vous avez prises, je vais peut-être y réfléchir.

— Pourquoi je devrais faire ça ? C'est juste des photos du paysage.

Ce n'était pas tout à fait vrai, puisqu'elle avait pris des photos à l'intérieur du bâtiment.

— J'ai rien fait d'illégal, reprit-elle.

L'air un peu incertain, il baissa son fusil.

— Disons que je vous donne le bénéfice du doute. Qu'est-ce que vous faites vraiment ici ?

— Juste une promenade. J'ai entendu dire qu'il y avait une ancienne mine d'or ici, alors je suis venue voir. C'est très intéressant. J'adore les vieux trucs comme ça.

L'homme sembla se détendre un peu.

— Eh bien, vous feriez mieux de partir. Je suis le gardien de la propriété et personne a le droit d'entrer ici. C'est une violation de propriété.

— C'est bizarre, je suis pas la seule à être venue. Deux hommes viennent de partir. Ils étaient dans ce bâtiment là-bas, expliqua Kat en montrant du doigt le hangar.

L'homme semblait trop vieux pour se battre. D'un autre côté, il avait une arme. Où était-il quand Ranger et l'autre homme étaient là ?

— Ah ? fit-il d'un air neutre.

— Ranger et un autre homme que je connais pas, répondit-elle en observant sa réaction.

— Ranger ? fit-il, son visage s'obscurcissant. Il a pas le droit de venir ici. Je ferais mieux d'en parler à Batchelor. Je veux que les choses se passent bien demain.

— Qu'est-ce qui se passe demain ?

— Les manifestants organisent un sit-in ici à la mine.

Ed n'en avait pas parlé. Allaient-ils quand même le faire sans Elke et Fritz ?

— Et vous les autorisez ?

Un léger sourire, poli ou narquois, elle ne pouvait le dire, se dessina sur le visage de l'homme.

Le gardien patrouillait la propriété. Cela ne voulait pas nécessairement dire qu'il partageait le point de vue de l'entreprise. Il n'était pas facile de trouver des petits boulots en ville. Il lui traversa soudain l'esprit que c'était probablement aussi l'un des manifestants. C'était assez clair de savoir de quel côté se ranger quand votre propre eau potable était en jeu.

Avait-il entendu parler de l'accident des Kimmel de ce matin ? Elle hésita à lui demander, mais décida de ne pas le faire. Bien sûr qu'il les connaissait. Tout le monde se connaissait par ici. S'il n'avait pas encore entendu parler de l'accident, ce n'était pas à elle de lui dire. Il l'apprendrait bien assez tôt.

— Vous voulez bien me rendre un petit service ? demanda Kat. Mentionnez pas que vous m'avez vue ici. Les gens semblent susceptibles à propos de cet endroit.

— À qui le dites-vous ! reprit l'homme.

— J'ai pas entendu votre nom, dit Kat.

Il pourrait peut-être lui fournir des renseignements sur le conflit concernant l'eau.

— C'est vrai, vous l'avez pas entendu. Maintenant, vous feriez mieux de vous en aller si vous voulez garder vos photos, dit-il en désignant la piste d'un geste de la tête. Avant que je change d'avis.

Kat ne se le fit pas dire deux fois. Elle avait vu assez de fusils pour aujourd'hui.

11

Kat s'en alla aussi vite que possible, sans courir. Elle sentait, ou plutôt imaginait, qu'elle avait une cible dans le dos. Elle se dirigea tout droit vers la piste sous le couvert des arbres. Elle doutait que le gardien lui tire dessus, mais elle n'allait pas tenter sa chance. Elle avait déjà fait cela une fois aujourd'hui.

Elle poussa un soupir de soulagement en atteignant la lisière. Il n'aurait probablement pas fait feu de peur d'attirer une attention non désirée. D'un autre côté, les fusils étaient tellement omniprésents ici que personne n'y faisait réellement attention.

Pour compliquer les choses, personne d'autre qu'Ed ne savait qu'elle était à la mine. En l'absence de témoins, le gardien aurait pu commettre impunément un meurtre. C'était évidemment le pire scénario, mais en entrant sans autorisation sur la propriété, elle lui avait donné une raison de sortir son fusil. Était-ce lui qui avait tiré les coups de feu inexpliqués quelques instants plus tôt ? Plus important, avait-il touché sa cible ?

Trois mètres plus loin sur le chemin, les arbres se refermèrent sur elle. Elle regarda par-dessus son épaule et fut soulagée de ne plus voir le parking. Elle était donc aussi à l'abri du regard du gardien. Elle se mit à courir, aussi vite que les racines glissantes et les branches tombées à terre le lui permettaient. Elle pénétra plus profondément dans les broussailles, tenant à mettre autant de distance que possible entre elle et le gardien.

S'il était vraiment le gardien.

C'est ce qu'il lui avait dit, mais il n'était pas en uniforme. Les agents de sécurité de ces régions isolées ne portaient peut-être pas de tenue officielle, mais tous les agents avaient normalement un insigne permettant de les identifier, même quelque chose d'aussi discret que le logo de leur compagnie sur une casquette de base-ball. Les gardiens ne portaient pas de vêtements miteux mal ajustés. Et d'habitude, ils n'avaient pas soixante-dix ans.

Rien de tout cela n'importait maintenant qu'elle était en sécurité, loin de la mine. En moins d'une heure, elle serait de retour à la cabane. C'était bien, car le crépuscule approchait. La forêt était étrangement silencieuse et il était difficile de voir la piste par endroits. Elle avait oublié à quelle vitesse la nuit tombait en hiver.

Quelques minutes plus tard, elle déboucha sur un autre sentier qui faisait un angle à quatre-vingt-dix degrés avec celui sur lequel elle se trouvait. D'après la direction, ce devait être une façon plus directe de rejoindre le chalet. Elle hésita : devait-elle suivre le chemin le plus long, et le plus sûr, ou tenter sa chance avec le raccourci ?

Elle se décida finalement pour le raccourci. La neige tombait plus fort maintenant que la température avait chuté. Il faisait déjà plus sombre que quelques minutes auparavant, avec probablement seulement un quart d'heure de jour restant avant la nuit. Le peu de lumière subsistant ne perçait pas la canopée des arbres. Elle voyait à peine à quelques mètres devant elle. Courir n'était plus une option. Même une marche rapide était difficile. Il lui avait paru logique d'emprunter le sentier le plus court pour rejoindre la route, vu qu'elle ne connaissait pas la région. Il y menait presque certainement, compte tenu de sa direction. Elle pourrait toujours rejoindre le sentier principal après avoir traversé la route.

Malgré les broussailles épaisses, quelques centimètres de neige s'étaient déjà accumulés sur le chemin. Elle avançait vite, le silence seulement rompu par la poudre fraîche qui crissait sous ses pas. Elle aurait apprécié ce calme dans d'autres circonstances, mais cela lui fichait la chair de poule pour le moment.

Moins de dix minutes plus tard, elle aperçut une trouée. Elle avait bien fait d'emprunter ce détour qui avait considérablement raccourci son parcours. Elle arriva sur la route, soulagée. La neige y était plus épaisse que sur la piste, mais c'était beaucoup plus facile de marcher sur une route goudronnée que sur un sentier accidenté plein de cailloux et de racines enchevêtrées.

Moins d'une minute plus tard, elle s'arrêta net.

À une trentaine de mètres devant elle se tenaient Ranger et Burt, l'homme qui discutait avec lui à la mine. Ils transféraient des caisses de l'arrière du Land Cruiser de Ranger au F150 de Burt.

Elle se renfonça dans les broussailles, craignant d'avoir été repérée.

Pas de risque. Les hommes étaient occupés à leur tâche, inconscients de sa présence. Elle se rapprocha tout doucement, prête à se cacher à tout moment.

Elle retint sa respiration quand elle réalisa qu'il s'agissait des caisses d'explosifs qu'elle avait découvertes dans le hangar de la mine. Les explosifs ne servaient qu'à une chose : faire sauter des trucs. Burt avait dû les charger dans sa camionnette sur le parking de la mine juste avant son arrivée. Elle frissonna en réalisant qu'elle avait été à deux doigts d'être découverte à la mine.

Le gardien avait exprimé sa surprise en apprenant la présence de Ranger et de Burt là-bas, mais il avait peut-être menti. Après tout, il l'avait repérée assez facilement. Mais pourquoi lui aurait-il menti à elle, quelqu'un de passage ?

Le gardien était-il aussi dans le coup ? Cela expliquerait son empressement à sortir son fusil. D'un autre côté, son aversion à la mention du nom de Ranger semblait indiquer le contraire.

Elle s'accroupit sous les arbres, à moins de cinq mètres de l'accotement où les deux hommes se disputaient. La neige étouffait les sons alentour. Elle était reconnaissante pour le silence et l'absence de circulation. Leurs voix portaient plus loin dans le calme environnant. Si elle approchait plus, ils la remarqueraient.

— C'est ta dernière chance, lança Ranger en soulevant les deux dernières caisses de son camion et en les tendant à l'autre homme. T'as intérêt à réussir cette fois.

L'homme grommela. Il prit les caisses et les déposa à l'arrière de son pick-up.

— Je rigole pas, Burt. Cette fois-ci, sois à l'heure et assure-toi qu'il y a personne autour. On peut pas attirer l'attention. Bâcler les choses comme ça rend la situation gênante pour tout le monde.

Qu'est-ce qui était gênant ? De faire croire que l'avalanche était accidentelle quand elle avait été déclenchée délibérément ? Kat sortit son téléphone portable et prit une photo de Ranger et Burt en train de transférer les caisses.

— Ouais, je sais. J'ai pas vu qu'elle était là, répondit Burt en s'essuyant les mains sur sa veste.

Il monta dans sa camionnette, puis baissa la vitre et se pencha pour parler à Ranger :

— À demain. Je t'appellerai quand ce sera fait.

Dommage qu'elle ait manqué le début de leur conversation.

— Rendez-vous ici à midi.

— D'accord, s'il y a pas de retards ou de complications imprévues.

— Merde, Burt. Tu t'assures qu'il y en ait pas. Foire pas cette fois, et pas d'excuses. Je peux pas te protéger plus longtemps, alors débrouille-toi pour que ça marche.

Ranger se retourna et se dirigea vers son véhicule.

Le pick-up de Burt démarra soudain et se dirigea vers elle. Elle plongea dans les broussailles pour éviter d'être vue.

Le Land Cruiser de Ranger le suivit moins d'une minute plus tard.

Elle attendit que les deux véhicules disparaissent au tournant de la route. Une fois certaine qu'ils étaient partis, elle sortit de sa cachette. En remontant sur la route, elle comprit tout à coup. Le témoin auquel Ranger avait fait référence, ce devait être elle ! Elle avait été témoin de l'avalanche ce matin.

Pendant tout ce temps, elle avait été obsédée par les traces de motoneige, mais pour les mauvaises raisons. La motoneige était incontestablement un facteur, mais maintenant elle soupçonnait qu'elle avait servi à transporter de la dynamite et celui qui l'avait fait exploser. L'explosion à l'origine de l'avalanche avait été déclenchée par quelqu'un. Par Burt ? Lui et Ranger s'étaient peut-être rencontrés avant l'accident. Cela pourrait expliquer pourquoi Ranger l'avait rejointe en retard.

De gros flocons de neige tombaient en tourbillonnant. Elle pressa le pas. Sa minuscule lampe frontale n'illuminait que quelques mètres devant elle, ce qui ralentissait sérieusement sa marche. Elle y voyait à peine. La tempête de neige avait surgi en quelques minutes, sans crier gare.

Elle frissonna et se rendit compte qu'elle était en retard. À cette heure, Jace devait avoir terminé sa séance de travail avec Dennis. Il avait dû retourner à la cabane et l'avait trouvée vide. Avec la tombée de la nuit, il serait extrêmement inquiet, se demandant où elle était. Sans signal réseau, elle n'avait aucun moyen de le contacter.

La chute de neige se transforma en blizzard. Plus possible de vérifier le site de l'avalanche le lendemain. Elle espérait juste qu'Ed avait tenu sa promesse et pris des photos des traces de motoneige avant que la preuve ne soit effacée pour toujours. Il faisait maintenant nuit noire. Elle était fatiguée et avait froid. Elle brossa de la main les flocons de neige qui collaient à ses cils et à ses joues exposées.

Elle repensa à l'avalanche de la veille. Les commentaires de Ranger confirmaient pratiquement qu'il était impliqué. Et puis il y avait la dynamite. Quels que soient leurs plans, on devait les arrêter. Il ne lui restait pas beaucoup de temps s'ils avaient prévus d'agir avant midi le lendemain. Malheureusement, elle n'avait aucune idée de l'endroit visé. Elle savait juste qu'ils prévoyaient de faire sauter quelque chose avant midi le lendemain.

Chaque minute comptait pour les empêcher d'agir.

Ranger et Burt visaient probablement le sit-in des manifestants à la mine. En y réfléchissant bien, c'était évident, puisque la plupart ou la totalité des manifestants y seraient rassemblés. Les deux hommes pourraient facilement leur tendre un piège dans un endroit aussi isolé.

Mais Ranger et Burt n'avaient pas apporté d'explosifs à la mine, ils les en avaient retirés. Cela impliquait que leur sabotage aurait lieu ailleurs. Puisque la mine était inactive depuis quelques années déjà, les manifestants ne gagneraient rien à la faire sauter. En fait, ils risqueraient de causer une autre brèche dans le bassin de résidus. Ils n'avaient tout simplement pas de motif pour endommager davantage le site responsable de leurs problèmes en premier lieu.

Pourtant, elle n'avait aucun doute : les manifestants étaient presque certainement la cible du sabotage prévu pour le lendemain. Toute enquête viserait directement leurs détracteurs, Ranger y compris. Contrairement à l'avalanche, cette action ne pourrait pas passer pour un accident. À moins, bien sûr, que Ranger et Burt ne s'assurent du contraire.

Si ce n'était pas sur le site de la mine, où alors ? Au barrage routier ? Ils devaient se rencontrer quelque part avant le sit-in. Le choix du barrage semblait logique. Mais c'était juste un point sur la route. À moins de faire sauter la seule route menant à la propriété de Batchelor, les explosifs seraient facilement repérables.

Elle recentra son attention sur la mine : c'était bien la cible la plus logique. Les manifestants y seraient à coup sûr à un moment donné et l'isolement du site facilitait la mise en place d'un piège. Ils seraient vulnérables. Toutefois, le sabotage serait également évident. Il y avait des moyens plus aisés pour commettre impunément des meurtres.

À moins que les deux hommes ne fassent croire que c'était la faute des manifestants eux-mêmes.

La mort des Kimmels avait été mise en scène pour ressembler à une avalanche. Un accident. La deuxième attaque serait pareillement planifiée et orchestrée.

La réponse lui apparut en un éclair : Burt et Ranger avaient dû retirer des explosifs pour monter un coup contre les manifestants. Il leur suffisait de dissimuler des preuves au domicile de l'un ou de plusieurs des manifestants. Une cache d'explosifs impliquerait qu'ils avaient orchestré l'explosion de la mine. C'était difficile de se défendre contre des preuves matérielles.

Si Ranger et Burt provoquaient une explosion près du sit-in des manifestants, elle serait attribuée aux manifestants eux-mêmes : un terrible accident dans lequel ils se tueraient par inadvertance en essayant de détruire la mine. Bien que tiré par les cheveux, cela semblait tout à fait plausible.

Tellement absorbée dans ses pensées, elle ne s'était pas aperçue que la limite de la propriété de Batchelor était à seulement quelques mètres. Elle poussa un soupir de soulagement. Elle pourrait finalement échapper au froid. Elle pressa le pas et suivit la clôture jusqu'à l'allée.

L'obscurité qui l'avait entravée était maintenant un avantage.

Kat traversa la propriété en contrebas pour éviter d'être vue. Elle avança péniblement dans l'allée, maintenant recouverte d'une épaisse couche de neige. Elle coupa la colline en diagonale et sourit quand le chalet se présenta devant elle. Les lumières extérieures jetaient une lueur chaleureuse sur les bâtiments et le terrain, se reflétant sur la neige.

Elle fut surprise de découvrir un hélicoptère stationné dans le coin le plus éloigné de l'allée goudronnée. Elle réalisa alors que la zone de stationnement séparée de forme carrée était en fait un héliport. Ce serait difficile de faire voler un hélico dans une tempête de neige pareille.

Batchelor avait manifestement d'autres invités. Bizarre qu'il n'en ait rien dit, et l'isolement du chalet ne se prêtait guère à des visites à l'improviste. Vu la météo, ils devaient être arrivés quelques heures plus tôt, juste après son départ.

Elle se précipita vers la cabane, impatiente d'informer Jace sur ses découvertes et d'en savoir plus sur les invités inattendus. Batchelor était plein de surprises. Comme elle s'en était récemment rendu compte, aucune d'entre elles n'était bonne.

12

Kat retira ses gants et chercha la clé dans sa poche. Malgré les gants, ses doigts étaient engourdis par le froid et elle eut du mal à tourner la clé dans la serrure. Elle finit par ouvrir la porte. Elle tapa ses pieds par terre pour détacher la neige de ses semelles.

Elle ne pensait qu'à une chose : un bain chaud suivi d'une bonne nuit de sommeil. Elle sentit une vague d'air chaud en ouvrant la porte.

— Jace ?

— Où est-ce que t'étais passée ? demanda Jace en arpentant la pièce, le visage rouge de colère. J'étais prêt à appeler les secours.

Pour un accueil chaleureux, elle était servie ! Même si elle ne pouvait pas lui reprocher d'être en colère. Pourquoi ne lui avait-elle pas laissé un mot ?

— Je suis désolée. Je prévoyais juste d'aller faire une courte promenade. Je suppose que je me suis laissé emporter.

— Tu peux pas partir à l'aventure toute seule comme ça, Kat.

Je savais même pas où te chercher. J'étais mort d'inquiétude, ajouta Jace en faisant les cent pas devant la fenêtre.

La neige s'était tellement intensifiée que le canyon était maintenant complètement obscurci.

— J'étais sûre d'être de retour avant toi.

Kat ne voulait pas passer le peu de temps qu'ils avaient à se disputer. Elle regrettait presque de l'avoir accompagné pour ce voyage. Ils se voyaient déjà peu et quand ils se retrouvaient, ils se querellaient.

— D'ailleurs, j'avais aucun moyen de t'appeler.

— C'est pas le problème. Et si tu t'étais perdue ou que tu étais blessée ? Personne ne saurait où te trouver.

Kat sentit la colère monter en elle, mais repensa soudain à sa confrontation avec le gardien armé. La situation aurait pu facilement se dégrader.

— T'as raison. J'aurais pas dû partir sans te le dire. Je voulais juste que Ranger m'accompagne pas. Je veux pas qu'il arrange chacun de mes mouvements, expliqua Kat en passant ses bras autour de la taille de Jace. Ce type me donne la chair de poule.

Jace se sépara d'elle.

— C'est pas non plus exactement mon meilleur ami, mais au moins t'es en sécurité avec lui. C'est dangereux par ici avec l'avalanche et tout le reste.

— J'en suis pas si sûre.

En fait, d'après ses découvertes, c'était exactement le contraire.

— Ranger est pas celui que tu crois. C'est lui le danger, pas les manifestants. Je comprends pourquoi ils l'aiment pas, reprit-elle.

Elle sortit son appareil et cliqua sur ses photos. Celles prises à la mine étaient sombres et sous-exposées, mais il était clair que la mine était délabrée et négligée. Elle arriva au cliché avec Ranger et Burt sur la route. Il était parfaitement cadré et montrait Ranger en train de passer une caisse à Burt. On pouvait même lire les inscriptions dessus.

— Regarde ça, fit-elle en lui tendant son appareil. Ce sont des caisses de dynamite.

— Pourquoi est-ce qu'ils ont besoin d'explosifs ? demanda Jace en fronçant les sourcils, exposant l'appareil à la lumière.

— Pour faire exploser des trucs, évidemment. La dynamite sert a beaucoup de choses. Y compris à déclencher des avalanches.

Il secoua la tête.

— Les mines se servent d'explosifs. Rien d'étrange à ça.

— Jace, la mine est fermée depuis des années. Ces caisses sont toutes neuves, précisa-t-elle en tapotant sur l'écran de son appareil.

— Tu penses pas que Ranger...

— Je sais pas quoi penser.

Elle décrivit sa rencontre avec Ed au barrage routier et les bribes de la conversation qu'elle avait surprise :

— C'est de Ranger dont on devrait avoir peur. Et éventuellement de Dennis. Je suis sûre qu'il est impliqué d'une façon ou d'une autre.

Puis elle lui raconta les plans de sabotage de Ranger et de Burt pour le lendemain.

— J'aime pas plus l'un que l'autre, mais ça semble tout simplement incroyable. T'es sûre que t'as bien entendu ?

Elle acquiesça de la tête.

— Quels que soient leurs plans, ça va arriver demain matin. Mais je sais pas encore quoi. Ils se sont déjà débarrassés des Kimmel. Maintenant, ils peuvent faire taire définitivement Ed et les manifestants restants. Il faut qu'on les en empêche.

— C'est dingue. Ils peuvent pas juste faire sauter les gens comme ça impunément.

— À moins que ça ressemble à un autre accident. Comme l'avalanche.

Jace secoua la tête.

— Mais pourquoi ? Qu'est-ce qu'ils y gagneraient ?

— Je sais pas encore, mais il doit bien y avoir un enjeu. Par contre, je suis sûre que si ça paraît assez réaliste, il y aura même pas d'enquête. Les Kimmel en sont un bon exemple. La police est même pas venue. Les services de sauvetage leur ont dit que c'était un accident et l'affaire était close. Elle a même jamais été ouverte en premier lieu.

Certains riverains étaient très influents, ouvertement ou en douce.

Elle s'assit sur le lit et mit son ordinateur portable en route.

— Je dois rechercher tout ce que je peux trouver sur ce coin. Ça doit avoir quelque chose à voir avec la terre. Apparemment, Batchelor voulait construire une nouvelle route coûtant des millions. Personne veut d'une nouvelle route quand il y en a déjà une en très bon état. La route actuelle est parfaite pour accéder à son chalet, alors pourquoi vouloir en changer ?

— À moins que la route soit pas assez bonne pour ce qu'il veut faire plus tard.

— Exactement. La route existante est en bon état. Elle peut durer des années et elle est à peine utilisée. Est-ce que la nouvelle route va servir à plus de gens, à faire plus d'affaires, ou les deux ? Peut-être que Batchelor veut aussi plus de terres. S'il chasse tout le monde, il peut acheter leurs terres pour pas cher.

— Il a pas parlé de nouveau projet de développement. D'un autre côté, il a jamais mentionné non plus que sa proposition pour la nouvelle route avait été rejetée. Tu l'accuses de sabotage ?

Kat fit oui de la tête.

— Il a pas eu ce qu'il voulait en passant par les voies normales. Sa demande a été rejetée. Il a recours à quelque chose de moins agréable pour arriver à ses fins. Si je peux le prouver, je pourrais peut-être empêcher une autre catastrophe d'arriver.

— Si c'est bien de ça qu'il s'agit. Pourquoi pas poser directement la question à Dennis ?

— Pourquoi est-ce que je ferais ça ? demanda Kat en fronçant les sourcils.

— Pas sur le sabotage, mais sur ses plans de construction de la route. Après tout, s'il a fait une demande et qu'elle a été rejetée, c'est de notoriété publique, précisa-t-il en pointant du doigt vers son ordinateur. C'est aussi une question légitime venant de son biographe. En fait, je suis surpris qu'il en ait pas parlé.

— Il va juste te parler de ses succès, pas de ses échecs.

— C'est ce que je déteste dans ce job, soupira Jace. Ça manque d'objectivité. J'écris juste ce qu'il me dit d'écrire. Mais je doute quand même qu'il ait recours à du sabotage. Essayons de le mettre dans l'embarras en lui posant la question de but en blanc.

Son intention n'avait pas été de contrarier Jace de nouveau.

— Je vais rassembler mes notes et je lui poserai moi-même la question demain, annonça-t-elle. Ça me laisse quelques heures ce soir pour rechercher tous les faits.

— Je crains que ça doive attendre. On est invités au gala de ce soir.

— Au quoi ?

Cela expliquait l'hélicoptère. Mais un gala dans une montagne isolée en plein hiver ? Elle ne s'était pas attendue à cela.

— Batchelor a invité des dignitaires, il les a fait venir exprès pour ce soir, et je dois y assister. Des gros bonnets du gouvernement, des partisans écologistes du temps de sa jeunesse. C'est censé fournir une partie du matériel pour son « autobiographie », expliqua Jace, mimant des guillemets avec ses doigts. Du moins, c'est ce qu'il m'a dit.

Il était toujours furieux de devoir faire office de nègre littéraire. Kat ne pouvait pas lui en vouloir.

— Je vais rester ici, dit-elle. J'ai rien de bien à porter de toute façon. Dis juste que je suis pas encore remise de l'avalanche de ce matin.

Jace fit une grimace :

— J'ai déjà demandé à Dennis ce qu'était le code vestimentaire et il m'a dit que ça n'avait pas d'importance. Mais il veut que tu viennes aussi. En plus, tu peux pas me laisser tout seul avec ces gens. J'ai besoin de toi. Et tu me serviras d'excuse pour partir plus tôt.

Elle ne pouvait pas vraiment le contredire. Elle lui était grandement redevable après l'avoir inquiété en disparaissant.

— Mais on doit quand même contrecarrer les plans de demain.

— On s'en occupera juste après la fête. On a pas besoin de rester longtemps, on peut juste faire une apparition. Qui sait, peut-être qu'on y glanera quelques informations supplémentaires. En tout cas, la biographie de Batchelor est une parfaite excuse pour poser des questions. Du genre, pourquoi ces rivalités dans une montagne aussi isolée ?

Kat fit oui de la tête.

— Les disputes semblent tellement excessives, vu le peu de personnes dans cette région. Mais je suppose que c'est le cœur du conflit. Les habitants veulent pas développer la terre, il y a donc beaucoup de choses en jeu pour eux. Mais je pense qu'ils sont inoffensifs. En colère peut-être, mais pas violents.

— Tu leur as parlé ?

Elle acquiesça.

— Après avoir parlé à Ed, je comprends leur point de vue. La mine a contaminé leur eau potable et dévalué leurs propriétés. Les propriétaires étrangers les ignorent. Ils arrangent pas le site de la mine et s'occupent pas du problème de l'eau. Les habitants sont ceux qui doivent vivre avec les conséquences. Je protesterais. Toi aussi, si t'étais dans la même situation.

Kat fouilla dans son sac pour chercher quelque chose à se mettre. Elle choisit un pull bleu et un pantalon noir.

— Batchelor dit qu'ils sont assez violents.

— C'est pas du tout l'impression que j'ai eue.

Sauf pour les armes à feu, compréhensible vu ce à quoi ils étaient confrontés.

— C'est plutôt les manifestants de l'extérieur qui semblent être violents, reprit-elle.

En fait, elle n'avait pas vu l'autre groupe, juste la preuve de leurs actions avec le sentier bloqué. À en juger par les commentaires d'Ed et de Ranger, ils faisaient profil bas. C'était bizarre, vu leur soi-disant penchant pour la publicité. Ed les décrivait comme toujours en train d'essayer de reléguer les habitants au second plan. Est-ce qu'ils participeraient au sit-in du lendemain ?

— Y a un autre groupe de manifestants ? demanda Jace en haussant les sourcils. Batchelor les a jamais mentionnés.

— Ed m'en a parlé, Ranger aussi.

Elle décrivit à Jace les arbres tombés qui avaient bloqué la piste lors de leur premier tour en motoneige.

— Les gens du dehors sont des manifestants professionnels qui essaient de susciter une polémique. Ils se servent du bassin de résidus de la mine d'or *Regal* comme excuse pour promouvoir leurs propres revendications et attirer l'attention des médias. Mais ça a pas marché jusqu'à présent.

Il lui semblait ironique que Batchelor ait autrefois été un manifestant très influent. Il s'était servi de coups de publicité pour attirer l'attention des médias et avancer sa cause.

— Hum ! fit Jace en se grattant le menton.

— Quoi ?

— Comment est-ce qu'ils sont venus jusque là en hiver, avec les routes fermées ? En avion, comme nous ?

Kat haussa les épaules.

— Je suppose. Mais prendre l'avion doit revenir très cher. D'habitude, les associations à but non lucratif ont pas d'argent à jeter par les fenêtres. Ils doivent avoir les poches bien garnies.

Les manifestations étaient également inhabituelles en hiver, pour des raisons évidentes, comme le froid. C'était non seulement inconfortable pour les manifestants, mais les journalistes étaient aussi peu susceptibles de fournir une grande couverture médiatique.

— Des poches vraiment bien garnies. À moins qu'ils soient financés par quelqu'un d'autre.

Jace consulta sa montre.

— On ferait mieux d'y aller. Le dîner est dans une demi-heure.

— Y a une chose que j'arrive pas à comprendre, reprit Kat. Ils s'embrouillent avec les manifestants locaux. C'est une perte totale de temps. Pourquoi pas se joindre à eux ?

— Exactement. Les deux groupes protestent contre le bassin de résidus et l'eau contaminée. Se battre entre eux ne fait que nuire à leur cause. Si les manifestants de l'extérieur veulent acquérir de la notoriété, il y a des causes plus grandes et plus accessibles. C'est quoi le nom de leur organisation ?

— J'en ai aucune idée, répondit Kat en secouant la tête. Si je le savais, je pourrais trouver qui les finance. Mais je sais pas du tout comment ils s'appellent.

Jace enfila ses bottes.

— On est arrivés ici en avion privé et on est hébergés par Dennis. Où sont ces manifestants ? Quelqu'un a dû les faire venir, exactement comme nous. Quelqu'un doit être au courant.

Celui qui savait ne disait rien. Mais Jace avait raison sur un point : il n'y avait pas d'hôtel à proximité. Ils logeaient donc soit chez l'un des résidents locaux, soit dans un hôtel de Sinclair Junction. Cette dernière option semblait plus plausible, vu qu'ils n'étaient plus les bienvenus chez les riverains.

De nature, les manifestants étaient des gens qui recherchaient l'attention. Et pourtant, ces manifestants extérieurs étaient pratiquement invisibles. Qui étaient-ils et pourquoi étaient-ils aussi insaisissables ?

13

La fête était bien avancée quand Kat et Jace arrivèrent au chalet. La grande salle était à moitié pleine avec une cinquantaine de personnes, surtout des couples d'un certain âge. Les hommes se ressemblaient tous : corpulents, rougeauds, l'air guindés dans leurs costumes noirs trop étroits et leurs chaussures vernies. La plupart des femmes portaient une robe semi-formelle et un collier, l'uniforme classique des collectrices de fonds en quête d'argent.

Kat chercha Ranger du regard et fut soulagée de constater qu'il était absent. Une bonne chose, mais aussi une mauvaise, se dit-elle. Il était sans doute en train de peaufiner la catastrophe qu'il préparait pour le lendemain.

Kat sentait que sa tenue détonnait terriblement dans le groupe. Même Jace se fondait bien dans la masse. Il portait le costume bleu foncé qu'il réservait pour les « urgences », terme qu'il utilisait pour les dîners chic et autres événements du même style. Il s'efforçait de les éviter à tout prix, sauf quand il y était envoyé en tant que journaliste.

Au moins, il avait la tête de l'emploi. Mais pas elle. Elle était de loin celle habillée de la façon la plus décontractée, avec son pull et son pantalon. Elle se maudit de ne pas avoir mis de robe dans sa valise. Mais elle ne s'était pas attendue à se retrouver à une soirée organisée pour collecter des fonds au sommet d'une montagne isolée en plein hiver. Elle avait envisagé un week-end dans la nature, pas un gala.

Elle suivit les autres invités dans la salle à manger. Trois grandes tables rondes avaient été ajoutées à la table habituelle. Il y avait un carton nominatif à chaque place. Elle découvrit avec surprise qu'elle et Jace avaient été séparés, quoique tous deux à la table principale. Jace était à la droite de Dennis, et elle entre deux femmes à l'extrémité opposée. Elle s'assit, reconnaissante de pouvoir dissimuler sa tenue décontractée.

La femme installée à sa gauche portait une robe de soirée formelle en velours bleu roi, complimentée par un collier de saphirs et de diamants sur son cou flasque. Kat lui sourit, même si elle ne se sentait pas d'humeur à bavarder.

Elle était toujours inquiète à cause de la dynamite et incapable de se concentrer sur autre chose. Où et comment avaient-ils l'intention de s'en servir ? Pour déclencher une autre avalanche ?

Kat surprit la femme en train de la regarder et se rendit compte qu'elle lui avait parlé. Kat n'avait rien entendu.

— Vous êtes vraiment encore secouée par l'accident. J'ai entendu ce qui est arrivé, commenta la femme en lui souriant.

Son visage lui rappelait vaguement quelqu'un, mais Kat ne se souvenait pas exactement qui. Elle jeta un coup d'œil au carton placé devant elle et reconnut aussitôt le nom : Rosemary MacAlister.

Bien sûr. Rosemary était presque aussi célèbre que son mari politicien, George MacAlister. C'était une personnalité mondaine de Vancouver qui fréquentait de nombreux événements caritatifs. Ce couple était influent et comptait parmi les grands bienfaiteurs. Une aile d'hôpital était même nommée en leur honneur.

Le gala de Batchelor faisait apparemment partie de leur agenda social, malgré son éloignement géographique. Kat se demanda pourquoi, jusqu'à ce qu'elle réalise : c'était un événement de collecte de fonds pour son mari George MacAlister. Il se présentait pour être réélu et c'était le premier d'une longue série d'événements pour collecter des fonds pour sa campagne.

— Je suis encore secouée, mais je vais mieux, expliqua Kat.

Elle était affamée, signe certain qu'elle était remise. Son estomac gargouilla à la pensée de la nourriture.

Jace avait mentionné que le dîner coûtait mille dollars par personne, avec canapés de caviar, bar à whisky et dégustation de vins. Kat ne pouvait pas imaginer que quelqu'un puisse payer un prix aussi élevé, mais à vrai dire, elle et Jace ne bénéficiaient pas du statut de multimillionnaire partagé par les autres invités.

Même à un millier de dollars la place, les dépenses ne seraient pas couvertes. Batchelor payait sans doute la différence. Beaucoup de dons en nature non divulgués avaient lieu en coulisses, en particulier pour ceux soumis à un contrôle politique.

Elle était surprise de voir le nombre de personnes qui avaient fait le trajet, étant donné la fermeture de la route.

— Je ne m'attendais pas à un tel événement en pleine nature. Surtout avec la tempête de neige.

— N'est-ce pas terrible ?

Rosemary inclina son verre et avala une gorgée de vin. Elle reposa le verre sur la table, mais il vacilla. Des gouttelettes rouges éclaboussèrent la nappe blanche.

— Oh ! mon Dieu ! Je n'aurais probablement pas dû boire un second martini dans l'hélicoptère.

— Vous êtes venue en hélicoptère ?

Kat avait du mal à imaginer des martinis dans un hélicoptère.

Rosemary acquiesça de la tête.

— Oui, nous tous. Dennis nous a envoyé son hélicoptère. Il ne pouvait pas risquer l'absence de l'invité d'honneur, n'est-ce pas ?

— Il doit y avoir au moins une cinquantaine de personnes ici, ajouta Kat.

La plupart des hommes étaient assis autour de Dennis, en bout de table. Y compris Jace, à la droite de Dennis.

Rosemary se mit à rire :

— Nous sommes arrivés en groupes, quatre à la fois. C'était presque comme aux heures de pointe. Nous repartirons en hélicoptère plus tard dans la soirée.

Le pauvre pilote devait attendre. Les conditions de vol n'étaient pas exactement idéales. En fait, c'était carrément dangereux. La petite tempête de neige s'était transformée en blizzard, qui devait durer jusqu'au lendemain dans la matinée. Mais les invités ne semblaient pas prêter attention aux conditions météo.

Ni au manque de nourriture. Une heure plus tard, l'entrée finit par arriver, apportée par des serveurs en smoking. Kat se tortilla sur son siège. Elle sentait maintenant encore plus combien elle détonnait dans le groupe.

L'entrée consistait en une minuscule salade de saumon fumé et d'agrumes, élégamment disposés sur quelques feuilles de laitue. Elle se demanda quelle portion des mille dollars cette entrée représentait et si les ingrédients avaient eux aussi été apportés par hélicoptère. Pouvait-on dépenser mille dollars pour un dîner et repartir affamé ? Elle espérait que le réfrigérateur dans leur cabane était bien achalandé en glucides, car ce repas semblait un peu léger après son périple et les nombreuses calories qu'elle avait brûlées aujourd'hui.

Quelqu'un lui tapota légèrement sur le bras. Elle se retourna et vit Dennis, également en smoking. Pourquoi n'avait-il pas informé Jace du code vestimentaire ? Cet événement était clairement prévu depuis des mois.

— Je suis heureux que vous ayez pu vous joindre à nous, dit-il.

Je vois que vous avez déjà fait la connaissance de Rosemary,
l'épouse de George.

Kat fit oui de la tête. Le stratagème évident de séparer les
hommes et les femmes l'agaçait et avait des relents de sexisme.
Qu'avait-elle de commun avec une femme de la haute société, de
trente ans son aînée, à part son sexe ? D'un autre côté, elle ne
faisait qu'accompagner Jace, c'était lui l'invité officiel. Au lieu de
réagir de façon exagérée, elle devait peut-être simplement se
détendre et savourer la nourriture et les boissons. Pauvre Jace. Lui
devait remplir son rôle de biographe officiel.

Ce n'est pas que Kat comptait, mais Rosemary en était à son
quatrième verre de vin et ils n'avaient même pas commencé le plat
principal. Elle venait juste de finir sa salade quand Dennis surgit
soudain derrière elles.

— Plus de vin ? demanda Dennis en souriant à Rosemary et en
lui remplissant son verre.

La bouteille de merlot semblait coûteuse.

Il se tourna vers Kat. Elle secoua la tête, montrant son verre
encore plein.

— Non merci.

Une fois Dennis hors de portée de voix, Rosemary se pencha
vers elle :

— Je déteste ce genre de choses, articula-t-elle avec difficulté.
Mais je dois faire avec et demander de l'argent.

La voisine de Kat était déjà ivre et la soirée avait à peine
commencé. Kat parcourut la foule du regard, échafaudant menta-
lement un plan pour battre en retraite.

— Je ne m'attendais pas à un tel événement dans les
montagnes.

— Dennis le fait tout le temps. Il n'est pas bon à grand-chose
d'autre, mais il sait organiser une fête.

Les choses prenaient soudain un tour bien plus intéressant.

L'opinion que Rosemary se faisait de Dennis était loin d'être flatteuse.

— Je suppose que vous connaissez Dennis depuis longtemps ?

Rosemary fit oui de la tête.

— Nous avons tous grandi ici. George et Dennis sont allés à l'école ensemble. J'étais deux classes derrière eux.

— Ici ? Dans la montagne ?

Kat n'avait pas pensé que Dennis puisse être originaire des Hauts du Paradis. Elle avait juste supposé qu'il était venu s'installer ici pour se rapprocher de la nature, pas pour revenir à ses racines.

— Pas exactement ici. À Sinclair Junction. Mais nos familles avaient toutes des propriétés dans la montagne. C'est encore un coin perdu, mais nous essayons de changer cela.

— Et comment cela ?

Que voulait-elle dire par « nous » ?

— Nous essayons de relancer l'économie, expliqua-t-elle. Depuis que la mine a fermé il y a quelques années, il n'y a plus rien. Pas d'industrie, pas d'emplois. George veut changer tout cela, en développant le tourisme. La création d'une nouvelle station de ski et de villégiature est en projet.

— Vraiment ? Je l'ignorais. C'est très beau par ici, et les montagnes semblent parfaites pour une station de ski.

Elle repensa à Elke et à Fritz. C'était parfait pour tout le monde, sauf pour les habitants qui s'y opposaient. Ce qui incluait pratiquement chacun des résidents actuels.

— Ce sera encore mieux une fois que nous aurons amélioré l'autoroute. Cet endroit est inaccessible en hiver, c'est ridicule.

— Et les avalanches ? N'est-ce pas trop dangereux pour faire du ski ?

— Oui, pour l'instant. Mais la station fera de la protection paravalanche à l'aide d'explosifs. Ce sera l'une des opérations courantes. Ce nouveau projet de développement nous enthousiasme vraiment.

Rosemary vida son verre.

Kat lui présenta la bouteille. Rosemary fit oui de la tête. Elle lui remplit son verre. Pas besoin d'aller ailleurs. Sa source d'informations était assise juste à côté d'elle.

— Je ne savais pas qu'un projet de développement était en cours.

Dennis n'en avait pas parlé. Ni Ranger, ni aucun des habitants.

— Et qu'allez-vous faire de la mine ?

Rosemary resta bouche bée.

— Oh ! je supposais que Dennis vous l'avait dit.

— Dit quoi exactement ?

Rosemary rigola.

— J'en ai déjà trop dit, mais maintenant que j'ai commencé, autant vous dire le reste. Ce chalet est juste un début, dit-elle en hochant la tête en direction de Batchelor. Avec le terrain environnant, c'est le commencement de la station de la Montagne Dorée, un projet de développement de quatre mille hectares.

La propriété de Batchelor ne faisait quecent soixante hectares. Cela voulait dire qu'il avait besoin de toutes les terres en bordure de la sienne ainsi que de terrains supplémentaires. Cela comprenait la propriété d'Elke et de Fritz, la mine et d'autres. Mais le site de la mine était contaminé le long du ruisseau Prospector.

Kat joua le jeu :

— Maintenant que vous le dites, je me souviens. Dennis a dit quelque chose en passant, mais j'avais oublié les détails.

— Ce sera une communauté fantastique, déclara Rosemary. Un joyau de l'écologie, autosuffisant. Avec l'énergie solaire, l'eau du glacier et un restaurant bio avec des produits d'origine 100 % locale.

L'eau potable de la région venait tout simplement du glacier, puisque le réservoir était alimenté par celui-ci. La nature sauvage était un produit rêvé pour un marketeur.

L'eau contaminée représentait un obstacle pour Batchelor, et pourtant il semblait y être indifférent. Il fallait régler le problème du bassin de résidus pour pouvoir aller de l'avant avec son projet. Cela lui coûterait une somme astronomique. Pourquoi ne pas construire ailleurs ? Cela semblait illogique de choisir un site contaminé, mais peut-être avait-il déjà commencé à s'investir dans ce projet avant l'accident du bassin. Néanmoins, cela n'avait pas beaucoup de sens au niveau financier ou commercial, et les milliardaires étaient réputés pour mettre l'accent sur la rentabilité. Il y avait beaucoup d'autres endroits disponibles pour construire des stations, alors pourquoi ici, avec tous ces obstacles ?

Quelles que soient ses raisons, il était évident qu'il avait besoin des propriétés voisines. Qui n'étaient pas à vendre.

— La propriété de Batchelor est trop petite pour construire une grande station. Comment est-ce que la montagne pourra supporter une telle affluence ?

Batchelor savait exactement qui étaient ses opposants, suite à sa demande infructueuse plusieurs années auparavant. Elke et Fritz en étaient certainement. Si l'argent n'était pas arrivé à les convaincre de vendre, avait-il eu recours à d'autres méthodes ?

— Elle ne suffira pas, ajouta-t-elle en riant. Cette propriété n'est qu'une fraction de ce qui sera une communauté exclusive, fermée. Il y aura près de mille lots de deux mille mètres carrés, avec du ski en hiver et un terrain de golf pour l'été.

— Du golf ?

Faire venir plus de monde n'augurait rien de bon pour une nature préservée.

— Juste un parcours de neuf trous pour commencer, précisa Rosemary sur un ton d'excuse. La deuxième phase ajoutera un terrain de championnat à dix-huit trous.

— Tout cela pour un millier de propriétés ?

— Et l'hôtel, expliqua-t-elle en s'extasiant. Ce sera formidable quand d'autres découvriront ce trésor caché. J'ai vraiment hâte.

Cela semblait représenter une modification monumentale pour les montagnes vierges actuelles. Et un changement de direction significatif pour un environnementaliste très respecté. Batchelor avait trahi ses principes.

Une bonne partie des bénéfices de Dennis avait probablement atterri dans la campagne de réélection de George. Le projet ne pouvait pas aller de l'avant sans les autorisations gouvernementales nécessaires. Des autorisations que George, en tant que ministre de l'Environnement, pourrait lui obtenir plus rapidement.

Soudain, tout était clair.

Le projet pourrait rapporter des millions à un homme déjà milliardaire. Valait-il la peine de sacrifier sa réputation et de tourner le dos à son passé écologiste ?

Était-ce assez lucratif pour commettre des meurtres ?

14

Rosemary cassa les oreilles de Kat pendant tout le dîner, y compris pendant le dessert et le café. Ils servirent tant de plats durant ce banquet de deux heures qu'elle en perdit le compte. Sa faim disparut lentement. Elle ne vit rien de local sur le menu, du saumon sauvage au cognac après le dîner. Tout avait été importé et transporté depuis la côte, à grands frais, même pour un milliardaire comme Batchelor. Plus elle découvrait de choses sur lui, moins elle semblait le connaître. Le personnage privé présentait un contraste saisissant avec le personnage public.

Elle mourait d'envie d'étirer ses jambes et de bouger pour digérer son repas, mais elle était coincée. Rosemary était assise à sa gauche et la femme à sa droite les interrompait constamment pour parler de son dernier projet de décoration intérieure.

Il lui tardait de retourner à leur cabane pour noter les commentaires de Rosemary. Une fois qu'elle creuserait l'histoire du territoire non incorporé des Hauts du Paradis, elle pourrait découvrir exactement le rôle que Rosemary, George et Dennis avaient joué dans leur ville natale. Sur les trois, Dennis était le seul à avoir encore une maison ici, mais cela ne voulait pas dire que les MacAlister n'avaient pas de relations locales. Et puis il y avait la station de la Montagne Dorée, le projet de développement mentionné par Rosemary. Le rejet de la demande faite par Dennis fournirait des indices sur ses futurs projets.

Elle devait parler à Jace en tête-à-tête. Il n'était probablement pas au courant du projet de station de Dennis puisqu'il ne l'avait pas mentionné. Il en était sûrement arrivé à la même conclusion qu'elle au sujet du gala. C'était un pot-de-vin offert pour la campagne de réélection de George MacAlister en échange de quelques services. Une histoire dont Batchelor omettrait presque certainement de parler dans sa biographie officielle.

Elle parcourut la salle du regard. La plupart des invités se tenaient en petits groupes ou circulaient deci delà maintenant que le dîner était terminé. Elle repéra Jace au bar à whisky. Il était entouré d'une demi-douzaine d'hommes d'âge moyen. Ils riaient et juraient à haute voix en embellissant les histoires de Batchelor. Ils jouaient les vedettes dans des tentatives à peine voilées de s'insérer dans la biographie de Batchelor.

Jace avait l'air fatigué et irrité. Nul doute qu'ils lui cassaient les oreilles, comme Rosemary l'avait fait avec elle. Mais au moins, elle avait glané des informations très intéressantes. Elle finit par attirer l'attention de Jace et lui fit signe de la retrouver dans le vestibule.

Il traversa la pièce et ils sortirent ensemble. Des rires leur parvenaient de la réception. Ils étaient seuls, mais l'immense plafond amplifiait leurs chuchotements à un niveau qui les rendait mal à l'aise.

Kat rapporta les commentaires de Rosemary.

— En fait, elle est assez amusante.

— Elle a de très bonnes relations, fit Jace. Ce qu'elle dit doit être relativement fiable.

Kat regarda autour d'elle, mais ne vit personne. Cependant, avec l'acoustique de la pièce, toute personne à proximité pourrait facilement entendre leur conversation à voix basse.

— Est-ce qu'on pourrait pas aller dans un coin plus tranquille ?

Jace lui fit signe de le suivre.

— J'ai oublié mon ordinateur dans le bureau de Dennis. On y sera mieux pour parler.

Ils se faufilèrent dans son bureau, une sorte de spacieux sanctuaire privé avec une table de billard à la place d'une table de conférence.

— Et moi qui croyais que vous travailliez toute la journée !

— Il me fait travailler, sois tranquille, sourit Jace. Je mérite définitivement ma paie. Je dois juste me taire en comptant les heures qui me restent.

Kat lui répéta ce que Rosemary lui avait raconté sur le projet de station touristique de Batchelor.

— Je ne sais pas quoi en penser. On dirait que Dennis envisage secrètement de racheter toutes les terres.

— Il m'a jamais parlé de ça. Et les MacAlister sont aussi dans le coup ?

Kat secoua la tête.

— Pas pour le rachat des propriétés, mais d'après Rosemary, Dennis est leur donateur le plus important pour la campagne. Avec George comme ministre de l'Environnement, je me demande si Dennis obtiendra des faveurs spéciales une fois qu'il aura les terres.

— Tu tires des conclusions hâtives. Ils sont amis, bien sûr. Ils ont tous grandi ici et s'intéressent également à l'environnement. Y a pas de mal à partager des intérêts communs, dit Jace en saisissant son portable. Dennis est un manipulateur, mais je crois pas qu'il soit corrompu.

— Il a des chances de se faire beaucoup d'argent si certaines choses se produisent. Des fois, les gens rationalisent leurs décisions.

En espérant que cette rationalisation excluait les meurtres. Cela semblait incroyable, mais avec l'enjeu que représentait l'acquisition des terres, Kat avait des doutes.

Jace se gratta pensivement le menton.

— Comme le fait d'obtenir les autorisations et les permis.

— Et de faire construire une nouvelle route. Même si les autres résidents en veulent pas.

Jace tendit son ordinateur à Kat.

— Remporte ça avec toi. Je peux pas me permettre de le perdre.

Tandis que Kat prenait l'ordinateur, une pile de papiers sur le bureau de Dennis attira son attention. Ils portaient l'en-tête d'*Earthstream Environmental*. Le trèfle à quatre feuilles était identique au logo sur la casquette du gardien.

— Je reconnais ce logo, dit-elle en montrant les papiers du doigt. Le gardien de la mine avait le même sur sa casquette. C'était peut-être bien un agent de sécurité, après tout.

— *Earthstream Environmental* est la société de conseil en environnement de Dennis. Ça me surprend que le gardien te l'ait pas dit. C'est une des sociétés d'exploitation de Dennis. Ils font du nettoyage environnemental.

— C'est bizarre. Tu crois pas que Ranger aurait mentionné quelque chose sur le travail de Dennis là-bas ?

Jace avait l'air perplexe.

— Quand on est passés au barrage ? Il a dit que les manifestants s'entendaient pas avec Dennis, mais il a pas précisé que la compagnie de Dennis s'occupait des travaux d'assainissement de l'environnement. Autre chose : Ranger travaille pour Dennis, et le gardien savait que j'étais l'invitée de Dennis. On pourrait penser qu'il aurait au moins évité de pointer son arme sur moi.

— Il a pointé une arme sur toi ? demanda Jace en fronçant les sourcils. Tu devrais pas partir comme ça toute seule.

Elle en avait trop dit.

— Ça s'est pas vraiment passé comme ça. Je savais qu'il allait pas tirer.

Elle exagérait peut-être, mais l'homme ne lui avait pas paru de mauvaise volonté.

— Mais il avait un fusil, Kat. Personne savait que tu étais là-bas. C'est assez pour s'inquiéter.

— Je l'ai surpris. Il s'attendait pas à me voir sur le site de la mine. Peut-être que je réfléchis trop. Dennis lui a probablement juste donné une casquette ou quelque chose comme ça. Qui sait ?

Jace fit oui de la tête.

— Dennis est pas au courant de ce que font toutes ses entreprises. Il y a d'autres personnes qui gèrent les opérations au jour le jour. Il sait pas forcément que sa compagnie travaille là-bas.

— Même si proche de chez lui ? Tout le monde se connaît par ici.

— Je lui demanderai demain. On a pas encore vraiment évoqué la partie entreprises. Pour l'instant, on se concentre plus sur son travail philanthropique et ses œuvres de bienfaisance. Mais je suis d'accord cependant. C'est bizarre que quelqu'un travaille pour lui à la mine et qu'il soit pas au courant.

— Il doit bien le savoir.

Jace se retourna pour partir.

— La société minière a engagé l'une des nombreuses filiales de Dennis. Peut-être que ses employés ont oublié de lui dire ? C'est probablement juste une coïncidence que la mine ait engagé une de ses entreprises.

— Je crois pas aux coïncidences, rétorqua Kat. D'ailleurs, pourquoi est-ce qu'ils travailleraient maintenant ? La mine est fermée depuis plusieurs années. Et en plus on est en hiver. Il fait froid et c'est difficile de travailler quand il y a de la neige sur le terrain.

Sans parler de son âge, le gardien n'avait tout simplement pas le profil d'un ingénieur ou d'un consultant en environnement.

— Comment est-ce que Dennis serait pas au courant ? Sa propre compagnie dans un lieu minuscule comme celui-ci ? Un endroit où il a grandi ? Il devrait tirer parti de l'assainissement pour gagner la sympathie de ses voisins.

— T'as raison, reprit Jace en fronçant les sourcils. Et tout ce que fait Dennis Batchelor est planifié.

Ils retournèrent dans la salle de réception au moment où George MacAlister se levait de son siège. Debout à côté de Batchelor, en bout de table, il prit la parole. C'était son discours typique pour rallier les troupes, le coup d'envoi de sa campagne politique de réélection.

Kat l'écouta poliment tout en se préparant à s'éclipser. Contrairement aux autres invités, elle pouvait s'échapper et retourner à sa cabane. Dans la mesure où elle calculait bien son coup, personne ne s'en apercevrait. Ce fut un long discours de quarante-cinq minutes. Il était impossible de sortir sans attirer l'attention. Comme beaucoup d'hommes politiques, MacAlister avait le chic de prendre beaucoup de temps pour ne rien dire. Après lui, plusieurs supporters vantèrent la sagesse et les projets de George en matière d'environnement.

L'occasion se présenta enfin quand Batchelor se leva à son tour pour prendre la parole. Kat embrassa Jace sur la joue, saisit son ordinateur et sortit. Personne ne la vit partir, mis à part Jace qui lui promit de glaner toutes les informations possibles sur la station de la Montagne Dorée et le lien entre Batchelor et les MacAlister.

Elle s'enfonça dans la nuit et laissa les lumières chaleureuses du chalet derrière elle. Le vent froid était étonnamment rafraîchissant. Elle emprunta la passerelle où la neige avait été pelletée, plutôt que le chemin toujours recouvert, perdue dans ses pensées.

L'avalanche du matin avait eu un impact physique et

émotionnel sur elle. Elle pourrait facilement aller se coucher tout de suite, mais elle avait une tâche à accomplir et il lui restait seulement quelques heures pour le faire. Il n'y avait pas de temps à perdre si elle voulait sauver les gens des Hauts du Paradis.

15

La longue histoire de l'activisme local aux Hauts du Paradis remontait aux années 1980. Avec les premières manifestations qui avaient encouragé Dennis Batchelor à devenir écologiste, la boucle était bouclée. Batchelor avait jadis organisé des protestations, d'autres le faisaient maintenant contre lui. Même si les manifestants ciblaient officiellement la mine, il était clair qu'ils s'opposaient également à lui.

Kat restait convaincue qu'il y avait un rapport entre Batchelor et ce que Ranger et Burt prévoyaient de faire le lendemain. Il était assez intelligent pour ne pas se salir les mains en restant à l'écart. Ranger faisait tout le sale boulot pour lui.

Pour empêcher la catastrophe imminente, elle avait besoin de savoir de quoi il s'agissait exactement et comment ils envisageaient de l'exécuter.

Les Hauts du Paradis avaient beaucoup changé depuis que Batchelor avait braqué les projecteurs environnementaux sur l'endroit, quelques décennies plus tôt. L'attention des médias apportait plus de visiteurs, mais pas nécessairement des amoureux de la nature. Il y avait un prix environnemental à payer pour ce qui était bon pour l'économie locale. Les intérêts des résidents étaient éclipsés par les dollars. Étant donné que l'avenir des Hauts du Paradis tournait autour de l'argent, quelle était la probabilité que Batchelor ne soit pas impliqué ?

Nulle.

Kat repensa aux commentaires de Rosemary MacAlister sur le projet de la station de la Montagne Dorée. Dennis avait besoin des propriétés adjacentes, y compris celles des Kimmel et de la mine d'or *Regal*. En considérant les implications de ce scénario, un frisson lui parcourut le dos. Les Kimmel avaient refusé de partir. Leurs vies avaient subitement pris fin et ils n'étaient plus là pour se battre.

Ils n'étaient peut-être pas aussi cinglés que Ranger et Dennis voulaient le faire croire. Si les revendications des Kimmel étaient justifiées, Batchelor les discréditerait en les traitant de fous, bien sûr. Qui les croirait ?

Kat mit son ordinateur en route. Le mystère s'épaississait. Il lui fallait documenter ses découvertes, encore fraîches dans son esprit. Même la police pourrait les trouver utiles, si et quand ils finiraient par l'interroger au sujet de l'avalanche. De toute façon, son résumé pourrait aider Jace plus tard, s'il écrivait un jour l'autre histoire, la non officielle.

Batchelor profitait directement de l'accident qui avait écarté tout obstacle à l'acquisition de leurs terres. Puisque Dennis avait également besoin de la propriété de la mine, il était logique que le bassin de résidus n'ait pas été réparé. C'était inutile si le site allait être réaffecté.

Il ferait toujours décontaminer, mais ce serait moins étendu et moins coûteux que de refaire tout le bassin de résidus pour rendre la mine de nouveau pleinement opérationnelle. Vendre la propriété pourrait aussi être la meilleure solution pour les propriétaires absents. Après tout, la mine avait fonctionné pendant plus de trente ans. Elle devait tirer à sa fin. La quasi-totalité de l'or, et donc des bénéfices, avait déjà été exploitée.

Elle repensa à la casquette du gardien de la mine, avec son logo d'*Earthstream*. Le trèfle à quatre feuilles impliquait un lien avec *Earthstream* et donc avec Batchelor. Mais cela pouvait ne rien signifier dans une si petite communauté. Ils avaient tous un lien entre eux, d'une façon ou d'une autre.

L'homme semblait avoir largement dépassé l'âge de la retraite, ce n'était donc peut-être même pas un gardien. Il pouvait très bien surveiller les lieux de façon non officielle. Il était peu probable qu'il soit employé par *Earthstream Technologies* comme ingénieur en environnement ou autre, vu son âge. Batchelor lui avait probablement juste donné une casquette. Mais alors, que faisait-il à la mine ?

Elle n'en avait pas la moindre idée, mais il était inutile de gaspiller plus de temps à y réfléchir. Il était déjà vingt-trois heures et elle était encore loin d'avoir découvert les plans de Ranger et de Burt pour le lendemain.

Elle bâilla et décida d'aller se coucher. Par habitude, elle cliqua sur son navigateur et découvrit avec surprise que la connexion Internet était rapide.

Elle ouvrit le site d'*Earthstream* et se rendit sur la section comprenant les renseignements sur l'entreprise. *Earthstream Technologies* faisait partie des dizaines de compagnie au sein de la structure organisationnelle complexe de Batchelor.

Son siège social était au Luxembourg. Elle appartenait à une société de portefeuille luxembourgeoise, qui à son tour appartenait à une société à numéro des îles Caïmans. Les sociétés à numéro étaient anonymes par définition, pour échapper aux impôts ou à la responsabilité légale, ou aux deux. Sur le papier, le réseau des entreprises et les organigrammes labyrinthiques dissimulaient habilement le propriétaire. Mais en suivant le fil, n'importe qui pouvait découvrir qu'en fin de compte, il s'agissait de Dennis Batchelor.

Comme pour la plupart des milliardaires, ses sociétés de portefeuille avaient été structurées par une armée d'avocats et de comptables. Leur seule mission était d'exécuter ses souhaits pour un maximum de bénéfices avec une responsabilité limitée. Mais le simple fait que les échappatoires fiscales étaient légales ne les rendait pas pour autant morales.

L'indignation consciencieuse de Batchelor à l'égard des questions environnementales ne l'empêchait pas de capitaliser sur chacune des taxes et chacun des avantages financiers disponibles. Une chose était claire : la position militante de l'écologiste contre les grandes entreprises ne s'appliquait pas à la sienne. Le seul nettoyage local auquel il participait était sur le plan financier, dans le but de maximiser son avoir net.

Le site Web d'*Earthstream* était également intéressant pour ce qu'il ne révélait pas. Il donnait une liste de nombreux projets de la compagnie en cours, mais celui de la mine d'or n'y figurait pas. Il y avait probablement là une explication logique. Le projet était peut-être trop récent, trop petit ou déjà terminé.

Mais *Regal* n'entrait dans aucune de ces catégories. Le projet était plus grand que de nombreux autres cités par *Earthstream*. Ce n'était pas non plus un nouveau projet. Le bassin de résidus s'était effondré plusieurs années auparavant et il n'avait toujours pas été réparé. Cela soulevait une autre question : propriétaires absents ou non, le gouvernement aurait dû forcer la compagnie à décontaminer le site. Laisser une communauté sans eau potable pendant des années, c'était sans précédent.

Bien sûr, MacAlister *était* le gouvernement. En tant que ministre de l'Environnement, il pouvait annuler des décisions ou fermer les yeux sur des transgressions. C'était un suicide politique si quelqu'un s'en rendait compte, mais les enjeux étaient sans doute suffisamment élevés pour prendre le risque. Avait-il une sorte d'entente particulière avec *Regal* ?

Il devait y avoir une explication : pourquoi MacAlister, ministre de l'Environnement, ignorait-il les préoccupations légitimes des manifestants depuis plus de deux ans ? Le gouvernement aurait dû intercéder en leur faveur quand les infractions de *Regal* étaient devenues évidentes. Il n'y avait aucune excuse à laisser de l'eau potable contaminée et impropre à la consommation pendant si longtemps. Cela défiait également la logique que deux hommes très puissants aux racines locales aient simplement accepté le statu quo sans protester.

Les opérations d'*Earthstream* comprenaient l'assainissement de l'environnement. Ils auraient donc pu facilement résoudre la situation du bassin de résidus. Batchelor y aurait pensé immédiatement. La compagnie *Regal* avait-elle été forcée par la honte à régler enfin le problème ? Si oui, c'était une bonne nouvelle. Mais pourquoi les manifestants n'étaient-ils pas au courant de ce projet de développement ? Compte tenu de l'hostilité et des protestations interminables, ils devraient sûrement être les premiers à le savoir, au moins à des fins de relations publiques. Après tout, c'était une bonne nouvelle dont Batchelor pouvait tirer parti.

Qu'est-ce qui pourrait être plus lucratif que d'acquérir un marché pour *Earthstream* ?

La seule chose plus importante pour Batchelor était le terrain pour sa station. Terrain qu'il pourrait acheter moins cher dans son état contaminé. Batchelor espérait-il acheter le terrain à un prix très avantageux ? Si oui, avait-il convaincu MacAlister de fermer les yeux ?

Il était intéressant de constater que Jace n'était pas au courant du projet de la station. Pourquoi Batchelor n'en avait-il pas parlé à son biographe officiel ? Avait-il quelque chose à cacher ?

Kat regarda sa montre et réalisa qu'il était maintenant après minuit. Jace était le seul invité non bloqué par le mauvais temps, mais elle se doutait qu'il ne pouvait pas laisser les autres invités. Leurs vols de retour devraient probablement attendre la fin de la tempête.

Elle tourna son attention vers la mine d'or *Regal*. Bien que ses propriétaires soient étrangers, cette société cotée en bourse devait remplir des documents réglementaires. Elle consulta les renseignements de sécurité et parcourut les dépôts réglementaires.

Les paupières lourdes, elle cliqua sur chaque rapport. Les longues clauses de non-confidentialité et de non-responsabilité étaient assez rébarbatives pour endormir n'importe qui. Elle se concentra d'abord sur les rapports financiers trimestriels, mais n'y découvrit rien d'inhabituel.

Regal avait été très rentable jusqu'à l'incident des résidus. Malgré son âge, la mine pouvait fonctionner encore au moins une dizaine d'années. Chaque jour où elle restait inactive, les propriétaires perdaient des bénéfices. Raison de plus pour la réparer et la rendre de nouveau opérationnelle. Pourtant, ils ne l'avaient pas fait.

Quelque chose d'autre lui paraissait bizarre. D'après les dépôts réglementaires, le propriétaire étranger majoritaire avait récemment vendu ses actions, mais les manifestants locaux ne semblaient pas au courant du changement de propriétaire. C'était un moment étrange pour vendre, avec le problème du bassin de résidus. Habituellement, les investisseurs évitaient les entreprises au passif environnemental indéterminé. En plus du prix d'achat, le nouveau propriétaire pourrait se retrouver avec des millions à payer en taxes environnementales et faire face à la faillite. C'était un risque que peu étaient prêts à prendre.

Cela arrivait parfois. Mais l'acheteur était soit un imbécile, soit quelqu'un qui connaissait déjà l'aboutissement.

Le propriétaire majoritaire, une société chinoise appelée *Lotus Investments*, avait directement vendu sa participation majoritaire à 51 % au nouveau propriétaire majoritaire. Le nouveau propriétaire avait ensuite privatisé *Regal* et l'avait retirée de la Bourse de New York.

Selon les dépôts réglementaires, le nouvel actionnaire majoritaire était une société appelée *Westside Investments*. En plus de *Westside*, une deuxième société détenait une proportion importante des parts de *Regal*. C'était une compagnie à numéro, *88898 Holdings Limited*, basée dans les îles Caïmans. Ensemble, les deux sociétés possédaient 81 % des actions en circulation.

Eurêka !

Suivre l'argent, et dans ce cas les propriétaires de la société minière, ferait sans doute la lumière sur les transactions. Le changement de propriétaire était sûrement la clé pour résoudre le mystère.

Elle parcourut les autres rapports et s'arrêta au dernier. *Westside* avait fait une offre publique pour acheter toutes les actions restantes au prix du marché actuel. L'offre n'était pas vraiment généreuse, mais ce n'était pas nécessaire. Les actions avaient perdu presque toute leur valeur après l'incident du bassin de résidus. En fait, elles étaient très basses, de l'ordre de quelques centimes l'unité.

Elle se recentra sur *Westside Investments*. Il y avait peu d'informations sur le propriétaire majoritaire, outre le fait qu'il appartenait à son tour à *247 Holdings*, une autre société des îles Caïmans. Elle ne put dénicher que les noms des administrateurs, tous des avocats à la même adresse dans les îles Caïmans. C'était une société fictive. Les vrais propriétaires se cachaient derrière un voile corporatif. Contrairement à *Regal*, elle n'était pas cotée en bourse. L'information sur son appartenance n'était donc pas facilement accessible en ligne.

Elle essaya sous un angle différent. Les entreprises avec de nombreuses actions installaient toujours leur propre conseil d'administration là où ses membres investissaient. Secrets ou non, ils avaient besoin d'exercer un contrôle. C'est comme cela qu'ils influençaient les opérations et protégeaient leur investissement. Au moins un ou deux administrateurs avaient dû être nommés par *Westside*.

Elle cliqua sur la biographie de chacun des neuf membres du conseil d'administration. La plupart semblaient être des dirigeants de sociétés minières expérimentés, avec des décennies d'expérience. Deux étaient des employés de la société chinoise. C'étaient tous des hommes, y compris le seul administrateur qui manquait d'expérience minière directe. En surface au moins, c'était logique.

Pourtant, aucun des administrateurs ne représentait *Westside Investments*, le propriétaire majoritaire actuel.

Elle était de retour à la case départ. La direction de *Regal* n'avait pu ou voulu remettre en route une mine rentable. Pourtant, les pertes de revenus étaient largement plus importantes que le coût des réparations du bassin. Chaque jour perdu leur coûtait de l'argent. Pourquoi ne la rendaient-ils pas opérationnelle le plus vite possible ? Qu'attendaient-ils ?

Il était encore plus énigmatique que *Westside* et *88898 Holdings* aient investi dans une mine abandonnée avec potentiellement d'énormes responsabilités environnementales. Il devait y avoir un gain, mais lequel ?

Une chose était certaine : *Westside Investments*, en tant que propriétaire majoritaire, devait tirer les ficelles en arrière-plan. Ils n'apprécieraient pas d'être absents du conseil d'administration avec de tels risques.

Et où était Jace quand elle avait besoin de lui ? Elle lui faisait souvent part de ses idées. Sans lui, elle s'embourbait pour l'instant. Il avait raison sur Dennis Batchelor : il payait bien, mais ses exigences vis-à-vis de Jace étaient tout à fait déraisonnables.

Kat retourna à sa recherche, suivant cette fois le fil de *88898 Holdings*. La société des îles Caïmans était une filiale exclusive de *Pirate Holdings*. Un nom aussi intriguant demandait un complément d'enquête. Elle parcourut en vain la liste des administrateurs. Comme de nombreuses entreprises dans les paradis fiscaux offshore, les administrateurs n'étaient guère plus que des figures de proue. Dans le cas de *Pirate*, ils étaient juste trois. Tous des avocats employés par la même entreprise, *Meridian Consulting*. Une impasse.

À moins que. Les noms semblaient familiers. Elle retourna aux biographies des administrateurs de *Regal* et resta bouche bée : trois des administrateurs de *Regal* avaient aussi des liens avec *Meridian Consulting*. Les entreprises ne semblaient pas avoir de rapport, mais elles partageaient les mêmes administrateurs. *Pirate Holdings* était représenté au conseil par *Meridian Consulting*.

Intéressant. Mais cela voulait-il dire quelque chose ?

Elle pourrait le parier. *Meridian Consulting* devait être l'ultime propriétaire. Cette société détenait la clé de la vérité. Celui qui possédait *Meridian* contrôlait les cordons de la bourse de *Pirate Holdings*, de la mine d'or *Regal* et de bien d'autres sociétés sûrement.

Cela répondait à la question sur *Pirate Holdings*, mais qui possédait *Westside Investments* ? Elle relut les rapports réglementaires de *Westside* et dessina un organigramme sur un bloc de papier. Elle traça des carrés pour les noms de société et les remplit avec les noms tirés des rapports réglementaires. La société en haut du tableau était *247 Holdings*. La découverte lui sauta aux yeux : *Westside Investments* et *Earthstream* étaient toutes deux des filiales de *247 Holdings*. Dennis Batchelor était le propriétaire à 51 % de la mine d'or *Regal*.

Soudain, tout était clair.

Batchelor avait déjà une partie des terres dont il avait besoin en tant que propriétaire de la mine d'or *Regal*. Mais pourquoi acheter un site minier contaminé qui avait infligé des dommages à l'environnement ? Parce que c'était une façon d'acquérir des terres pas chères pour sa station. De plus, le manque d'eau potable avait chassé les résidents qui habitaient là depuis longtemps.

Mais cela voulait aussi dire que Batchelor devait payer pour résoudre le problème. Cela coûterait des millions et prendrait des années, voire des décennies, pour résoudre le problème de la contamination. En tant que nouveau propriétaire, il était responsable de tous les problèmes. Mais il était impossible de prévoir les frais avec précision. Le coût final ne serait connu qu'une fois le travail terminé. Peu de milliardaires investissaient dans des entreprises aux risques non quantifiables. Pourquoi Dennis Batchelor le faisait-il ?

Elle trouva la réponse quelques minutes plus tard. Tout reposait sur l'évaluation environnementale d'*Earthstream* qui devait donc être la clé de l'énigme. Comme l'exigeait l'accord de non-confidentialité pour les entreprises publiques, la contamination était signalée dans un dépôt réglementaire. Effectivement, la divulgation d'*Earthstream* avait entraîné une énorme baisse de la valeur des actions de *Regal*. Elles ne valaient pratiquement rien quand *Westside* et *88898* s'en étaient emparées.

La direction de *Regal* avait certes satisfait aux exigences légales en révélant l'accident du bassin de résidus dans leurs rapports aux actionnaires, mais ils avaient par ailleurs pris soin de taire l'incident. C'était la raison pour laquelle il n'était pas mentionné sur le site d'*Earthstream*. Personne ne les avait forcés à agir, du moins avant la formation du groupe de manifestants quand Elke, Fritz et d'autres avaient pris les choses en main.

Les manifestants n'avaient aucune chance. Ils ne savaient pas à qui ils s'opposaient.

Malgré tout cela, *Lotus* avait trouvé un acheteur pour ses actions dans la mine d'or *Regal*.

En supposant que les acheteurs avaient fait preuve de diligence, ils étaient au courant de la catastrophe écologique dont ils venaient d'hériter. Pourtant, ils avaient quand même acheté la société, pour quelques centimes par action. Les propriétaires étrangers ne cherchaient pas à nettoyer le site, car cela les pousserait à la faillite. Ils étaient légalement intouchables et ne voyaient aucune raison de dépenser de l'argent pour une mine sans valeur.

Un écologiste soucieux de sa réputation attacherait-il sa fortune à une mine contaminée ? Cela semblait très peu probable. Batchelor n'y risquerait jamais son image de marque.

Et pourtant, c'est exactement ce qu'il avait fait.

La société *Earthstream* avait-elle délibérément exagéré les conclusions dans son rapport environnemental de sorte que Batchelor puisse obtenir les terres qu'il voulait ? Si c'était le cas, Batchelor et celui qui était derrière *Pirate Holdings* semblaient avoir acquis la mine par des moyens malhonnêtes.

C'était la seule conclusion à laquelle elle pouvait arriver. Sinon, pourquoi un écologiste investirait-il dans une catastrophe écologique ? Il devait savoir quelque chose dont personne d'autre n'était au courant.

Les déchets d'une personne constituaient le trésor d'une autre. La propriété était sans valeur pour une mine en activité, mais extrêmement précieuse pour y construire une station touristique si on pouvait la nettoyer. En supposant que Batchelor obtienne les approbations nécessaires, il pourrait récolter une fortune. Avec son ami MacAlister comme ministre de l'Environnement, il y arriverait sans aucun doute.

Les habitants de la région avaient encore moins d'influence maintenant que Batchelor était le propriétaire de la mine, mais ils ignoraient ce fait. Kat ne savait toujours pas ce que Ranger et Burt se préparaient à faire avec les explosifs, mais maintenant, elle connaissait au moins leur motif : faire peur aux propriétaires fonciers récalcitrants et les pousser à vendre leurs terres pour une bouchée de pain. Les Kimmel disparus et avec la propriété de la mine en poche, seuls Ed et les manifestants faisaient obstacle à Batchelor.

16

La porte de la cabane s'ouvrit brusquement et une rafale d'air froid se précipita à l'intérieur. Kat frissonna.

— Ferme la porte, Jace. Il fait froid ici.

Elle l'entendit taper des pieds dans l'entrée pour enlever la neige de ses bottes, puis refermer la porte.

— Jace ?

Silence.

Elle reposa son ordinateur et se dirigea vers la porte.

Il était presque une heure du matin. Elle était à moitié endormie et s'était déjà assoupie plusieurs fois en attendant de pouvoir partager ses conclusions.

— Je sais que tu dois être épuisé, mais tu croiras pas les trucs louches que j'ai trouvés sur...

En chaussettes, elle dérapa et faillit rentrer dans Ranger.

— Qu'est-ce que vous foutez ici ?

Elle perdit son équilibre en tournant brusquement. Ils étaient à quelques centimètres l'un de l'autre et elle n'avait pas d'issue.

Il lui saisit les poignets et l'attira à lui.

— Quel genre de trucs louches ?

— Lâchez-moi !

Elle essaya de se libérer, mais il était trop fort.

— Vous donnez pas de mal, dit-il en riant. Personne peut vous entendre. Vous devriez me remercier. Je vous ai empêchée de tomber.

— Vous frappez pas avant d'entrer ? demanda-t-elle en se débattant. Arrêtez, vous me faites mal !

Il ignora sa question, mais desserra légèrement son emprise.

— Je vais crier.

Ranger la relâcha et se dirigea vers le lit. Il saisit son ordinateur.

Son cœur battait à tout rompre. Elle le suivit, espérant que l'économiseur d'écran soit affiché.

Il ne l'était pas.

— Qu'est-ce que c'est que tout ça ? Ah ! je vois, des recherches sur la mine, poursuivit-il sans attendre de réponse.

— Et ça vous pose un problème ?

Elle tendit les mains pour récupérer son ordinateur, mais il ne le lui donna pas.

— C'est ça les trucs louches dont vous parlez ? demanda-t-il en tournant l'écran vers elle.

Elle rougit en voyant les rapports réglementaires. Tant qu'il ne remarquait pas l'organigramme qu'elle avait dessiné, elle pourrait peut-être s'en sortir.

Kat croisa les bras.

— C'est une affaire personnelle entre Jace et moi.

Heureusement qu'elle n'avait rien dit de spécifique.

— En parlant de Jace, je ferais mieux d'aller le chercher.

Ranger lui bloqua le passage.

— Il est occupé avec Dennis. Ça va lui prendre un certain temps.

Elle n'allait pas le laisser l'intimider.

— Et pourquoi êtes-vous là d'abord ? Qu'est-ce que vous voulez ?

— Je travaille ici, renchérit-il avec un sourire narquois. Peu importe ce que je fais. Discutons plutôt de ce que vous êtes en train de faire, vous.

Kat saisit son ordinateur, mais Ranger lui arracha des mains. Elle faillit tomber à la renverse en lâchant prise.

Il se dirigea vers la table et y posa l'ordinateur. Il l'ouvrit.

Elle poussa un soupir de soulagement quand elle se rendit compte qu'il ne prêtait pas attention à ses papiers sur le lit, là où elle avait tracé en détail l'empire de Dennis Batchelor. Ses espoirs furent néanmoins aussitôt anéantis quand il se mit à lire ses notes sur l'ordinateur.

— C'est ça les trucs louches ? demanda-t-il avec un petit rire.

Elle fit non de la tête.

— C'est comme ça que vous traitez vos invités ? Rendez-moi mon ordinateur !

Ç'aurait été trop beau. Il leva les yeux de l'écran.

— Qu'est-ce qu'il y a de si intéressant à propos d'*Earthstream* ?

— J'aide juste Jace dans ses recherches.

— Non, c'est pas vrai. Ça fait pas partie des mémoires de Dennis.

— Comment est-ce que vous savez ça ? C'est pas vous qui les écrivez.

— Vous seriez surpris de ce que je sais, rétorqua-t-il avec un air neutre. Dennis soulève pas le petit doigt sans vérifier d'abord auprès de moi.

— Ah oui ?

Cela impliquait que Ranger faisait probablement aussi tout le sale boulot de Dennis. L'avalanche et l'explosion prévue pour demain étaient l'œuvre de Ranger, mais sur l'ordre de Dennis.

Elle profita d'une seconde d'inattention et se précipita vers la table. Elle saisit son ordinateur et le referma. Cette fois, il n'essaya pas de le lui reprendre. Elle courut dans la chambre principale et fourra l'appareil dans son sac. Elle se tint au pied du lit devant son sac.

— Vous pouvez rien me cacher. Je le découvrirai, dit-il, debout à la porte, les bras croisés.

— Comment ? En entrant par effraction chez les gens et en les terrorisant ? Je parie que Dennis ne sait pas que vous faites ça.

— Il a pas besoin de connaître les détails, rétorqua-t-il avec un sourire en coin. D'ailleurs, il veut pas le savoir.

— Il sait que vous attaquez ses invitées ?

L'incertitude se lut sur son visage une fraction de seconde.

— Je savais pas que vous étiez là.

— C'est pas une excuse pour entrer par effraction, répondit-elle en lui envoyant un regard noir. Vous avez aucune raison d'être ici.

Elle s'assit sur le lit et enfila ses bottes. Ranger ne semblait pas prêt à partir. Elle devait donc sortir de la cabane, vite.

— Je croyais que vous étiez encore à la fête.

Il se dirigea vers le lit et posa les yeux sur le sac de Kat. Puis il dirigea son regard vers la porte-fenêtre de la terrasse.

— Le temps est affreux. Je venais vérifier les joints de vitrage.

— Après minuit ? Ça m'étonnerait bien, dit-elle en se relevant. Je vais le dire à Dennis.

Il était à quelques centimètres de son sac. Elle résista à l'envie de le saisir. Il le lui reprendrait des mains.

— Allez-y ! Je lui dirai que vous êtes une fouille-merde.

— Alors vous reconnaissez qu'il y a des trucs louches ?

— Je reconnais rien du tout, renchérit-il en rougissant. Juste que Dennis m'a demandé de vérifier des choses.

— Vous mentez.

Kat s'avança vers lui. Elle espérait qu'il s'éloignerait du lit, mais il ne bougea pas.

— Je vous ai vue hier. À la mine, précisa-t-il avec un sourire narquois.

Le cœur de Kat se mit à battre plus vite. L'avait-il aussi vue en train de l'espionner au bord de la route ?

— Je suis sortie me promener. Vous pouvez pas m'en empêcher.

— Qui a dit que je peux pas ? Je peux faire toutes sortes de choses, poursuivit-il, toujours avec le sourire.

Il la saisit par le bras et l'entraîna vers la porte-fenêtre.

— La vue est magnifique d'ici.

Il ouvrit la porte de sa main libre. Une rafale d'air glacial s'engouffra dans la pièce. Il la poussa sur la terrasse.

— Même s'il fait un peu noir, reprit-il.

C'est le moins qu'on puisse dire, il faisait nuit noire dehors. Mais elle n'avait pas besoin de voir l'à-pic de cent cinquante mètres vers le fond du canyon pour savoir qu'il était là.

Elle sursauta quand la porte de la cabane s'ouvrit brusquement. Elle entendit quelqu'un se diriger vers eux.

Ranger sursauta aussi. Il lui serra plus fort le bras en se tournant vers la porte.

— Qu'est-ce qui se passe ici ? demanda Jace sur le seuil de la chambre.

Elle se libéra de l'emprise de Ranger et courut vers Jace.

— Ranger était sur le point de partir.

Elle tenait le bras de Jace, gardant autant que possible ses distances avec Ranger. Elle n'osait pas dire à Jace ce qui était arrivé tant que Ranger était dans la chambre : Jace le tuerait, et ce serait le seul crime qui ne resterait pas impuni dans le coin.

Ranger se figea et jaugea Jace. Il était plus petit que Jace, mais faisait environ dix kilos de plus que lui. Les deux hommes étaient de force égale. Ranger n'avait aucune garantie de gagner. Il ne pouvait pas pousser Jace de la terrasse, mais qui sait quels autres moyens il avait à sa disposition ? D'une façon ou d'une autre, il s'en sortirait indemne.

— Vous allez parler à Dennis ou vous préférez que je le fasse ? demanda Kat en se tournant vers lui.

— On continuera cette discussion plus tard, rétorqua Ranger en fronçant les sourcils et en se précipitant dehors.

Ranger savait sûrement que tout ce qu'il lui avait dit serait transmis à Jace. Et de là, à Dennis. C'était peut-être juste une tactique pour l'intimider. Batchelor fermait-il vraiment les yeux sur les manigances de Ranger ou, pire encore, approuvait-il son comportement ?

— Qu'est-ce qu'il foutait ici ? demanda Jace en se reculant, le regard inquiet. Ça va ?

Elle lui raconta l'arrivée soudaine de Ranger ainsi que ce qu'elle avait découvert.

— Il aurait pu me tuer. Un accident maquillé, comme si j'étais tombée par-dessus la balustrade.

Cela lui semblait encore incroyable, mais sinon pourquoi l'avait-il poussée à l'extérieur sur la terrasse en plein hiver ?

— Je vais le suivre.

— Jace, non ! Tu peux rien faire, du moins pas pour l'instant. Pas avant qu'on puisse révéler ce que j'ai trouvé. Si tu affrontes Ranger ou Batchelor maintenant, on sera tous les deux en plus grand danger.

— J'aime pas ça, mais t'as raison, admit-il en se retournant.

Kat fut soulagée. Il leur restait beaucoup à faire les heures suivantes. Elle saisit son ordinateur et montra ses notes à Jace.

— Y a quelque chose de sinistre dans tout ça, et Ranger est dans le coup. J'en suis sûre. Il veut se débarrasser de moi parce que je l'ai vu à la mine.

— Tu l'as vu, et alors ? Où est le problème ?

— En surface, rien. Je suis allée me promener. Le problème

c'est qu'il a regardé sur mon ordinateur portable. Il sait que je suis sur une piste.

— Tu te renseignes sur les entreprises de Dennis. Tu fais des recherches pour moi.

— Je sais pas comment, mais il sait, Jace. Il a dû surprendre ma conversation avec Rosemary. Avec ça et ma visite à la mine, il a fait le rapprochement. Exactement comme moi.

Elle n'avait pas vu Ranger au gala, mais peut-être avait-il parlé à Rosemary après son départ.

— On doit mettre Ed en garde cette nuit, Jace. Demain, il sera trop tard.

17

Kat passa un doigt le long d'un des fils de la toile d'araignée représentant le réseau des entreprises dans l'empire de Dennis Batchelor. Son schéma n'illustrait qu'une partie de ses vastes possessions, mais elle n'avait besoin de rien d'autre pour l'incriminer.

Ce qu'il possédait était invisible aux habitants du pays, en raison de la structure alambiquée de ses actifs, mais sur le papier, c'était clair comme de l'eau de roche. Il était propriétaire de la mine d'or *Regal* à travers *Westside Investments*. Il ne pouvait plus le cacher. Elle avait mis à nu la structure complexe de son entreprise.

— J'ai une petite idée sur celui qui détient l'autre part importante de la société, avança Kat en pointant du doigt sur son tableau vers l'autre actionnaire important de *Regal*, *Pirate Holdings*.

— Laisse-moi deviner : MacAlister ? répondit Jace en se penchant en avant et en touchant le schéma.

Elle acquiesça de la tête.

— Pas directement, bien sûr, car c'est un conflit d'intérêts évident avec son rôle de ministre de l'Environnement. Il a pas le droit de posséder une entreprise qu'il a la responsabilité de réglementer. Il a embauché des avocats dans les îles Caïmans qui servent de directeurs, comme Batchelor l'a fait de son côté. Il a structuré les choses de sorte qu'il soit invisible et intouchable.

— Mais évidemment, c'est lui qui tire les ficelles dans les coulisses.

— Exactement. C'est lui l'autre actionnaire majoritaire.

— Oublions la biographie de Batchelor, reprit Jace en sifflant. C'est beaucoup plus juteux.

Kat fit oui de la tête.

— 51 % pour Batchelor et 30 % pour MacAlister, ça leur donne une participation à 81 % dans *Regal*. C'est assez pour mener la danse. J'ai le pressentiment qu'*Earthstream Technologies* est sur le point de terminer une nouvelle évaluation environnementale. Une qui déclarera la mine d'or *Regal* en parfaite santé.

— Il peut pas faire ça, dit Jace. Des résultats falsifiés peuvent pas masquer les faits : les gens tombent malades s'ils boivent de l'eau contaminée. Batchelor est sans pitié dans le monde des affaires, mais même lui risquerait pas des vies juste pour s'enrichir.

— Il a pas besoin. Le rapport sera exact.

— Impossible. Même si on pouvait purifier toute cette eau, la nappe phréatique est quand même contaminée. Ça prend des années à se dissiper.

— À moins qu'il y ait pas eu de contamination pour commencer.

— Elle a eu lieu d'après le rapport d'*Earthstream*. L'évaluation du bassin de résidus a révélé un haut niveau de contamination.

— Oublie pas qu'*Earthstream* est la compagnie de Batchelor, reprit Kat en souriant. Ce premier rapport a dit que l'eau était contaminée, mais c'était pas vrai. Il a bien falsifié les résultats, mais pas dans le sens où on s'y attendrait. Normalement, on cherche à cacher quelque chose de mauvais. Mais dans ce cas,

Batchelor a caché quelque chose de bon. En fait, l'eau a pas de problème.

— Comment t'as découvert ça ?

— J'arrivais pas à croire qu'il puisse ne serait-ce qu'envisager d'acheter un site minier contaminé. Non seulement parce qu'il est écologiste, mais parce qu'il fonctionne pas comme ça. Il a pas gagné des milliards en misant sur des projets risqués comme des sites miniers contaminés avec des risques non quantifiables. Ses autres investissements sont prudents et il cherche des gains sûrs. C'est comme ça que je me suis aperçue que ça devait être fabriqué de toute pièce.

— Comment c'est possible ? La brèche du bassin de résidus a bel et bien eu lieu. On peut pas simuler ça.

— Oui, c'est arrivé, admit Kat. C'est ce qui a donné l'idée à Batchelor, puisqu'il était pas arrivé à acquérir les terres de façon honnête. Les gens du pays voulaient pas vendre et la mine demandait trop d'argent. Quand l'accident a eu lieu, la société *Earthstream* a été engagée pour évaluer les dégâts. Il y a vu l'occasion idéale de rendre les propriétés moins attrayantes et de diminuer leur valeur en prétendant que les dégâts étaient bien pires qu'en réalité.

— Alors l'évaluation des dégâts par *Earthstream* était fausse ? Ça fait beaucoup de travail. Quelqu'un a dû y réfléchir, ajouta Jace en secouant la tête.

— C'est pas du tout compliqué. C'est juste un rapport environnemental. La mine était pas en opération, alors quand l'accident est arrivé, une entreprise locale a été embauchée pour s'occuper du problème. Sa propre compagnie a non seulement évalué les dégâts, mais elle a également effectué le travail nécessaire pour empêcher des dégâts supplémentaires. *Earthstream* a maîtrisé les déversements avant qu'ils atteignent la nappe phréatique. Mais personne l'a dit aux habitants. Batchelor leur a fait croire que l'eau était contaminée quand ils ont exprimé leurs inquiétudes. Il a aussi exagéré les dégâts auprès des propriétaires étrangers de *Regal*.

— Et pendant tout ce temps, l'eau était potable ?

— Oui. La fuite a vraiment eu lieu, bien sûr. Sauf qu'elle était pas aussi mauvaise que ce que les gens pensaient. Mais les anciens propriétaires de *Regal* le savaient pas. Ils ont vendu l'entreprise, pensant qu'elle avait perdu sa valeur et qu'ils seraient criblés de dettes après un gigantesque nettoyage. Mais c'était pas du tout le cas.

Jace siffla de nouveau.

— Alors ils l'ont vendue à Batchelor sans même le savoir ?

— Qui pouvait leur dire ? répondit Kat en tapotant son crayon sur l'organigramme. J'ai passé des heures sur des dizaines de rapports réglementaires avant de réaliser. C'est impossible de faire des rapprochements à moins de le voir sur le papier. *Earthstream* prépare le rapport, mais l'acheteur est une autre société de Batchelor, *Westside Investments*.

Kat vit sur le visage de Jace qu'il avait finalement compris :

— Et *Regal* se souciait juste d'évaluer les dommages et de contenir les déversements. Ils pensaient s'en sortir facilement.

— Oui. Ils envisageaient d'abandonner la mine de toute façon. Elle était rentable avant l'accident, mais pas assez pour justifier de dépenser des millions pour réparer une énorme catastrophe écologique. Batchelor a compris ça, alors il s'est assuré que l'estimation d'*Earthstream* pour réparer les dégâts soit plus élevée que les profits de la mine. Aux yeux de *Lotus Investments*, les propriétaires chinois de *Regal*, dépenser tout cet argent n'avait pas de sens. *Regal* est juste l'un des nombreux investissements dans leur portefeuille. Après l'accident du bassin, ils ont décidé de réduire leurs pertes et de vendre leurs actions.

Jace hocha lentement la tête.

— Je vois où tu veux en venir. Dennis avait offert à *Lotus* un moyen de se sortir d'une mauvaise situation.

— Oui, les actions avaient pratiquement perdu toute leur valeur une fois les coûts du nettoyage connus. À *Lotus*, ils savaient qu'ils pourraient pas trouver d'autres acheteurs. La seule offre venait de *Westside Investments. 88898 Holdings* a suivi peu après. C'est-à-dire Batchelor et MacAlister, cachés derrière des sociétés offshore.

— Et tout reposait sur l'évaluation environnementale d'*Earthstream*.

Kat fit oui de la tête.

— Mais Batchelor et MacAlister finiront par être découverts, dit Jace. Quand ils développeront les terres.

— Eh bien, non ! Ils vont juste mettre en place une autre société fictive qui achètera le terrain aux propriétaires actuels. Ils la dirigeront par l'intermédiaire de quelques autres sociétés pour compliquer les choses et masquer l'origine des fonds. Personne s'occupe des actions d'une société minière au bord de la faillite.

— Personne, sauf toi, dit Jace en souriant. Mais je persiste à croire que c'est un peu tiré par les cheveux.

— Non, je pense pas, et je vais le prouver.

Kat saisit un verre dans le placard et le remplit de l'eau marron du robinet. Elle le tint à la lumière et eut presque un haut-le-cœur en observant le liquide trouble.

— Bois pas ça ! dit Jace en essayant de lui prendre le verre des mains. Et si tu te trompais dans tes suppositions ?

— C'est pas des suppositions, répliqua-t-elle en étudiant l'eau. L'eau a pas l'air bonne, mais les apparences sont parfois trompeuses.

— Kat, non ! C'est pas une façon très scientifique de prouver ta théorie. On va d'abord la faire tester.

— Pas besoin, dit-elle en tenant le verre hors de portée de Jace. Maintenant ou jamais, cul sec !

Elle avala l'eau en trois gorgées et reposa le verre vide sur le comptoir.

— Elle a le même goût que l'eau chez nous. Elle est même meilleure en fait.

— T'es folle ! s'écria Jace en fouillant dans son sac de sport pour en sortir sa trousse de premiers soins. On est en pleine nature, sans hôpital autour, et tu bois de l'eau empoisonnée. J'arrive pas à croire que t'aies fait ça.

— Fallait bien que quelqu'un le fasse. D'ailleurs, j'avais jamais goûté à l'eau d'un glacier avant. C'est délicieux, ajouta-t-elle en souriant.

Jace saisit la bouteille de vin sur le comptoir et en remplit son verre. Il sortit une petite bouteille de purificateur d'eau de son kit et le versa dans son verre. Il agita avec son doigt.

— Tiens, bois ça !

Kat sourit et l'avala.

— Si ça te fait plaisir.

Jace secoua la tête.

— Pour une personne logique, tu fais vraiment des trucs cinglés.

— Je suis pas cinglée, et j'ai pas besoin de ça.

Elle reposa son verre sur le comptoir.

— Y a quelque chose dans l'eau, mais c'est pas toxique. C'est juste un colorant alimentaire ou quelque chose du genre pour lui donner mauvaise allure. Elle a l'air contaminée, alors personne s'est posé de questions. L'eau trouble semble correspondre à ce qu'on en dit.

— Un colorant alimentaire ?

Kat acquiesça de la tête.

— Je suis sûre qu'il y a un autre nom pour cet ingrédient, mais ça fonctionne sur le même principe. C'est un produit non toxique qui change l'apparence de l'eau.

— Mais comment est-ce qu'on peut l'avoir au robinet ?

— Tu te souviens ? Batchelor a parlé d'une rupture de canalisation. C'est bien arrivé. *Earthstream*, sa société, l'a réparée. C'était une petite réparation, mais le travail lui a donné accès au système d'eau du village. Cela lui a également permis de simuler la contamination. Il y a vu une occasion d'en tirer des bénéfices. Même la brèche du bassin de résidus est pas arrivée par hasard. Il a tout manigancé. Le déversement a jamais atteint le ruisseau Prospector ni l'eau potable. Il a tout orchestré pour effrayer les gens.

Elle décrivit les poissons morts et le reste des lieux.

— Les propriétaires absents de *Regal* étaient pas là pour savoir que c'était pas un accident. Ils voulaient pas le réparer, alors quand ils ont reçu une offre non sollicitée pour le rachat de l'entreprise, ils ont sauté sur l'occasion.

— D'accord, je peux comprendre ça. Mais comment est-ce que tu peux prouver que Batchelor est derrière tout ça ?

— C'était difficile de comprendre cette dernière partie. Les propriétaires chinois ont vendu leurs actions à *Westside Investments*, une société dans les îles Caïmans. Au début, je pouvais pas trouver de rapport avec Batchelor. Et puis j'ai trouvé l'adresse de *Westside* dans le rapport sur la vente des actions. C'était la même adresse que les autres entreprises aux îles Caïmans. *Westside* appartient à une autre société, *247 Holdings*. Devine qui en est le propriétaire ?

— Batchelor ?

Elle tapota sur l'organigramme.

— En fin de compte, oui. Il y a quelques autres sociétés impliquées, mais c'est le résultat final.

— Quand même, c'est difficile de croire que la brèche du bassin de résidus était volontaire. Batchelor est vraiment écologiste. Pourquoi est-ce qu'il risquerait une catastrophe ?

— Non, c'est pas ce qu'il a fait. En réalité, il a montré ses vraies couleurs puisqu'il y avait pas eu de déversement pour commencer. Il a pas vraiment déversé de fluides contaminés ni causé de dommage à l'environnement. Il a juste fait en sorte que ça y ressemble.

— Mais y a bien eu une brèche dans le bassin de résidus. Des contaminants ont bien dû s'échapper. C'est évident quand on regarde le ruisseau Prospector.

— Non, y a jamais eu de déversement. La brèche a eu lieu *après* l'installation de la digue. Le site est isolé et il s'est juste servi d'équipement lourd pour faire croire à une brèche. Le ruisseau Prospector et les terres environnantes ont jamais été en danger parce que la digue était déjà en place. C'est un coup monté pour simuler une catastrophe. Une catastrophe qui a jamais eu lieu.

— Comme les effets spéciaux dans un film.

Kat fit oui de la tête.

— Y a juste quelques personnes qui ont été témoins de la brèche du bassin de résidus, expliqua Kat. Devine qui !

Jace se gratta le menton.

— Batchelor, Ranger, peut-être le gardien ? Ils travaillent tous les deux pour Batchelor. Pas étonnant qu'ils soient arrivés si vite sur les lieux pour la contenir.

— Exactement. Batchelor pouvait qu'y gagner. Il a jamais porté atteinte à l'environnement, parce qu'il avait tout orchestré.

Jace sourit.

— Et les propriétaires absents s'en sont lavé les mains en revendant leurs actions. Ils étaient impatients d'être exonérés de leurs responsabilités. Ils ont pas posé de questions, ils étaient juste soulagés que quelqu'un les débarrasse de la catastrophe écologique.

— Précisément. Et personne a remarqué. Les actions laissent peu de traces, et le seul changement de propriétaire mentionné se trouve dans les petits caractères d'un dépôt réglementaire. Tout le monde s'en fiche. La compagnie chinoise a évité les coûts d'assainissement. Batchelor a gracieusement accepté cette responsabilité en achetant la mine.

— Et il a acquis toutes ces terres pour trois fois rien, ajouta Jace.

— Oui. Mais il avait aussi besoin de la propriété des Kimmel, et ils voulaient pas vendre. C'est là que les choses ont commencé à tourner au vinaigre.

Kat repensa à Ed. Elle se demanda s'il était allé observer les traces de motoneige comme promis.

— Et maintenant ils sont morts, dit Jace en fronçant les sourcils. Qu'est-ce qui va se passer ensuite ?

— C'est ce qui me fait peur. Helen, la fille des Kimmel, vit toujours là. Elle veut probablement pas vendre non plus.

18

La neige menaçait de recommencer à tomber d'une minute à l'autre. Il était plus de trois heures du matin, mais Kat se sentait alerte et éveillée. Ses conclusions lui avaient fait monter l'adrénaline.

Ils avaient tellement de choses à faire.

— Il faut qu'on aille à la mine prendre des échantillons d'eau du bassin de résidus et du ruisseau Prospector, déclara Kat. On va les faire analyser pour prouver que l'eau est potable, vu que les tests antérieurs ont été falsifiés. Une fois qu'on aura comparé les échantillons, on pourra prouver la supercherie. Le ruisseau et l'eau sont aussi purs qu'avant, pas contaminés.

— T'aurais vraiment dû la tester avant de la boire, lui dit Jace en l'observant, à l'affut de signes d'empoisonnement. Et si tu tombais malade pendant qu'on est là ?

Elle rejeta sa question d'un geste de la main.

— Je savais que l'eau était potable. Sinon, j'y aurais pas goûté.

Jace haussa les sourcils.

— C'est ce que te dit ton intuition, mais ça reste à prouver. Et les symptômes se manifesteront peut-être pas tout de suite.

— Il m'arrivera rien. Tu te rappelles au petit-déjeuner ce matin quand Dennis a ajouté de la glace à son eau ? Le distributeur de glaçons de son frigo est directement relié à l'alimentation en eau. Il nous dit que l'eau est pas potable, mais il se sert de glaçons qui viennent directement de l'approvisionnement en eau.

— Est-ce qu'on pourrait pas tout simplement tester un glaçon ?

— Non. On a besoin d'échantillons à chaque étape du processus : le bassin de résidus, le ruisseau Prospector et le réservoir. Il faut qu'on montre étape par étape que tout l'approvisionnement en eau est propre. Sinon, y a une chance que quelqu'un trifouille après pour étouffer l'affaire.

— Tu veux dire empoisonner l'eau pour de vrai ?

Elle acquiesça de la tête.

— Il faut aussi qu'on quitte la montagne, ajouta Jace en fronçant les sourcils. Sinon, les échantillons serviront à rien.

— On va bien trouver le moyen.

— On ferait mieux de mettre les manifestants en garde. Ranger pourrait s'en prendre à eux.

— Je sais pas comment joindre Ed les autres.

Même avec la disparition des Kimmel, les manifestants les plus fervents, les autres manifestants restaient un obstacle entre Batchelor et son projet de station de ski.

Kat aperçut une lumière juste au moment où elle enfilait ses bottes. Elle se dirigea vers la fenêtre de la cuisine et regarda dehors. L'héliport était illuminé. Le pilote démarra le moteur et les rotors se mirent à ronronner. Quelques invités se tenaient à distance de l'appareil, leurs bagages à côté d'eux dans la neige.

Cela la surprit que le pilote prenne le risque de voler dans la tempête, surtout au beau milieu de la nuit. Il les transportait sans doute à l'aéroport de Sinclair Junction où ils poursuivraient leur voyage, probablement dans le Cessna privé de Batchelor.

Les décollages constants à venir entravaient sérieusement ses plans. Il était impossible de traverser la propriété et d'en sortir tant que les invités étaient rassemblés dehors. Leurs voix lui parvenaient. Elle était trop loin pour entendre ce qu'ils se disaient, mais l'atmosphère joviale dont elle avait été témoin quelques heures plus tôt s'était dégradée. Ils affichaient tous un air sombre et anxieux. Pas étonnant, par ce mauvais temps.

Jace se tenait près du lit devant la porte-fenêtre.

— Ce gars, Ed, tu sais vers où il habite ?

— Aucune idée. Je connais même pas son nom de famille.

Ils devaient pourtant le mettre en garde. Quels que soient les plans de Ranger et de Burt, ils concernaient les manifestants d'une façon ou d'une autre. Elle en était certaine, même si elle n'avait aucune preuve. Soudain, une idée lui vint en se rappelant leur conversation sur les traces de motoneige.

— Il vit dans la direction de la pente où l'avalanche a eu lieu.

— Y a le risque d'une seconde avalanche, répondit Jace en se grattant le menton. Mais comme il fait plus froid la nuit, ça devrait aller.

— Notre seule autre option serait d'aller attendre Ed au matin sur le site du barrage avant la manifestation. Il doit passer par là pour se rendre à la mine.

Kat regarda par la porte-fenêtre derrière Jace. La terrasse était éclairée. Au-delà de la balustrade recouverte de neige, la lumière chutait brusquement dans l'obscurité glaciale. Elle se demanda quels autres secrets recelait le canyon.

— C'est beaucoup trop dangereux, répliqua Jace. Et j'ai horreur de t'annoncer la nouvelle, mais c'est bientôt le matin. Il va faire jour dans une ou deux heures, précisa-t-il en consultant sa montre.

Elle soupira.

— Alors, c'est décidé. Pas une minute à perdre.

Ils avaient parlé pendant presque une heure depuis le départ de Ranger. En fait, l'hélicoptère était revenu et un autre groupe d'invités embarquaient. Merde, il ne partirait probablement pas avant une demi-heure.

Jace regarda par la fenêtre.

— On peut pas y aller maintenant. On nous verrait.

— On ira après le départ de l'hélico. Ça nous laissera au moins trente minutes avant son retour.

Les vols de l'hélicoptère étaient une complication inattendue. Ils devraient avancer dans l'obscurité et allumer leurs lampes frontales seulement une fois hors de la propriété.

Kate repensa à Ranger et à leur altercation.

— Ranger va tout raconter à Dennis. À quelle heure est-ce que tu dois retrouver Dennis ? Si on revient pas à temps, il saura pour sûr qu'on mijote quelque chose.

Elle regarda par la fenêtre. La lumière d'une lampe de poche dansait sur la pelouse. Un autre invité se dirigea vers l'hélico. Mais la lampe était braquée sur leur cabane, pas sur l'héliport.

Elle n'avait pas besoin de lumière pour reconnaître le profil des deux hommes.

— Oh oh ! C'est Ranger et Batchelor.

À en juger par la rapidité de leur marche, ils étaient en colère.

— On dirait qu'ils ont déjà parlé.

— Si seulement je pouvais monter dans cet hélicoptère ! déclara Jace. Qu'est-ce que je vais lui dire ?

— Je sais pas, mais on doit discréditer Ranger d'une façon ou d'une autre.

C'était leur seule chance. Leur départ était une fois de plus retardé. Mais aussi celui de Ranger, réalisa-t-elle.

— Si on arrive à retenir Ranger ici...

— ... on pourra retarder l'explosion, termina Jace. Je vais trouver quelque chose.

Elle se rendit soudain compte que les vols de l'hélicoptère étaient un coup de chance. S'ils avaient déjà quitté la cabane, Batchelor et Ranger l'auraient découvert et se seraient mis à leur poursuite pour contrecarrer leurs plans.

Elle sursauta quand l'un des hommes tambourina à la porte. Elle fit un signe de tête à Jace et il leur ouvrit.

— Faites-le sortir d'ici ! s'écria Kat en montrant Ranger du doigt. Il est entré par effraction dans ma chambre et m'a attaquée.

— C'est pas ce qui est arrivé, rétorqua Ranger en plissant les yeux.

— Vous niez être entré ici par effraction ?

— Je venais vérifier le...

Kat attrapa son sac posé sur le lit et passa devant les hommes.

— Je prends cet hélico. La seconde où il atterrit et que j'ai un signal réseau, j'appelle la police et je leur raconte ce que vous avez fait. Mais je vais d'abord le dire à tous les gens qui attendent dehors.

Jace fronça les sourcils, ne comprenant pas au premier abord. Une fraction de seconde plus tard, il saisit son propre sac et suivit Kat.

— Attendez une minute, annonça Dennis. Ranger venait vérifier la cabane. Il savait pas que vous étiez là.

— Et vous, reprit Kat en pointant le doigt vers Batchelor, votre employé a attaqué l'une de vos invités. Qu'est-ce que vos autres invités vont penser de ça ?

Dehors, quelques invités de plus montèrent dans l'hélicoptère et le pilote referma la porte. La douzaine d'invités restants avancèrent tranquillement vers l'allée, dans l'espoir d'être choisis pour le prochain vol.

— Vous pouvez pas sortir, dit Dennis en essayant de lui bloquer le passage dans l'entrée.

— Est-ce que j'ai le choix ? Je suis pas en sécurité ici.

— D'accord, d'accord, répondit Dennis en foudroyant Ranger du regard.

Il rougit, visiblement furieux, puis se tourna vers Kat.

— Il aurait pas dû faire ça. Je vais m'occuper de lui. Il s'approchera plus de vous, je vous le promets.

Dennis se tourna et sortit sans un mot, suivi de Ranger. Kat alla à la fenêtre de la cuisine et les regarda se diriger vers l'héliport. Dennis cherchait à limiter les dégâts et allait sans doute essayer de questionner Rosemary pour savoir quelles informations elle avait divulguées à Kat.

Au moins, Dennis avait promis de tenir Ranger à l'écart. Sa promesse ne valait pas grand-chose, mais elle leur donnait un peu de temps. Et même si Ranger obéissait aux ordres de Dennis, ses méthodes ne semblaient pas entièrement encouragées par son patron.

Plus important encore, cela avait lancé Ranger sur une mauvaise piste. Elle et Jace seraient seuls et ininterrompus pendant un certain temps, libres de se faufiler vers la mine.

Mais elle devait d'abord garantir leur survie. Elle ne pouvait pas risquer de tout laisser sur son ordinateur portable, puisqu'ils n'étaient pas encore hors de danger. Ranger ou Dennis pourraient toujours s'en saisir et le détruire. Ils n'étaient pas en sécurité tant qu'ils se trouvaient dans la montagne, puisqu'ils étaient les seuls à connaître la vérité. Une vérité qui pourrait facilement être effacée par un autre accident.

Jace observa l'héliport de la fenêtre de la cuisine pour s'assurer que Dennis et Ranger rentraient au chalet.

— Ils sont partis et l'hélicoptère aussi.

Les feux de l'hélicoptère brillèrent dans la nuit tandis qu'il décollait.

— Une seconde.

Kat copia ses conclusions dans un courriel et l'envoya. Jace serait furieux s'il découvrait ce qu'elle venait de faire avec cet e-mail, mais elle n'avait pas le choix. Peu de choses étaient pires pour un journaliste qu'un scoop qui vous passe juste sous le nez, mais c'était une question de survie.

Soit cette action les protégerait, soit c'était la chose la plus stupide qu'elle ait jamais faite. Elle pria pour le premier cas de figure, certaine qu'il n'y avait rien d'autre à faire.

— C'est maintenant ou jamais. Allons-y.

Elle avait presque refermé son ordinateur quand un message d'erreur s'afficha sur son écran. L'e-mail n'avait pas été envoyé. Fichu Internet. L'argent de Dennis Batchelor lui donnait pouvoir et privilège, mais la connexion Internet lui échappait.

Elle cliqua sur son courriel et tenta de le renvoyer.

Impossible. Son ordinateur planta en essayant de se connecter.

— Allez, viens Kat ! On va rater notre chance. Laisse tomber ce truc et allons-y.

Elle enfila ses bottes et attrapa sa veste. Elle prit aussi son sac et y vida le contenu du réfrigérateur.

Jace était déjà à la porte.

— On a pas besoin de tout ça.

Elle n'en était pas aussi sûre. Ils ne pourraient peut-être pas revenir à la cabane.

Jace était déjà dehors. Elle s'immobilisa un instant puis courut de nouveau vers la table. Elle fourra son ordinateur dans son sac. Le laisser là donnerait encore plus de raisons à Ranger de les détruire.

Un couple avait déjà rencontré une mort prématurée aujourd'-hui. Les chances n'étaient pas en leur faveur.

19

Une fois dehors, ils passèrent derrière la cabane et traversèrent l'allée à la faveur de l'obscurité. De là, ils se dirigèrent vers la piste à la limite de la clôture. Pendant qu'elle ajustait son sac, elle sentit ses poumons lutter contre le choc de l'air froid.

Les trajets inattendus de l'hélicoptère et la visite de Dennis et de Ranger avaient retardé leurs plans. Il ne leur restait plus que deux heures maintenant avant le lever du soleil. Ils se dirigèrent donc d'abord vers la mine avant d'aller au barrage routier. Localiser Ed sans ses coordonnées se révèlerait trop hasardeux. Mais il finirait par venir au barrage, en route vers la mine.

Et de toute façon, ils avaient besoin d'échantillons d'eau à la source. Pas seulement pour le laboratoire, mais aussi pour prouver à Ed et aux autres que l'eau était potable.

Ils entendirent un loup hurler au loin, apparemment dans la direction où ils avançaient. Un deuxième lui répondit, suivi d'un autre et d'un autre encore. En quelques minutes, une meute tout entière hurlait, leurs cris montant crescendo. Kat frissonna.

Elle ne pensait pas rencontrer des animaux en hiver, tout avait été silencieux la veille. Les ours hibernaient, mais pas les loups. C'étaient des prédateurs et la nourriture était rare à cette période de l'année. Sauf pour celle qu'elle avait fourrée dans son sac, au cas où ils ne pourraient pas retourner en douce à la cabane. Vu la rencontre hostile avec Ranger, qui sait ce qui pouvait arriver ?

— Il faut qu'on accélère, annonça Jace. Elle est loin la mine ?

— C'est tout près. Mais c'est pas facile de marcher comme ça dans l'obscurité.

Sa lampe n'était pas aussi efficace que Kat le pensait. Elle ne projetait qu'un faible cône de lumière trente centimètres devant elle. Les courroies de son sac lui blessaient la main. Le sac lui cognait contre le tibia à chaque foulée. Pendant ses randonnées précédentes, elle n'avait rien porté, et elle avait sous-estimé le poids supplémentaire. Était-il vraiment nécessaire de vider la moitié du réfrigérateur ? Probablement pas, mais c'était trop tard maintenant. Elle réalisa qu'elle portait également sur elle l'odeur de la nourriture, détectable par tout prédateur à proximité. Elle était un appât à loup.

— À ce rythme-là, on sera jamais rentrés au matin, remarqua Jace en faisant une pause pour lui donner le temps de le rejoindre.

Elle ne pouvait pas lui demander de l'aider sans révéler le contenu de son sac. Il aurait deviné sa peur de ne pas pouvoir revenir à la cabane. Mais il n'y avait pas moyen de faire marche arrière. Tout avait été déclenché par son altercation avec Ranger.

De légers flocons se remirent à tomber. Certes, la neige étouffait leurs pas, mais elle laissait aussi des traces. Leur destination serait claire pour tout poursuivant. Elle n'avait pas pris cela en compte dans leurs plans. Celui qui devait préparer le piège serait également dehors avant l'aube. Inévitablement, leurs chemins allaient se croiser.

Elle changea son sac d'épaule et essaya d'ignorer la douleur qui s'était transformée en un sourd élancement. Ils étaient maintenant entièrement engagés, puisqu'ils ne pouvaient pas revenir en arrière sans risquer d'être découverts.

Des pales de rotor vrombirent dans le silence tandis que l'hélicoptère les survolait, haut au-dessus d'eux. Il revenait pour un autre chargement.

Ils arrivèrent à une bifurcation.

— Par ici, fit Kat en pointant vers la gauche.

Ils suivirent la pente vers la mine. Ils étaient proches maintenant. Avec un peu de chance, le gardien n'était pas là la nuit. Elle n'avait pas prévu de plan dans le cas inverse.

Elle avançait péniblement derrière Jace. Après ce qui semblait une éternité, ils atteignirent finalement la mine. Kat montra le hangar du doigt.

— On va y déposer nos affaires, pour éviter d'avoir à trimballer tout ça avec nous. Si on rencontre des problèmes, on pourra revenir plus tard.

Il lui tardait de poser son sac lourd par terre, et de toute façon, il était inutile de transporter tout cela jusqu'au bassin de résidus. Leurs bagages resteraient au sec, cachés dans le hangar le temps qu'ils recueillent des échantillons d'eau.

Elle suivit Jace jusqu'à la porte du bâtiment et fut soulagée de ne voir aucun véhicule sur le parking.

Jace secoua le cadenas.

— On peut pas entrer. C'est fermé à clé. On devrait peut-être laisser tomber.

— Et si on devait s'enfuir à toutes jambes ? Au moins, nos sacs seront en sécurité. En plus, on a encore quelques heures avant qu'Ed arrive au barrage. On doit attendre quelque part.

— Bien sûr, si je peux l'ouvrir. J'ai pas d'outils.

Kat fixa du regard le cadenas flambant neuf fermement installé. Le gardien l'avait manifestement remplacé après sa visite. Elle s'assit contre le mur du hangar, découragée.

— On fait quoi maintenant ?

Elle avait aussi pensé à ce bâtiment comme cachette, au cas où ils seraient découverts. Selon les personnes qu'ils rencontreraient avant le matin, ce pourrait être une nécessité.

— Détends-toi ! lui lança Jace. On a le temps. On va chercher quelque chose pour couper ou forcer le cadenas.

— Je vais regarder autour de moi pour voir ce qu'on peut trouver.

La neige tombait lourdement maintenant, recouvrant tout de flocons humides. Elle voyait beaucoup de matériel rouillé, mais rien qu'elle puisse détacher pour couper ou servir de levier.

Elle entendit du verre se briser derrière elle. Elle se retourna, mais ne vit pas Jace. Elle regarda autour du bâtiment. Jace avait cassé la vitre sur le côté du hangar avec une brique. Maintenant, ils pouvaient grimper par la fenêtre. Elle poussa un soupir de soulagement. Ils avaient désormais un abri sûr, même si elle n'avait pas envisagé que Jace brise une vitre.

— Désolé, mais je me suis dit qu'on avait pas une minute à perdre, s'excusa Jace en ôtant les éclats de verre avec son gant. Et on a besoin d'un plan de secours. Qui sait qui on va rencontrer ici.

Bonne idée. Aussi parce qu'un cadenas brisé ou manquant était trop révélateur. Une vitre sur le côté était moins évidente.

Elle acquiesça.

— Je m'attends plus ou moins à voir Ranger. Il m'a poussée sur la terrasse pour une raison.

Elle s'imagina en train de dégringoler dans le canyon en dessous. Des frissons lui parcoururent le dos.

Elle tapota sur son sac à dos, réconfortée de sentir le contour en plastique dur de son ordinateur. Tout ce qu'ils avaient laissé dans la cabane pourrait être remplacé.

Elle fut surprise d'entendre Jace exprimer son accord :

— Je suis sûr que c'est lui qui a déclenché cette avalanche d'une façon ou d'une autre. Il sait que tu es sur une piste, alors il doit trouver un moyen de te faire taire. Dennis l'en empêchera pas, puisque c'est exactement ce qu'il veut : terroriser les gens au point de leur faire abandonner leurs terres.

Il lui fit signe d'approcher de la fenêtre et croisa ses doigts pour l'aider à se hisser. Kat laissa tomber son sac et grimpa par la fenêtre.

— Qu'est-ce qu'il y a là-dedans ? Des pierres ? demanda Jace en faisant une grimace quand il souleva le sac.

— Juste un peu de réserves.

Elle lui prit leurs deux sacs des mains puis l'aida à s'infiltrer à l'intérieur. Elle cacha leurs bagages dans un coin derrière du matériel. Personne ne les remarquerait à moins de fouiller l'endroit de fond en comble.

Jace atterrit par terre et se dépoussiéra les mains.

— Je dirais que c'est un hébergement une étoile comparé au précédent.

Il craqua une allumette et regarda autour de lui. Le matériel projetait des ombres étranges ressemblant à des dinosaures. À part des allumettes, ils n'avaient rien pour s'éclairer. Ni pour se réchauffer. Cela contrastait énormément avec leur cabane de luxe. Kat regrettait presque de ne pas avoir passé plus de temps à l'intérieur.

Jace craqua une autre allumette.

— Dommage qu'on puisse pas allumer un feu dehors.

Il s'assit devant des caisses empilées. De longues ombres se dessinaient sur son visage.

Allumettes.

Dynamite.

Jace était assis à moins de trente centimètres des caisses. Elle saisit sa main et éteignit l'allumette.

— Pourquoi t'as fait ça ?

Une rafale de vent froid entra par la vitre brisée. Le ciel tournait lentement à l'indigo, l'aube approchait. Elle frissonna.

— Je te le dirai plus tard.

Ce n'était pas le moment de paniquer.

— Allons recueillir ces échantillons maintenant.

Grimper par la fenêtre pour sortir et entrer du hangar semblait un effort inutile, mais ils étaient sûrs d'avoir un refuge jusqu'au matin. Elle fouilla dans son sac et en sortit deux bouteilles d'eau vides. Elle en tendit une à Jace.

— Allons d'abord au bassin de résidus.

Elle n'avait pas le courage de lui dire que leur refuge était un hangar rempli de dynamite.

20

Le bassin de résidus était complètement gelé. Kat chercha une pierre et elle pilonna la glace avec pendant plusieurs minutes avant d'arriver à percer la couche lisse pour avoir accès à l'eau en dessous.

Elle venait juste de recueillir un échantillon quand elle entendit l'hélicoptère vrombir au-dessus d'eux. Le bruit saccadé des pales de rotor s'intensifia, l'appareil se rapprochait. Kat se figea, attendant que le son s'éloigne et que l'engin se dirige vers l'héliport de Batchelor. Au lieu, le bruit était de plus en plus fort. L'hélicoptère ne survolait pas la mine. Il descendait.

— Ils sont après nous, Jace ! s'écria Kat en le tirant par l'épaule. On est pris au piège.

Ranger et Dennis avaient deviné qu'ils étaient sur le site de la mine. Pourtant, elle et Jace n'avaient rencontré personne, pas même de veilleur de nuit. Ils avaient probablement été repérés par les caméras de surveillance. Ils venaient les chercher, maintenant que tous les invités de Batchelor avaient été transportés à l'aéroport.

Jace tendit le cou et observa le ciel sombre.

— Je l'entends, mais je vois rien avec les nuages.

Kat bondit sur ses pieds.

— On ferait mieux de partir tant qu'on le peut.

— Attends, c'est peut-être cet autre groupe de manifestants. Ils pourraient nous aider.

— Ils sont trop nombreux pour venir en hélico.

Ed et Fritz avaient mentionné au moins une douzaine de militants. En plus, ils ne protestaient qu'en semaine et on était dimanche.

— Ranger a vu l'écran de mon ordinateur. Il sait que j'ai découvert que Dennis est le propriétaire de la mine. Il aura deviné qu'on est venus chercher des échantillons d'eau.

— Il sait pas encore que t'as tout compris.

— Peut-être pas, mais il sait que je vais exposer les tactiques louches de Dennis.

Dennis s'était donné du mal pour cacher son implication dans la mine derrière un réseau de compagnies secrètes. Il ferait n'importe quoi pour que personne ne le sache. Même commettre un meurtre.

— Décampons d'ici !

— Mais où est-ce qu'on peut aller ? Si on court vers le hangar, ils vont nous voir traverser le parking.

Jace leva les yeux vers le ciel. Les patins de l'hélicoptère apparurent à travers les nuages à une trentaine de mètres au-dessus d'eux, suivis de la coque. Le parking se trouva illuminé d'une lueur terne reflétée par les nuages. Le cercle de lumière s'élargit tandis que l'appareil descendait. Des rafales de vent les encerclèrent. En moins d'une minute, ils seraient pris dans les feux de l'engin.

Sans obscurité, ils étaient vulnérables.

Kat montra du doigt l'entrée de la mine tandis que le bruit des rotors s'intensifiait.

— Cours !

Le projecteur de l'hélicoptère transforma le parking en un paysage étrange et mystérieux. Les lumières bleues et blanches dansaient sur la neige. Comme un plateau de tournage avec des températures au-dessous de zéro.

Ils se précipitèrent vers l'entrée de la mine et l'obscurité, mais les projecteurs les suivaient.

Kat se sentait comme un animal dans un documentaire sur la faune, traqué par des ennemis invisibles au-dessus d'eux. Où qu'ils se dirigent, ils ne pouvaient leur échapper.

21

——————

Kat se courba en deux dans une quinte de toux trois mètres à l'intérieur de la mine. Ses poumons étaient en feu en raison de leur course dans l'air glacial. Elle s'appuya contre le mur de la grotte. Il était poussiéreux et graveleux sous ses doigts.

Elle ne pouvait pas voir Jace dans la nuit noire, mais elle entendait sa respiration laborieuse.

Elle se félicitait d'avoir laissé son sac dans le hangar, sinon ils n'auraient jamais pu courir assez vite. Mais s'ils trouvaient son ordinateur portable ? Il était bien caché, mais la vitre brisée était une invitation évidente à fouiller les lieux. Son ordinateur contenait la seule preuve définitive de la tromperie de Batchelor, à part l'échantillon d'eau qu'elle tenait fermement dans sa main.

— Je crois qu'ils nous ont vus.

— Peut-être, peut-être pas, déclara Jace. Continue d'avancer. Il faut qu'on soit hors de portée de voix. Le son voyage ici.

Les pas de Jace résonnaient dans le tunnel caverneux. Kat suivit sa voix qui semblait s'éloigner d'elle. Quelques mètres plus tard, elle se heurta à un mur. Littéralement. Son nez avait éraflé la roche dure. Il lui faisait mal et elle toussait à cause de la poussière. Elle ne pouvait tout simplement pas courir à l'aveuglette. Les mines étaient des endroits dangereux.

Elle jura silencieusement. Dans l'obscurité, elle n'avait pas remarqué le tournant à quatre-vingt-dix degrés.

— Dépêche-toi !

La voix de Jace retentit dans le tunnel quelque part devant elle.

L'air était humide et il faisait noir comme dans un four. Kat n'y voyait rien. Elle lutta pour continuer d'avancer, mais ne pouvait pas distinguer où elle allait.

— Attends, je crois qu'on devrait pas aller plus loin.

La voix de Jace lui parvint à quelques mètres d'elle :

— Si, il le faut. Y a une chance qu'ils arrivent pas à nous trouver. Peut-être qu'ils nous ont pas repérés à l'extérieur.

Elle avança péniblement, se sentant de plus en plus mal à l'aise à chaque pas.

— Ils savent clairement qu'on est là. On est tombés dans notre propre piège.

Une bouffée de chaleur lui monta au visage. Elle se sentait claustrophobe.

— Kat ?

Jace était au moins à six mètres d'elle maintenant, dans les profondeurs de la mine.

— Où t'es ?

Elle était sur le point de lui répondre quand elle entendit des pas lourds à l'entrée du tunnel.

Son cœur se mit à battre plus fort. Ils étaient coincés. Sans issue.

Il lui fallait rattraper Jace, vite. Elle appuya sur l'application lampe de poche de son téléphone et le protégea de la main pour garder la lumière en faisceau étroit devant elle. Elle regarda droit devant et essaya de ne pas remarquer les murs se rétrécissant et le plafond bas. Elle sursauta quand une pierre tomba quelque part devant elle.

Elle poussa un soupir de soulagement quand elle aperçut le dos de Jace. Elle se précipita pour le rattraper. Sa lumière tomba sur des caisses en bois vides. Elles avaient les mêmes inscriptions que celles transportées par Ranger et Burt.

Des explosifs.

— Kat ? Éteins la lumière.

— Non. Regarde !

Elle dirigea son téléphone vers le détonateur. Elle réalisa trop tard qu'ils avaient commis une erreur fatale. L'explosion avait probablement été programmée pour se produire pendant la manifestation.

— Cet endroit est piégé.

Jace jura à voix basse.

— C'est ici qu'ils ont dû prévoir l'explosion.

— Le parking était trop évident, reprit Kat, le cœur battant à tout rompre. Ranger et Burt ont l'intention d'attirer les manifestants ici, le bruit de l'explosion sera étouffé. Personne entendra rien.

Ils étaient tombés directement dans ce piège mortel.

— Ils vont probablement forcer les manifestants à venir ici sous la menace d'une arme, ajouta calmement Jace, à voix basse.

— Je comprends maintenant, renchérit Kat, la voix brisée par l'émotion. Ils ont monté un coup contre les manifestants : ils vont faire exploser les charges et simuler un accident. Tout le monde croira que les manifestants ont saboté la mine en la faisant sauter, alors qu'en fait ce sont eux les victimes. On dirait qu'on a contre-carré leurs plans.

La lumière de son téléphone projetait des ombres sur le visage de Jace. Elle essaya de jauger sa réaction.

— Maintenant, c'est nous les victimes, rétorqua-t-il en écarquillant les yeux. C'est nous qu'ils vont faire sauter à la place.

Ils avaient commis une erreur fatale. On se servait régulièrement d'explosifs dans les mines. C'était une affaire courante pour une entreprise minière, même si elle avait été inactive ces derniers temps. Si quelqu'un entendait l'explosion, cela ne l'inquièterait pas.

La mine était abandonnée, isolée. Personne d'autre que leurs ravisseurs ne savait qu'ils étaient là.

Et il y avait plus d'un détonateur. Kat suivit les fils avec sa lampe. Ils longeaient le mur jusqu'à l'entrée de la mine. Le détonateur dans la grotte était peut-être secondaire, à moins qu'il ne soit déclenché à distance. Elle ne s'y connaissait pas assez en explosifs pour le savoir. Et elle ne voulait pas le savoir.

Une voix grave retentit dans le tunnel.

— Sortez d'ici, tout de suite !

Elle toussa, une réaction involontaire à la poussière.

— Dégagez !

Kat se tourna dans la direction de la voix. Ce ne semblait être ni Dennis ni Ranger. Son cœur se mit à battre plus fort quand elle réalisa qu'il n'y avait pas d'échappatoire : quoi qu'ils fassent, ils devraient bien finir par sortir.

C'était peut-être une bonne chose, cela signifiait que l'explosion n'était pas imminente. Cela leur gagnait du temps et leur donnait une chance de s'échapper.

— C'est peut-être le gardien, avança Kat, pas vraiment convaincue.

Certes, l'écho de la grotte déformait sa voix, mais elle semblait plus jeune et plus forte que celle du vieil homme qu'elle avait rencontré la veille.

— C'est pas la voix de Ranger. Ni de Burt.

— Qui que ce soit, on ferait mieux d'obtempérer, répondit Jace en lui serrant l'épaule. Pas de mouvements brusques tant qu'on sait pas ce qu'il veut.

Il l'embrassa avant de se tourner vers l'entrée de la mine.

— Suis-moi.

Le cœur de Kat battait la chamade, elle imaginait ce qui pourrait arriver.

L'explosion serait-elle assez forte pour détruire le hangar de l'autre côté du parking ? Quelqu'un trouverait peut-être la preuve contenue sur le disque dur de son ordinateur et exposerait la vérité. C'était peu probable, puisqu'en fin de compte, tout le monde sur le site travaillait pour Dennis Batchelor. Et elle n'avait aucun doute que Ranger passerait les lieux au peigne fin pour détruire toute preuve incriminante.

Elle prit une profonde inspiration et suivit Jace hors de la mine. Elle n'avait rien à perdre, et elle n'allait pas se laisser faire sans se battre.

22

Jace serra la main de Kat tandis qu'ils se dirigeaient vers l'entrée de la mine.

— Qui est là ?

— Jace, c'est moi, Gord. J'arrive.

— Gord ? Bon sang, qu'est-ce qui se passe ? reprit Jace, incrédule. Qu'est-ce que tu fais ici ?

— Kat t'a pas dit ?

L'entrée de la mine se trouva soudain illuminée par un faisceau de lumière qui les aveugla momentanément.

— M'a pas dit quoi ? Attends, entre pas, on va sortir, poursuivit-il après une pause.

Kat poussa un soupir de soulagement. Son courriel avait finalement atteint sa destination. Parfois, les miracles se produisaient vraiment.

Ils continuèrent vers la sortie, marchant le long de la corde qui s'étirait du détonateur à l'entrée de la mine. Elle avait été tendue sans soin et ils auraient facilement pu trébucher sur elle dans l'obscurité. Est-ce que la pousser ou la tirer aurait suffi à déclencher l'explosion ? Elle n'y connaissait rien aux explosifs et préférait qu'il en soit ainsi.

Jace la tira par le bras.

— Allons-y. On a pas une minute à perdre ici.

Il se précipita vers la sortie et elle le suivit. Quelques minutes plus tard, elle prit une profonde inspiration d'air glacé. L'air frais n'avait jamais été aussi bon.

— Mon Dieu, c'est vraiment toi ! s'écria Jace. Tu peux pas savoir comme je suis heureux de te voir.

Gord Dekker se tenait à l'entrée de la mine, une puissante lampe de poche dans la main droite. Techniquement, il était le concurrent de Jace, puisqu'il travaillait maintenant pour le *Daily Beat* après avoir quitté le *Sentinel* plus tôt dans l'année.

Kat se précipita vers Gord et l'embrassa.

— Tu as reçu mon e-mail ! Je pensais qu'il avait pas été envoyé.

Elle n'avait pas eu le temps d'éteindre complètement son ordinateur quand ils étaient sortis précipitamment de la cabane. Son programme de messagerie avait renvoyé le message. Malgré la mauvaise connexion Internet, son ordinateur avait dû se reconnecter assez longtemps pour que son e-mail soit envoyé à Gord.

Gord se recula et passa son bras autour de son épaule.

— J'arrivais pas à comprendre pourquoi tu me donnais un scoop au lieu de le donner à ton petit ami ici. Je savais que vous deviez être en difficulté.

— T'as donné l'histoire à Gord ? s'exclama Jace, visiblement choqué.

— J'avais besoin d'un plan de secours avec quelqu'un à qui on pouvait faire confiance. Je savais que Gord allait vérifier les faits et publier l'histoire plus tard, si quelque chose nous arrivait. Mais je pensais pas que tu allais le faire au beau milieu de la nuit, ajouta-t-elle en se reculant.

— Heureusement pour vous que je suis insomniaque, fit Gord en se tournant vers Jace. Prêts à partir ?

— Pas tout à fait, dit Jace en pointant le parking du doigt. On doit d'abord récupérer nos sacs dans ce hangar.

Kat traversa le parking, loin derrière les deux hommes. Elle se sentait de plus en plus mal à l'aise. L'aube approchait et elle était impatiente de monter dans l'hélicoptère. Le retour au hangar semblait prendre une éternité. Elle espérait que l'hélico n'allait pas attirer l'attention.

Jace grimpa par la fenêtre et leur passa les sacs, puis il sauta près d'eux.

— Où est-ce que t'as trouvé un hélicoptère ?

— C'est l'hélico de l'équipe du journal télévisé, répondit Gord avec le sourire. Ils m'ont permis de l'emprunter. Avec le pilote, bien sûr, et deux escales de ravitaillement. En parlant de ça, il faut qu'on y aille. Le carburant est cher.

La lumière de l'appareil brillait comme un phare à l'extrémité du parking. Ils avancèrent dans sa direction.

— Je commençais à me dire qu'on était foutus, déclara Jace. Je crois bien qu'on est plus les bienvenus.

— Le timing est essentiel, dit Gord en attrapant le sac de Kat et en le chargeant sur son épaule. Votre histoire est dans l'édition du matin. Elle est sous ma plume pour l'instant, vous êtes tous les deux cités comme sources anonymes. On révélera vos noms plus tard, une fois que vous serez en sécurité. J'ai pensé que vous ne voudriez pas que votre identité soit rendue publique pour l'instant, ajouta-t-il en se tournant vers Jace.

— Je veux pas du tout que notre identité soit rendue publique, répondit Kat à sa place.

Elle préférait de loin rester dans les coulisses.

— T'as totalement raison, Gord. Pas avant qu'on soit partis d'ici, dit Jace en montrant du doigt l'hélicoptère, dont les pales se remirent en route en vrombissant. Ce qui me rappelle qu'on a pas beaucoup de temps.

À peine avait-il parlé que des phares se mirent à briller sur le parking. Les roues d'un véhicule dérapèrent sur la neige en tournant vers eux.

Ranger.

— Cours !

Le Land Cruiser accéléra en direction de Kat.

Le SUV était à moins de dix mètres d'elle. Il continua de s'approcher d'elle et lui bloqua presque l'accès à l'hélicoptère.

Elle commanda à ses jambes de courir plus vite vers la porte ouverte de l'appareil. Jace y était déjà et Gord se trouvait juste devant elle. Elle lutta contre le vent des rotors.

— Allez, plus vite ! cria Gord en se tournant vers Kat et en l'attrapant par le bras.

Le SUV de Ranger s'arrêta brusquement à six mètres de l'engin. Il sauta de son véhicule et agita les bras vers eux.

-- Vous pouvez pas partir ! Revenez ici !

Kat avait à peine grimpé dans l'hélico qu'il décolla. Elle s'inquiéta de voir que la porte était toujours ouverte. Elle s'agrippa à son siège pour garder l'équilibre tandis qu'ils s'élevaient de trois mètres, puis de six et de quinze, avant de finalement se stabiliser.

Gord ferma la porte et l'appareil reprit son ascension. Quelques secondes plus tard, ils étaient à trente, puis à soixante mètres au-dessus du parking. Ranger et son SUV devinrent de petits points, comme un modèle réduit inoffensif en dessous d'eux.

Les premières lueurs de l'aube rappelèrent à Kat que les conditions climatiques étaient précaires. Le pilote luttait pour stabiliser l'hélicoptère. Son estomac se serra. Elle mit sa ceinture de sécurité.

Quelques minutes plus tard, le vol devint plus calme. Le pilote éleva encore plus l'appareil. Elle se tourna vers Gord, soucieuse de veiller à ce que de l'aide soit en route pour Ed et les autres manifestants.

Elle parla, mais ne put entendre sa voix à cause du bruit de l'engin.

Gord lui tendit un casque et lui fit signe de le mettre. Gord et Jace firent de même.

— Le pilote vient d'avertir la police par radio, annonça Gord, sa voix crépitant dans ses oreilles. Ils vont arrêter Ranger et Burt pour sabotage par explosifs. Ils vont contacter mon éditeur pour obtenir votre fichier. Ça leur prendra peut-être quelques heures pour faire plus, parce qu'ils vont avoir besoin de l'aide des enquêteurs de la police locale. Ils vont immédiatement sécuriser le site de la mine et s'assurer que personne ne s'y rende. Les choses vont s'accélérer après l'arrivée des enquêteurs du coin.

L'aide extérieure était une bonne chose, car Batchelor avait l'habitude de créer ses propres règles dans les minuscules Hauts du Paradis. Les autorités locales étaient probablement sous sa coupe. Après tout, ils avaient tout simplement cru Ranger sur parole au lieu d'enquêter sur l'avalanche. Ils étaient soit corrompus soit incompétents.

Cela donna une idée à Kat :

— Demandez-leur de faire un suivi avec un manifestant du nom d'Ed. Les habitants sauront de qui je parle. Ses photographies du site de l'avalanche prouveront que c'était pas un fait du hasard.

Elle n'avait aucune preuve. Juste son intuition.

Gord fit oui de la tête.

— Tes notes sur l'avalanche et votre témoignage oculaire sur les explosifs suffiront pour interroger Ranger et Burt sur ça aussi. Mais ça va être difficile de prouver que l'avalanche était accidentelle.

— Je doute que Batchelor coopère, ajouta Jace. Rien l'empêche de s'envoler vers un autre pays. Il pourrait tout simplement partir à l'étranger, là où se trouve son argent.

— Je crois qu'il va rester ici. Qu'elle soit positive ou négative, il aime la lumière des projecteurs. Son ego lui fait du tort, déclara Kat. Il est sûr que Ranger va payer les pots cassés à sa place. Mais je crois pas que ça va se passer comme ça.

— Pourquoi pas ? demanda Gord. Il est probablement bien payé pour ses efforts.

— C'est pas une question d'argent, reprit-elle. Ranger s'est senti trahi quand Batchelor a pas défendu ses actions contre moi dans la cabane. Je pense pas que c'était la première fois. Ces manifestants venus de l'extérieur ? Dennis les a embauchés pour semer la pagaille. Et pour voler la vedette au groupe de manifestants locaux, si on peut dire. Il les payait pour manifester et en avait le contrôle. Au début, je croyais qu'ils existaient pas, que c'était un autre stratagème de Batchelor pour faire peur aux habitants. Ranger a prétendu pas les connaître, mais en même temps, il semblait très en colère contre eux. En tant que bras droit de Dennis Batchelor, il aurait dû être au courant. J'ai alors compris que Dennis lui cachait des choses. Ranger a dû s'en rendre compte aussi. Un gars comme lui voit sûrement ça comme une trahison. Et pourquoi est-ce qu'il risquerait sa vie pour Dennis s'il est pas franc avec lui ? Il se sent exploité et il est probablement en train de remettre en question la loyauté de son patron. Après tout, c'est lui qu'ils vont arrêter, pas Dennis. Je sens qu'il va révéler le rôle de Batchelor.

Jace acquiesça de la tête.

— Il va pas se laisser accuser de meurtre. Aucun emploi en vaut la peine.

Kat était parfaitement d'accord.

Elle regarda par le hublot de l'hélicoptère. Le soleil se levait derrière les montagnes. Elle était soulagée de laisser la vallée et les ennuis derrière elle.

C'était un sacré week-end, et il n'était même pas encore terminé. Quelle ironie qu'elle se soit échappée de cette escapade de fin de semaine !

23

Le dimanche matin se présenta, d'un gris terne monochrome comme par une journée habituelle de décembre à Vancouver. Rien de spectaculaire. Même les montagnes se cachaient derrière un voile de nuages et de bruine. Mais la monotonie était parfois réconfortante. Aujourd'hui, elle lui semblait carrément sensationnelle. Kat regarda la pluie tomber par la fenêtre.

Kat, Jace et Gord étaient assis dans son bureau du *Daily Beat*, en centre-ville. Situé au vingt-huitième étage, il donnait sur le port de Vancouver. Ils s'y étaient rendus directement lorsque leur hélico avait atterri quelques heures auparavant. Kat n'avait presque pas dormi en vingt-quatre heures, mais fermer l'œil était bien le cadet de ses soucis.

Juste une heure après l'arrestation de Burt, de Ranger et de Dennis, le *Daily Beat* était mis sous presse. L'histoire des opérations louches de Batchelor faisait la manchette.

Elle se pencha pour regarder de plus près l'écran de Gord et tomba sur le titre en première page :

Le milliardaire écologiste Dennis Batchelor : un imposteur dévoilé.

— J'aurais pas pu mieux dire.

Elle était sur le point de détourner le regard quand elle aperçut la signature. Elle eut le souffle coupé en découvrant son nom.

— Mais pourquoi mon nom ? Je croyais qu'on devait être des sources anonymes.

— Ça semblait pas juste. Après tout, c'est ton histoire. C'est toi qui as exposé la corruption, je peux pas m'en attribuer le mérite. J'ai juste édité un peu le texte final.

— C'est moi maintenant qui suis exposée, fit Kat avec une grimace.

— Tout le monde est concentré sur les coupables de l'histoire, pas sur toi, rétorqua Gord avec le sourire. Mais mon patron veut te parler. Quelque chose au sujet d'un poste de chroniqueuse invitée.

Jace grogna.

— Je vais y réfléchir.

Kat détestait être le centre de l'attention. Et si le travail piquait sa curiosité, elle avait déjà eu assez de sensations pour une année entière. Ayant échappé de justesse à une explosion et se retrouvant soudain l'auteur d'un article de journalisme d'investigation, elle avait une nouvelle appréciation pour son travail quotidien de juri-comptable et ses enquêtes pour fraude.

Et beaucoup de dossiers pour l'occuper.

Après Noël, bien sûr.

Gord fit défiler la page et arriva à la deuxième histoire. C'était un exposé sur le lobbying auprès du gouvernement et la corruption, avec juste assez de détails juteux pour déclencher une enquête judiciaire et d'utilité publique sur les relations d'affaires entre Batchelor et la mine. Même si l'histoire avait été publiée juste quelques heures plus tôt, tout le monde en parlait. Elle ne faisait que confirmer les soupçons du public envers la corruption politique. Ils avaient maintenant des preuves concrètes.

— Une étude approfondie du financement de la campagne de George MacAlister, précisa Gord.

MacAlister avait déjà été suspendu de ses fonctions. Le gouvernement cherchait à limiter les dégâts. On envisageait aussi de déposer des accusations criminelles contre lui et Dennis Batchelor pour corruption.

— Quand est-ce que t'as trouvé le temps d'écrire la deuxième histoire ? demanda Kat.

— Pendant le vol de retour en hélicoptère. T'avais la plupart des détails. J'ai juste ajouté les contributions de campagne lors des dernières élections.

— Dennis a presque financé toute sa campagne, pour que tous les deux bénéficient des transactions foncières cachées, précisa Jace en secouant la tête.

Gord acquiesça.

— Le fait que MacAlister ait dissimulé qu'il détenait également des parts dans la mine est aussi exposé. La cessation de ses fonctions est le moindre de ses soucis. En plus du conflit d'intérêts évident, il va aussi faire face à des accusations criminelles liées à la catastrophe environnementale.

— Mais l'eau a toujours été potable, reprit Jace.

— Il a sciemment trompé les gens sur le ruisseau Prospector. L'avocat de la Couronne est en train de considérer les accusations spécifiques à l'heure actuelle. Quel que soit le résultat, il y aura de lourdes pénalités pour avoir falsifié des évaluations environnementales. Son avidité a mis le public en danger, ainsi que l'environnement, précisa Gord en se croisant les doigts derrière la tête.

— En parlant d'environnement, qu'est-ce que tu penses de l'offre de paix de Dennis ?

Kat était surprise par la rapidité de la réaction de Batchelor à la mauvaise presse. Dans une tentative désespérée de regagner la faveur du public, il avait annoncé son intention de faire don de la propriété décontaminée de la mine d'or *Regal* pour servir de parc public. Il en avait déjà choisi le nom : le Parc du Grand Ours. Cette appellation ne plaisait pas à Kat, mais le grand public semblait l'apprécier. Les spécialistes en marketing de Batchelor avaient, eux au moins, trouvé le bon filon.

— C'est juste une tentative à peine voilée de s'acheter une porte de sortie, déclara Gord. Je suis même pas sûr qu'il puisse tenir sa promesse. *Lotus Investments*, les anciens propriétaires, prévoient de lui faire un procès pour récupérer leur mine. Ils veulent faire annuler la vente, puisqu'elle était basée sur des informations frauduleuses.

Kat se sentit soudain épuisée. N'avait-elle vraiment passé qu'une journée dans le monde de Dennis Batchelor ? Ce jour promettait d'être dans le même style et c'était encore seulement le matin.

— Une journée complète de travail et le soleil est à peine levé.

— Facile à dire pour toi, rétorqua Jace en soupirant. J'ai encore une journée entière de travail devant moi. Je dois terminer l'ébauche pour Batchelor.

Gord n'en revenait pas :

— Me dis pas que tu vas continuer d'écrire sa biographie !

— Bien sûr que si ! Mon contrat stipule que je recevrai cent mille dollars si je la termine. Je compte bien toucher ce qui m'est dû.

— Il va jamais te payer, reprit Gord. Surtout maintenant qu'il a été exposé.

— Il devra me payer une fois que j'aurai rempli mon rôle de nègre littéraire, conformément au contrat, expliqua Jace. La biographie sera probablement jamais publiée, avec tout ce qui vient d'arriver, et ça me convient parfaitement. Je me fiche de ce qu'il en fait, tant qu'il me paie. Et il a intérêt s'il veut pas un procès de plus.

Jace était étonnamment nonchalant, se dit Kat.

— Et tu pensais jamais écrire de livre.

— Attends de voir mon deuxième, reprit-il. Une biographie non autorisée exposant les transactions louches et la corruption de Batchelor. Bien plus juteux que la version du nègre littéraire !

— Un best-seller à coup sûr, déclara Gord. Les gens veulent voir ses secrets exposés.

De fait, Batchelor en avait beaucoup.

— J'espère aussi que Dennis sera condamné à une peine de prison, avança Kat. Il est indirectement responsable de la mort des Kimmel.

En fouillant le chalet de Batchelor moins d'une heure auparavant, les enquêteurs avaient trouvé les plans secrets de sa nouvelle station. Une fois tous les terres nécessaires en main, il aurait prétendu avoir assaini la mine et se serait fait passer pour un héros. Le nouveau rapport environnemental aurait montré que le site de la mine et le ruisseau Prospector s'étaient complètement remis de la catastrophe environnementale qui n'avait en fait jamais eu lieu.

Quelle tragédie que les Kimmel ne puissent pas voir leur victoire si durement acquise ! Ils avaient fini par gagner, mais avaient tout perdu ce faisant.

La nouvelle route de Batchelor ne serait pas construite et la route existante ne serait pas non plus déviée. Elle resterait là où elle était et garderait les Hauts du Paradis hors des sentiers battus et difficiles d'accès. Le seul changement était que la route d'accès serait améliorée, à la condition que la nature sauvage du coin soit respectée.

Tout redeviendrait comme avant que Batchelor n'ait commencé ses projets, cinq ans plus tôt. Parfois, il valait mieux laisser les choses telles quelles.

Ed Lavine avait raison de dire qu'environnementalisme était

un mot de la ville. Les mots ne voulaient rien dire s'ils étaient vides.

Si on joignait le geste à la parole, on n'avait pas besoin de mot spécial pour faire correctement les choses. Il n'était pas non plus nécessaire d'attirer l'attention. Généralement, pour les choses sur lesquelles on bloguait, qu'on achetait ou à quoi on s'inscrivait, la vérité se perdait en chemin.

Kat regarda le paysage pluvieux. Même avec la neige aux Hauts du Paradis, elle n'avait pas ressenti l'esprit de Noël. Jusqu'à maintenant. Elle se tourna vers Jace :

— Tu sais, j'ai pas vraiment eu cette escapade de fin de semaine que tu m'avais promise. J'ai travaillé tout le week-end, j'ai besoin de me détendre.

— Un joli petit coin tranquille ? demanda Gord, le visage impassible. Je pourrais vous envoyer en mission au Luxembourg. J'ai entendu dire qu'il y a des transferts d'argent à observer de près.

— Non merci, répondit Kat en riant. Ma maison me paraît de plus en plus agréable.

De l'autre côté du port, les sommets des montagnes North Shore étaient recouverts de neige. Cela ressemblait soudain à Noël. Non qu'elle ait besoin de neige pour ressentir l'esprit des fêtes. Elle n'avait pas non plus besoin des mots de la ville, ni de mots tout court.

Comme Ed Lavine, elle n'avait pas besoin de noms ou de marques spécifiques. Elle allait tout simplement en profiter.

Avez-vous aimé *Mise au vert – La Couleur de l'argent : Enquêtes criminelles de Katerina Carter* ?

Lire *Stratégie de sortie: Crimes et enquêtes*

Pour en savoir plus sur moi et sur mes livres, visitez mon site

Web http://www.colleencross.com et inscrivez-vous pour être informé de mes nouvelles parutions.

http://eepurl.com/cıhzCv

Vous ne recevrez un e-mail que lorsqu'un nouveau livre sera disponible.

NOTE DE L'AUTEUR

L'intrigue de *Mise au vert* se déroule dans la belle région sud-est de la Colombie-Britannique, au Canada, juste à l'ouest des Rocheuses. Les Hauts du Paradis et Sinclair Junction sont nichés dans les monts Selkirk. Le paysage est à vous couper le souffle, mais il est cruel et sans pardon quand Mère Nature se déchaîne.

Les avalanches, les éboulements rocheux et même les désastres économiques peuvent frapper à tout moment. La région a connu des cycles d'expansion et de récession, comme en témoignent les nombreuses villes fantômes qui parsèment le paysage. Beaucoup d'autres ont complètement disparu, mais l'esprit de pionnier des anciens habitants persiste chez les résidents d'aujourd'hui.

Si les Hauts du Paradis et Sinclair Junction sont des villes fictives, elles sont un composite de villages et de petites villes qui vivotent dans la précarité, reposant sur des industries de ressources ou le tourisme en milieu sauvage. Comme vous pouvez l'imaginer, les deux ne sont pas toujours compatibles. Cela conduit à une coexistence difficile et parfois à des confrontations et des controverses.

Les gens qui habitent ces lieux sont spéciaux. Solides et endurants, ils savent que tout peut changer en un clin d'œil. Que ce soit le boom de la ruée vers l'or, une ligne de chemin de fer détournée causant la ruine économique ou un éboulement oblitérant une ville en quelques secondes, ils ont vu des catastrophes et savent que rien ne dure éternellement. Ils survivent grâce à leur présence d'esprit, aux plans d'urgence et à leur grand respect de la nature.

Qu'il s'agisse des habitants du 19ᵉ siècle ou de ceux d'aujourd'-hui, ces gens m'inspirent.

Comme Joni Mitchell le chante dans *Big Yellow Taxi*, on n'a jamais conscience de ce qu'on a, jusqu'au jour où on le perd. On ne peut pas transformer le paradis en parking, mais on ne peut pas non plus arrêter complètement le progrès. Trouver un équilibre exige d'écouter tout le monde, pas seulement les beaux parleurs ou les plus puissants.

C'est en pensant aux voix plus calmes que j'ai écrit ce livre. Leurs paroles peuvent être étouffées, mais elles ne seront jamais réduites au silence. Ces gens respectent l'équilibre délicat de la nature et ils gagnent leur vie sans le perturber.

Écoutons-les.

Pour en savoir plus sur moi et sur mes livres, visitez mon site Web http://www.colleencross.com et inscrivez-vous pour être informé de mes nouvelles parutions.

http://eepurl.com/cIhzCv

Vous ne recevrez un e-mail que lorsqu'un nouveau livre sera disponible.

Merci d'avoir lu mon livre. J'espère que vous avez pris autant de plaisir à le lire que moi à l'écrire ! Si vous l'avez apprécié, pensez s'il vous plaît à laisser un bref commentaire client pour aider à faire connaître mes œuvres à d'autres lecteurs. Je vous remercie.

À PROPOS DE L'AUTEUR

Colleen Cross est l'auteur de la série de thrillers best-sellers *Fraudes : Thrillers judiciaires de Katerina Carter* et de la série d'enquêtes associées *La Couleur de l'argent : Enquêtes criminelles de Katerina Carter*. On retrouve la même héroïne dans ses deux séries populaires d'enquêtes et de thrillers. Katerina Carter est une juricomptable pleine de ressources menant des enquêtes pour fraude sur le terrain avec brio. Elle prend toujours les bonnes décisions, bien que ses méthodes peu orthodoxes vous feront frémir et vous tiendront en haleine.

Comptable professionnelle agréée et experte dans la répression des fraudes, Colleen Cross écrit également sur de vrais crimes. Son livre *Anatomie d'un Ponzi : Arnaques passées et présentes* expose les plus grands escrocs ayant utilisé le système de Ponzi et explique comment ils ont échappé à la justice. Elle nous dévoile aussi le moment et le lieu exact où le plus grand système de Ponzi de tous les temps sera démasqué ainsi que les signes annonciateurs.

Vous pouvez également la retrouver sur les médias sociaux :
Facebook : www.facebook.com/colleenxcross
Twitter : @colleenxcross
ou sur Goodreads
Pour les dernières nouveautés de Colleen, rendez-vous sur son site Web : http://www.colleencross.com

Inscrivez-vous à son bulletin d'information pour être immédiatement informé de nouvelles parutions !
http://eepurl.com/cɪhzCv

DU MÊME AUTEUR

<u>Inscrivez-vous à son bulletin</u> d'information pour être immédiatement informé de nouvelles parutions !

http://eepurl.com/cIhzCv

Fraudes : Thrillers judiciaires de Katerina Carter

Stratégie de sortie: Crimes et enquêtes

Theorie des jeux

Formule mortelle

Mise au vert

Les Petits Enquêtes des Sorcières de Westwick

Charmée de Vous Rencontrer

La Couleur de l'argent : Enquêtes criminelles de Katerina Carter

Rouge vif - Nouvelle

Lune Bleue - Roman court

La Couleur de l'argent : Enquêtes criminelles de Katerina Carter (Coffret 3 volumes)

Œuvres de non-fiction :

<u>*Anatomy of a Ponzi: Scams Past and Present*</u>

Site Web :

http://www.colleencross.com

Inscrivez-vous à son bulletin d'information pour être immédiatement
informé de nouvelles parutions !

http://eepurl.com/cɪhzCv

9 781988 272047